乡愁与认同

现代中国作家的故乡书写

卢建红——著

生活·讀書·新知 三联书店

图书在版编目(CIP)数据

乡愁与认同：现代中国作家的故乡书写 / 卢建红著. —北京：生活·读书·新知三联书店，2020.9
ISBN 978-7-108-06853-8

Ⅰ.①乡… Ⅱ.①卢… Ⅲ.①中国文学—现代文学—文学研究②中国文学—当代文学—文学研究③华文文学—文学研究—世界 Ⅳ.①I206.6②I106

中国版本图书馆CIP数据核字(2020)第075494号

责任编辑 麻俊生
封面设计 储 平
责任印制 黄雪明
出版发行 生活·讀書·新知 三联书店
(北京市东城区美术馆东街22号)
邮　　编 100010
印　　刷 常熟市文化印刷有限公司
排　　版 南京前锦排版服务有限公司
版　　次 2020年9月第1版
2020年9月第1次印刷
开　　本 880毫米×1230毫米 1/32 印张 9.25
字　　数 215千字
定　　价 48.00元

目　录

导论　以“乡愁”为方法

一、“乡愁”作为认同之路

“乡愁”与“认同”均是当今时代的热点话题。不过多数人把“乡愁”理解为一种情绪、情感或情结，将它与“怀旧”等同，而忽略了它作为一种现代中国文学话语所具有的回望“过去”却面向“未来”的建构性功能。作为时空变化与距离的产物，乡愁是人类普遍性、本真性的情感。尤其是在中国文学和文化中，“故乡”已成为原型意象，对故乡的表达——乡愁——已深入中国人的潜意识中，成为某种集体无意识，使得“还乡”成为生生不息的文化母题。到了现代，中国人对故乡的感受和体验都发生了本质性的变化，乡愁不再止于一种怀念性的情感抒发和叶落归根式的愿望表达，而成为现代个体通过语言表述寻求意义、表达自我、创建“家园”的话语建构活动。

所谓“认同”，指的是通过某种文化和视界，个人和群体以话语再现的方式获得方向感、确定性和意义的建构行为。正是通过在过去—现在—未来之间建立连续性，通过尝试回答“我(们)是谁?”“我(们)来自哪里?”“我(们)走向何方?”等问题，乡愁书写的行程与认同的过程重叠、交叉起来。换言之，乡愁书写作为一种建构性的认同话语，已经成为现代性和全球化语境下现代中国认同的主要途径之一。

这里所谓“现代性和全球化语境”，在时间上指的是自1840年迄今仍在进行的中国现代性历史进程（包括现在中国文学史教科书通称的“近代”“现代”和“当代”三个阶段），在空间上指的是中国和世界各地，以母语——现代汉语作为书写语言的写作区域。乡愁书写与现代中国认同问题的关联源自中国现代性语境的出现。作为落后的发展中国家，对“现代性”的既被迫又主动的追寻使得现代中国一直被置于一种乡村/城市、中国/西方的二元对立结构及传统/现代、进步/落后、文明/愚昧诸种不平等的价值冲突中。“乡愁”与“认同”既是时代与文化裂变和转型的产物，也是对这一系列对立和冲突的回应，同时也应该被置于这些对立和冲突的困境中去理解。在这一语境下，“故乡”已经不单是一个地理和情感的空间，也是一个文化和意义的空间，一个复杂的话语场域，而乡愁书写作为中国文学现代性的症候，则表征出现代中国人传统断裂、价值失范、情感和精神无依等困境，是所谓“认同危机”（“现代性的无家可归”）的集中体现，同时也提示了一种将乡愁书写与现代中国的认同关联起来，探讨一条乡愁认同途径的可能性。

从文学史的角度看，现代华文文学中以乡土、怀乡为题材和主题的作品蔚为大观。在中国的现代早期（或者说全球化的初级阶段），从20世纪的“乡土文学”到“京派文学”，“怀乡”作为主题一直与中国现代文学中的两大主题“革命”和“启蒙”并立，出现了鲁迅、废名、沈从文、萧红和师陀等代表性作家。1940—1980年代（现代中期），“故乡”一度被具政治意味的“农村”所取代，“农民”（而非还乡者）成为文学书写的主人公，个体的乡愁隐而不显。20世纪八九十年代以来（现代后期或所谓全球化时期），中国再次被全面融入现代化和全球化的潮流中，随着“寻根文学”的出场，以及莫言、贾平凹、阎连科、刘震云等作家相关作品的出现，乡愁重新在当代文学中蔓延开来，并在21世纪有愈演愈烈之势。在中国港、澳、台地区以及海外，由时空暌隔所致的乡愁更一直是文学中绵延不绝、经久不息的话题和主题，其中余光中、白先勇、陈映真、李永平、朱天心、黄碧云等早已成为乡愁书写的代表性作家。与此同时，移居海外的中国作家如北岛、杨炼、严歌苓、张翎等也加入乡愁的书写者行列。这些书写者，出生地各异，生活在不同的地方，意识形态不同，但在一种共同内驱力的驱动下，都参与了关乎中国人生存处境和归属的“故乡”的建构。可以说，乡愁书写发生、兴盛、压抑、嬗变的行程与现代中国认同的曲折过程相始终，难分彼此。

随着全球化进程的继续推进，越来越多的中国（华）人走在背井离乡的路上，“乡关何处”或者说认同难题再一次成为我们时代文学和文化的焦点问题。近年来中国文学和文化中众多热点问题如“国学与读经”“乡村的衰败”“童年的消逝”“信仰的缺失”“宗教的复兴”等都与这一问题有关。而2013年中央城镇化工作会议提出“望得见山、看得见水、记得住乡愁”后，“乡愁”亦成为官方与民间的热门词语。这些无不在提醒我们，在全球性的移民、流亡和迁徙使得地域、民族国家和文化的疆域一再被突破的时刻，自我、文化的认同和情感、精神归属问题反倒变得急迫起来。2012年，中国乡愁书写的代表性作家莫言获得诺贝尔文学奖也是一个信号（之前获奖的奈保尔和库切也是离散和乡愁的书写者），表明“故乡”和乡愁书写仍然是世界文学的重要主题，文学与认同的问题也变得越来越具普遍性和症候性。因此，以乡愁与认同的内在关联问题为切入点，对乡愁书写这一肇始于19世纪、兴盛于20世纪，并将贯穿于21世纪汉语文学的话语实践进行整合性的梳理和研究，对将长期置身于现代性难题中的汉语写作无疑会有启发，对身处现代性困境中的华人的情感和精神安置也意义深远，从中更可探寻21世纪全球华人的认同和归属问题，凸显出回望“过去”的乡愁书写对于“现在”及“未来”的意义：一方面通过建构“中国/中华”认同，寻求中国现代性困境的突围，探索一条具有汉语文化特色的乡愁认同之路，为世界性的认同难题提供启示；另一方面，现代汉语的乡愁书写作为认同建构的话语实践，也分别丰富、改写了乡愁与认同理论，形成一种可以称之为“乡愁认同”的话语实践，其经验和方法值得总结。

国内的相关研究主要集中在乡土文学领域：有的着眼于“乡土情结”，凸显作者在城乡之间、理智和情感之间的矛盾和冲突（如赵园的《地之子》）；有的从现当代文学史的角度对“乡土文学”进行梳理（如丁帆的《中国乡土小说史》）；近年来研究者开始将乡土文学创作与理论置于现代性的视域中进行讨论（如张丽军的《乡土中国现代性的文学想象：现代作家的农民观与农民形象嬗变研究》，余荣虎的《中国现代乡土文学理论流变史》等）；亦有研究者注目现代小说“还乡”母题的研究（何平《现代小说还乡母题研究》）。以上研究主要关注作为思潮和流派的“乡土文学”和乡土题材的创作，而乡愁书写作为与现代性进程相始终的文学叙事，既不能够被“乡土文学”思潮和流派所限制，亦非乡土题材创作所能概括。

在上述研究中，无论是“乡愁”还是“乡愁话语”都没有得到应有的重视。这体现在：

1. 研究者在注目“乡土”“乡村”“农村”和“农民”的同时遗忘了“乡愁”（而在鲁迅对“乡土文学”的描述和他本人的创作中，“乡愁”都是一个关键词），乡愁往往被约定俗成地视为某种“情绪”或

“情结”,或被存而不论,或被泛泛而论,“故乡”之于现代中国个体人生的“源头”意义和叙事的“开端”意义由此被忽略。

2. 研究者囿于启蒙视野和传统的现实主义规范,将乡土写作视为对乡土(故乡)的现实反映,而忽略了乡愁作为“书写”是立足“现在”,通过回眸“过去”而面向“未来”的话语实践,忽略了乡愁书写的想象性和建构性,也就遮蔽了经由乡愁书写而创建的“故乡”作为“家园”的归属性和超越性价值,乡愁书写作为具有汉语文化特色的认同建构之路的价值也被忽视。

除此之外,海外的相关研究一般比较注重单个作家作品的研究,较多关注中国大陆之外的华文作家,多注目“文化乡愁”“中国想象”等方面,而对更原初的、源自“人生第一哭处”的本真性乡愁的关注不多,也缺乏对跨区域跨文化的乡愁与认同的整合性研究。

因而,立足整个华文文学世界,以“乡愁与认同”为线索,将海内外相关作家进行关联性与比较性的研究就成为必要。乡愁与认同建构问题是进入现代汉语文学和文化语境的一条绝佳通道,打通这一通道,需要一种全球性的空间和时间视野,一种将世界范围内华文文学包容进来的眼光。不久前研究者提出的“华语(语系)文学”和“汉语新文学”概念,就透露出放眼全球华语文化圈,展开对华语/汉语文学进行整体性把握和研究的意图。其代表人物之一王德威以“抒情传统与中国现代性”为线索,立足华语文化圈梳理中国古代抒情传统的现代流变历程。而乡愁书写作为具有华人文化特色的抒情方式,在中国抒情传统的现代性转变和华人世界的认同建构中扮演了关键性的角色,形成了一种可称之为“抒情认同”的方式。

二、乡愁认同的路径、维度与表现形式

(一) 乡愁认同的路径

如果以时间/空间为坐标,以距离(时空距离、心理距离和审美距离)为线索考察乡愁书写的路径形成,它们大致有三种不同的乡愁书写路径——“反思型”“肯定型”和“想象型”。在认同的两种主要建构路径——“现在-未来型”和“现在-过去型”中,反思型、肯定型属于“现在-过去型”(与属于“现在-未来型”的“启蒙”和“革命”认同路径形成对照),想象型并不明显偏重哪一方,任由想象在“过去”“现在”与“未来”间穿越。

1. 反思型。以鲁迅、萧红为代表,后来者有陈映真、白先勇、莫言、刘震云、阎连科、黄碧云等。反思型源自现代性的二元对立——“城/乡”“中/西”“现代/传统”所引发的内在紧张。它有两个主要特点:

(1) 反思既包括对故乡的“本质性、本真性”的反思,也包括对乡愁话语本身的反思。

(2) 反思型虽然是“向过去的回眸”,却以“现在”为导向,体现出对“过去”的反思性和批判性。

2. 肯定型。以废名、沈从文为代表,后来者有贾平凹、张炜、余光中等。肯定型认同虽然也是在现代二元性的框架中生成,但它们不呈现为截然对立的关系。它的两个特点是:

(1) 立足现在,肯定过去真实发生过并对现在产生着影响,希望“过去”成为“未来”有价值的部分。

(2) 把认同建立在过去、现在、将来连续性的维度上,追求认同的完整性。

3. 想象型。以李永平、黄锦树等为代表,后来者包括中国台

湾地区的外省第二代及海外的一些华文作家，他们在童年记忆或者长辈回忆的基础上展开对故乡的想象与虚构，不受“写实”的约束。在他们的写作中，语言（中文/汉语）往往成为认同的对象。

（二）乡愁认同的维度

乡愁书写的认同建构功能体现在不同的维度。在上面提及的三种乡愁认同路径中，每一种路径都可能包括自我认同、民族/国家认同、文化认同和精神/家园认同等维度。

1. 自我认同。故乡首先是个体的原初经验和体验，是认同的“原点”和“起源”。它为自我的书写提供方向感，为自我的建构提供确定性的基础和存在的价值与意义。

2. 民族/国家认同。现代民族国家的理论和实践都源自西方政治。在“中/西”政治的框架下，落后国家的个体认同总是会与民族/国家认同相关联。所以“家/国一体”“祖国/母亲”“民族大家庭”是现代中国认同中的普遍现象。这一维度在不同作家的乡愁书写中表现不一，有的隐而不显（如废名），有的成为基本的认识框架（如鲁迅、白先勇及其他海外作家）。由于历史原因，目前在这一维度最难达成共识，所谓“认同危机”也集中体现在这一层面。如何理解“中国崛起”“中国梦”和“中国道路”是乡愁书写者今天所要面临的重要问题。

3. 文化认同。乡愁是文学文本，也是文化文本。如果将文化视为我们获得意义的方式，那么，在“中/西”文化的框架下，自我认同、国家/民族认同最终会在“文化认同”的维度上交叉、重叠，以获得更宽泛、更长久、更稳定的价值依托和意义来源。这也是“文化中国”长期以来成为世界范围内汉语乡愁书写与认同的平台的原因。不过，“文化中国”在今天已不能回避与“政治中国”的关系问题。文化认同已具有文化政治的作用与意义。

4. 精神/家园认同。“家园”总是在还乡/书写的尽头标示出它的身影。也就是说,并不是每个故乡的书写者都能够抵达作为家园和认同归属的“故乡”。能否将这个“原点”变成认同的“本源”,取决于书写者的还乡/书写之路是否走得足够远,其创建的“故乡”和“家园”世界是否有足够的深度和广度,人们是否能够在其中找到“在家感/归属感”。所以不是“回归”“家园”,而是“建构”“家园”。这一“家园”是一个“情感和价值/精神共同体”,而与“人类命运共同体”有了交叉。

(三) 乡愁认同的表现形式

乡愁书写通过对“过去”的主题化、结构化和模式化,创生出一种想象和表达“自我”“民族国家”“文化”以及“故乡(家园)”的形式,“形式”就成为还乡之“路”。因此这不是一般的美学形式,而上升到了文化诗学和文化政治的高度。经由它,汉语文学独特的乡愁认同建构之路才得以展开。其中最主要的三种形式是:“回忆”“想象”与“抒情”。

1. 回忆。这是时间的诗学。乡愁书写集中体现了回忆的能动性、创造性和复杂性,其基本路径是“时间空间化”。回忆的诗学方式中包括“追溯”的回忆性姿态、叙述人的位置(与“故乡”的时空和心理距离)变化、情感基调(“伤逝”和“丧失感”)、今/昔对比结构、还乡模式(“离去—归来—再离去”)等方面的问题。

2. 想象。“回忆”不仅仅是对“过去”的“写实”,也是对“过去”的想象。“故乡”就是“现实”与“虚构”“想象”互动的产物。可以说,故乡能够成为“故乡”的秘密就在“想象”之中。故乡想象的独特之处在于它有一个“真实”的源头:这个源头既是空间(“那个第一的哭处”)的也是时间(“人生最初的时刻”)的。乡愁书写因此就成为经由想象追溯“开端”、创建“本源”的旅程,它将认同置于特定的时空之中,使得认同有了依托。

3. 抒情。故乡本质上是一个情感空间,抒情在此不仅是一种表达形式,更是一种个体/集体以认同建构来回应现代性困境的方式。乡愁虽然是中西方诗学的普遍性主题,但是汉语语境下的乡愁诗学主要不是一种“模仿论诗学”,它发展出“批判性/肯定性/想象性的抒情方式”和“抒情认同方式”。

(四) 乡愁认同的诗学特征

乡愁认同通过以下四个方面的结合而呈现出其独特性:

1. 回忆性、抒情性与想象性。所谓“回忆性”,是指乡愁认同的基本姿态是面向“过去”,基本路径是“时间空间化”。所谓“抒情性”,是指乡愁书写源自个体的人生经验和体验,是从童年的成长空间出发,其情感性与生俱来。所谓“想象性”,是指乡愁认同要经由对“故乡”的自我重建。在乡愁书写中,回忆与想象本来就难解难分,只是“故乡”作为地点的固定性和时间的确定性使得回忆、想象和抒情有了起点和方向。这样,乡愁认同就成为回到“源头”,或者说追溯“开端”的旅程。这既是个体(自我)的“源头”和“开端”,也是集体(文化/家园)的“源头”和“开端”。

2. 本真性与批判性。乡愁认同的“本真性”源自“故乡”这一真实的源头,“故乡”具有独一性、永恒性和神圣性,乡愁认同就是对一种“本真性”的追寻和发现。在一个“一切坚固的东西都烟消云散”的时代,这种“本真性”无疑构成对时代的一种批判和抵抗,为全球化进程中的认同提供坚实的基础。从这里可看到,汉语文化中的乡愁认同与今天西方通行的认同理念并不一致。在后结构主义和后现代主义的影响下，西方理论倾向于否认认同的本源性和本真性，更看重认同的不确定性、策略性和权宜性。[①] 但是汉语文化中的乡愁认同却仍然呈现出本源性、本真性和连续性、稳定性的特征，在传统的“叶落归根”外发展出“落地生根”“生根开花”的认同模式和路径，同时又避免了认同的本质化和僵化。

3. 差异性与同一性。认同起源于差异。每个人的故乡都独一无二。当我们以时间和空间为坐标，以“距离”（时空距离、心理距离和审美距离）为线索考察乡愁认同时，会发现它有多种路径和多个维度。

所谓“同一性”是指乡愁认同就是在各种差异性中寻求共通性。虽然对故乡的地域、语言、风俗和民间信仰的体验和理解不同，但从不同的故乡、不同的路径出发，最后却都指向一个“想象的共同体”——“中国/中华”。这一“中国/中华”既是差异的聚合体，又可从中发现某种“同一性”，某一“最大公约数”。乡愁认同最终要寻求和确认的就是这一“同一性”和“最大公约数”。

4. 建构性与超越性。乡愁认同最终指向的是一个情感和精神的“故乡”，这是一个基于真实故乡之上的理想化和升华后的“家园”。这个“家园”作为一个时空，应该是一个包容性而非排他性、无限性而非封闭性的“情感空间”和“意义空间”，类似鲍曼所说的“共同体”：（它）“不是一种我们可以获得和享受的世界，而是一种我们将热切希望栖息、希望重新拥有的世界”[②]。所以与其说“故乡”是被“发现”的，不如说是想象和创建的。这样看来，乡愁认同

① 参见周宪：《文学与认同》，周宪主编，《文学与认同：跨学科的反思》，中华书局 2008 年版，第 187—190 页。

② 齐格蒙特・鲍曼著，欧阳景根译：《共同体》，江苏人民出版社 2003 年版，第 4 页。

的过程就是一个从故乡到“故乡”，从家乡到“家园”的创造过程。很难想象这个“家园”的创建能够离开记忆、想象与情感的互动，即以文学的方式来进行。可以说正是经由乡愁认同，“故乡/家园”才得以具有一种超越性和归属性的价值。

第一章　乡愁的美学与诗学

第一节　乡愁的美学

长期以来我们对乡土书写的研究主要立足启蒙视野，彰显写实意图，将注意力集中于作为文学题材、思潮和流派的“乡土文学”，对乡土书写的源头——“故乡”以及对“故乡”的叙述与抒情——“乡愁”反而缺乏深入探究。“故乡”及其书写——“乡愁”既是中国现代性的产物，亦是中国现代性困境的表征。立足现代性的危机视野，乡愁书写就与中国现代知识分子的情感精神归宿问题关联起来，成为进入中国现代性问题情境的路径和现代中国认同最重要的建构渠道之一，并与“启蒙”和“革命”构成张力性的对话。经由回忆与想象、叙事与抒情、认同与批判，中国现代文学中的乡愁书写已经形成丰富的美学传统和复杂的诗学机制，它将成为一直置身于现代性难题中的中国认同与汉语写作的宝贵资源。

一、现代性与“故乡”的发现

在《〈中国新文学大系〉小说二集序》中，鲁迅对“乡土文学”的描述主要着眼于作者的位置——背井离乡、处身都市（“侨寓”一词则点明这些人并不把都市当作自己的家），作品的题材——关于“乡土”和（隐现着的）情感——“乡愁”，“很难有异域情调”则表明书写的对象是与自己切身关联的“故乡”，而非作为旅游对象的异国他乡。[①] 鲁迅的描述并没有区分“乡愁”之古今内涵的不同，也没有论及乡愁的表达对于作者的价值和意义。随着后来者将鲁迅对一种普遍性的写作现象的描述视为对“乡土文学”的定义，在鲁迅的描述中并不鲜明的启蒙理念和写实立场被进一步强化和强调，相关研究就主要着眼于题材（先是“乡土”，后是“乡村”和“农村”）、主题（从反映、批判现实到改变现实）和情感（从“乡土情结”到对底层人民的“同情”），及其作为文学思潮和流派的“乡土文学”的艺术特点[②]，而乡土叙述的源头——“故乡”反而因为耳熟能详、约定俗成而被一笔带过，“故乡书写”——“乡愁”之于现代中国文学及现代中国人的本源意义和价值也被长期遮蔽。

如果不囿于“启蒙”和“写实”的视野，而注目文学与现代性既互动又紧张的复杂关联，将“故乡”以及对它的表述——“乡愁”置于中国现代性的两难（对源自西方的现代性既被迫回应又主动追寻）与由之而引起的（政治、文化与个体认同的）危机中，将它与现代中国知识分子的生存体验和现代中国人的精神情感归依问题关联起来，我们就不难发现，“乡愁”与“启蒙”“革命”等作为现代中国文学的核心话语，其实一直在展开张力性的对话。这是因为，现代中国的“故乡”已与古代中国的“故乡”有了本质上的差别，对“故乡”的表达——“乡愁”在现代亦被赋予与古代完全不同的价值和

① 《鲁迅全集》第 6 卷，人民文学出版社 2005 年版，第 255 页。

② 关于对“乡土”和“乡土文学”的理解的变化，参见余荣虎：《周作人、茅盾、鲁迅与早期乡土文学理论的形成》，《南京师大学报》2007 年第 3 期。

意义。

（一）离乡背井自古有之，但无论从广度还是从被卷入的人数来看，都无法跟现代相比

“现代”最明显的标志就是大规模的背井离乡。工业化和城市化使社会空间发生了根本性的改变——从农耕社会到工业社会，从乡村到城市，这就是当我们想到“家”或“家乡”的时候，记忆起的总是乡村的背景，而事实上城市已成为我们的永久居住地。所谓现代性的扩张过程就是把“家”连根拔起的过程，就是把“家乡”变成“故乡”的过程。从离乡者的动机看，古代的离乡多半是不情愿的，或迫于自然的严酷而迁移，或由于战争的爆发而离乡，或由于追逐金钱（经商）和功名。后者虽看起来出于自愿，但他们仍期望有朝一日能衣锦还乡。而现代的离乡在经历了短暂的被迫之后，很快就演变成一股积极主动的潮流，更充足的物质追求成为离乡的直接原因，然后是新的生活方式——现代生活的蛊惑。在一种现代的、进步的观念的召唤下，谁愿意自甘落后呢？尤其对于那些知识者，离乡主要是为了追求一种新的生活方式、新的知识和价值观，对于他们，“生活在别处”。所以与其说他们是被故乡放逐，不如说是自我放逐。

（二）人与其出生地亲密和谐的时代已经一去不复返了

现代的“故乡”之“故”字——“过去”“曾经是”——已暗示了对家乡的“失去”。这“失去”意指不再回家乡定居，或者即使短暂停留，也不再能找到“在家感”。这意味着一种根源上的断裂，表征着现代人时/空及身/心的分离和分裂状态，成为现代性的症候和问题，即所谓“现代性的无家可归”，同时也从反面提示了“故乡”对于

现代人的意义和价值今非昔比。具体说来，现代的“故乡”应该同时包含以下四个递进式的维度：从情感维度看，“故乡”二字构成一套“情感结构”①，它指向的是“过去”和“失落”；从心理维度看，“故乡”已成为一个想象域，在这里，过去与现在、未来，乡村与城市，传统与现代，时间和空间交叉、重叠、应和、驳诘，成为众声喧哗的对话场域；从自我认同的维度看，“故乡”从个体的生养地演变成为个体的镜像、自我得以建构的他者，同时现代个体亦在对“故乡”的建构中被赋予生存的意义，“故乡”与“自我”于是相互构成；从精神归依的维度看，“故乡”从现代自我的价值源头上升为一种理想的生活状态和生存方式的暗寓（“精神家园”），寄寓着对现代人生存处境的思考和批判。②

显然，这个“故乡”已超越了传统地理学和空间意义上的“故乡”范畴，在原先就具有的居住和情感的维度上，加入了现代个体的时间体验、情感体验和精神体验，从而包容了地理学、人类学、社会学、心理学和哲学、美学诸多领域而成为一个丰富性和悖论性的话语场域。作为乡愁的源头，这个“故乡”在今天却往往被遗忘，导致“乡愁”一词的内涵被泛化（几乎成为“怀念/怀旧”“憧憬”的同义词），乡愁的原初性和本真性反而隐而不显。本真性的乡愁经历了

---

① 所谓“情感结构”是指建立在生活感知和情感体验基础上的对时代的结构性的把握，“故乡”即建立在对“城/乡”及“现代/传统”“新/旧”等这样一些对立式结构的感知和体验之上。参见赵国新：《情感结构》，赵一凡等主编，《西方文论关键词》，外语教学与研究出版社 2006 年版，第 433—441 页。

② 本文对“故乡”四个维度的归纳受到唐小兵的启发。参见唐小兵：《现代经验与内在家园：鲁迅〈故乡〉精读》，《英雄与凡人的时代：解读 20 世纪》，上海文艺出版社 2001 年版，第 49—69 页。

一个从生理病症到心理情感再到精神归宿诉求的转变过程[1]，因为"书写"作为主体的自我建构行为，首先面对的是"我从哪里来？"这个问题，在对这一问题的求解中又会面临"我曾经是谁？"的疑问，这两个问题又最终导向"我现在是谁？"的追问。这些问题不管书写者是否自觉，都将贯穿于乡愁书写的始终，使得乡愁书写不是停留在一般意义上的"怀乡情感"或"乡土情结"表达，而具有了精神性的维度和高度，也使得现代性中自我的建构和归宿成为乡愁书写的最终目的。

（三）乡愁书写既是中国现代性问题的表征，亦是对问题的回应和化解

乡愁书写的四个维度及意义只有置于中国现代性的两难处境中才能得到充分理解。所以与其追问"故乡"和乡愁书写的"真实性"，不如思考"为什么现代作家和现代中国人会出现对'故乡'不约而同的、持续的关注和叙述？"这一问题。立足现代性的"启蒙"和"革命"视野，故乡理应是被告别和遗忘的对象，而乡愁书写却采取"向后看"的姿态和立场，沉浸于对"过去"的凝眸和沉思，这已经质疑了诸如"进步/落后""新/旧""文明/愚昧"这样一些对立性的价值判断，透露出对现代性的普遍性价值理念的反思。可以说，乡愁书写呈现的是现代性的另一面，矛盾和悖论的一面。如果说"启蒙"和"革命"代表的是中国现代性的主流话语，那么乡愁书写就与它们构成了对话和张力，呈现出所谓"反现代性的现代性"或审美现代性的特质。

---

① 对"乡愁"一词的词源考察，参见赵静蓉：《怀旧——永恒的文化乡愁》第一章，商务印书馆2009年版。

明乎此就可以理解，现代的“故乡”已不只是人生那个“最初的时刻”和“第一的哭处”，那个真实的时间和空间已经被内面化、情感化、精神化。换言之，乡愁书写已成为一种情感和精神建构——书写乡愁就是“发现”故乡，建构“故乡”。通观中国现代文学，以故乡、怀乡为题材和主题的作品蔚为大观，而 1920 年代的乡土小说是集中代表。但按照上面对“故乡”四个维度的讨论，鲁迅提到的乡土小说家——蹇先艾、裴文中、许钦文、王鲁彦、台静农等基本上是在第一、二个层面写作。在中国现代文学史上，同时涉及以上四个维度的作家，除鲁迅外最有可能性的是废名、沈从文、萧红、师陀。他们的写作先由第一个层次进入，进而深入第二个层次，并最终在自我认同和终极归属的意义上探入乡愁的核心。而茅盾的农村题材创作（其中不少以他的故乡浙江乌镇为对象）主要是把故乡作为社会、政治、经济的舞台来描绘，而不是把故乡与自我之最终认同和归属关联起来。1940 年代赵树理的创作关注的是作为一个更大的“家”（集体）的“农村”。他们都没有去建构一个个体的情感和精神故乡，没有赋予故乡以自我认同中的根源性价值和意义，因此他们不在本书界定的“乡愁书写者”之列。

二、作为回忆与想象的“乡愁”

“故乡”在时间上属于“过去”，因此对故乡的叙述属于回忆性的追溯。回忆表明的是叙述人的姿态（面向过去，背对未来），它既是生命体验方式也是表达方式。回忆往往和“故乡”联系在一起，是因为“故乡”就是回忆的源头。对于以书写为途径的现代作家，回忆是他们还乡的必经之路。作为生命形式，回忆构成了这些作家的体验方式；作为艺术形式，回忆成为乡愁书写的主导表达方式，在文本中承载着基本的结构和美学功能。[①] 但是不同的还乡者回忆之路并不相同。差异源于还乡者站立的位置，即他与故乡的距离各异。这“距离”既是时空意义上的，更是情感和精神意义上的。

鲁迅的《故乡》已经成为还乡书写的经典文本。它以一个现代知识者“我”的回乡经历为线索，其中回忆似乎只是一个“插曲”，并不占主导地位。但恰恰是文本的叙述人对少年闰土的回忆最终造成《故乡》的震撼性和冲击力。震撼和冲击来自主人公和叙述人过去/现在、现实/理想之强烈的反差，透露出“我”的回忆目的不是对“过去”的沉迷，而是对“现在”的揭示。这说明叙述人对于回忆的“审美”作用和自我安慰性有着清醒的认识。这也是小说作者鲁迅的态度。对于鲁迅，当下的现实总是压倒性的，容不得他在回忆之乡耽搁太久，所以即使在几篇昭示回忆之“美好”的文本中（如《社戏》），现实中的“我”也往往现身揭示回忆的一厢情愿性和虚幻性。《果园城记》的作者师陀也不容许自己在对故乡的回忆中沉溺，他总是安排一个更无情的现实世界来与回忆中的世界对照，以前者的压倒性优势来揭穿回忆的脆弱和虚幻。首篇《果园城》就通过孟林太太和她的女儿素姑的变化提示时光的无情。回忆性的场景只在小说中一闪而过，但同样与现实中的场景形成尖锐对照，给回忆者造成一种深长的痛苦和难堪。这种后果是像孟安卿这样习惯了漂泊的人所难以承受的，所以他在真相暴露之前就溜之大吉（《狩猎》）。但就师陀的整个创作而言，正是回忆，使得他的批判性、讽刺性的叙述蒙上了温情的面纱，在“恨”“爱”交加中凸显出故乡书

① 吴晓东、倪文尖、罗岗：《现代小说研究的诗学视域》，《中国现代文学研究丛刊》1999 年第 1 期。

写的内在悖论性，表明师陀写作的深层动机和动力不是通常所说的启蒙和改造国民性，而更可能是欲盖弥彰、充满内在紧张的乡愁表达。回忆亦使萧红的《呼兰河传》蒙上了审美的光辉，正是对故乡的距离使得叙述成为一种追怀，那美好的、不美好的“过去”在回忆者的内心已滤去了现实的紧张性，而呈现出某种事后的宁静。表征着“温暖和爱”的祖父和后花园被回忆召唤出来，成为回忆者自身生命最重要的依托。在“回忆”的光照之下，讽刺也带上了温婉的味道，变成了揶揄和反讽，而远离故土的回忆者的寂寞和孤独也因之被冲淡和纾解。

与上述三位作家的回忆揭示出过去/现在、故乡/异乡之间的断裂不同，废名和沈从文却通过回忆呈现出一个连续性的诗意世界。废名的《桥》和萧红的《呼兰河传》都属于本雅明所说普鲁斯特“将作品统一起来的仅仅是回忆这一单纯的行为”的一类作品。《桥》中呈现的一个个片段和场景更似生活的本然状态，小林的叙述有意无意地模糊了人与自然、人生与审美、回忆的“过去”与回忆者处身的“现在”的界限，而力图凸显出时间和空间的稳定性和连续性(而《呼兰河传》的“尾声”则最终透露了回忆者时空的断裂和距离的不可克服)；沈从文的“湘西世界”是沈从文过去经验和体验的结晶，是回忆的产物。当我们对照沈从文同时期创作的城市题材作品时，会发现同是一个作者，却在两种叙事里呈现出几乎是对立的情感和姿态，关于湘西的回忆性文字好像是作为书写都市的嘲讽性文字的对照出现的。显然，对故乡的回忆性写作对于身在都市的沈从文起着一种排解寂寞、苦闷和自我疗伤的作用，回忆的美化、净化功能也被沈从文发挥到极致，所以不像鲁迅和师陀，在现实的匮乏中写作的沈从文很少主动出来揭示回忆的想象性和虚幻性。

与回忆性叙事相伴而来的是故乡书写中常见的“离去—归来—再离去”情节模式和“今/昔”对照结构。① 这一模式已暗示了还乡者的处境：与故乡的异质性（所谓“在而不属于”），在外生存的不适，重回故乡的某种期待以及期待的最终幻灭，最终使他踏上“无家可归”的漂泊之路。而萧红和沈从文不在这一模式内。萧红的人物中没有“还乡者”这一形象，这与她离开故乡后一直漂泊在外有直接关系，故而她的书写是对故乡的“遥望”。沈从文的《边城》似乎讲的是一个“过去”的故事，这“过去”好像一直延续到叙述的当下，没有发生变化。小说对边远小城的“空间性呈现”也使得历史时间中两个世界（过去/现在）的对照隐而不显，不易为人发觉，这也是《边城》易被人读成“世外桃源”的原因所在。这种今/昔对照结构在有的作品中偏重于时间（如《故乡》《果园城记》《呼兰河传》），有的偏重于空间（如《边城》），有的显，有的隐。这一结构凸显的是叙述人（还乡者）在城/乡、过去/现在、现代/传统等二元时空框架及理念中的穿越和游移，表征着叙述人和叙述对象之间永恒的时空和心理差距。正是这种反差性的对照造成了乡愁书写的内在张力，一种时光不再、物是人非的感慨于焉而起。

由此我们发现了故乡回忆的“现在性”。回忆性的叙事看起来让叙事人可以穿行于两个时空，在两个时空中自由出入，但是任何写作都是一种当下行为，写作者无论怎样沉溺于过去的时光，他的立足点仍是当下。当下不仅影响到他的回忆，甚至决定了他对回忆的选择和表达。从这里就可以进一步理解乡愁表达中的虚构和想象。我们之所以不能将《故乡》中的“我”等同于作者鲁迅本人，

---

① 钱理群等：《中国现代文学三十年》（修订本），北京大学出版社 1998 年版，第 42—43 页。

是因为《故乡》虽然是根据作者的回乡经历写成，却已经是一个全新的创造。小说最大的创造在于闰土这个形象。在现实中，闰土的主要原型——章运水并不是鲁迅最想见的人，而在小说中他成了中心人物。换言之，鲁迅本人的生活经历和回乡经验，已经经过虚构、想象变成了一篇精心安排、严密组织的小说了。[①] 尤其需要指出的是，《故乡》中少年闰土在乡村海边的“神异图画”不是一般性的“事实”的回忆，而是回忆中的想象，是一个想象的乌托邦，在这个乌托邦空间中，时间永远停驻在闰土的少年时刻。这一空间的凸显，不仅突出了两个故乡、两个“我”、两个闰土的对比，同时暗示了第三个闰土、第三个故乡和第三个“我”的存在。这一想象性的“第三空间”似乎表明想象才是故乡的最终栖息地，理想的童年、理想的故乡和理想的生存方式既不在“过去”，也不在“现在”，既不在谋食的都市，也不在度过童年的小镇，而只能存在于想象之中。小说结尾处一再提到的“希望”也是想象性的，这与最后自我安慰性的“其实地上本没有路，走的人多了，也便成了路”构成内在的紧张。所以《故乡》最深层的对照是“想象（理想）”与“写实（现实）”的对照，在两者永恒的反差和错位中彷徨着的是一个现代个体的困惑的身影。

想象的踪迹在废名的作品中随处可寻，所谓“字与字、句与句互相生长”只是废名文字想象的一条途径，故乡的一山一水、一草一木、一寺一庙，在在都是触发想象的现实媒介。与鲁迅作品中的想象多构成今昔对照乃至对立不同，废名作品的想象性对于现实不是批判，而是升华。如果说，鲁迅、师陀的回忆与想象是“意愿性的”，受到个体理性和意志的控制与过滤，那么废名更接近普鲁斯

① 王润华：《沈从文小说新论》，学林出版社 1998 年版，第 103—126 页。

特的“非意愿记忆”①。普鲁斯特由一块玛德兰点心重返过去的时光，废名则因过桥、蛙声、拾柴等唤起童年世界和故乡生活的场景。乡愁书写中的这两种回忆都与虚构和想象相伴而行。它们一方面形成“今/昔”二元对照和对立式的结构，揭示出还乡者无家可归的困境（如鲁迅、师陀、萧红）；另一方面也赋予过去以肯定性的价值，赋予回忆以救赎的希望（如废名、沈从文）。

虚构与想象因此可以说是内在于回忆、内在于乡愁书写中的（在关于故乡的非虚构性叙事如《朝花夕拾》《从文自传》等文本中亦存在）。而故乡想象的独特之处在于它有一个“真实”的源头：这个源头既是空间（“那个第一的哭处”）的也是时间（“人生最初的时刻”）的。地点的固定性和时间的确定性使得回忆有了方向感和起点，乡愁书写就成为回到“源头”，或者说追溯“开端”的旅程，而故乡对于还乡者的意义和价值也在追溯的过程中被发现和建构。可以说，从现实到想象之路就是从故乡到“故乡”之路，这个“故乡”既呈现为一个幽深时空中的景观世界，也生成为一个情感和价值的空间，一个个体生命的“原点”。

被回忆与想象建构的“故乡”因此成为叙事的源头和动力。但逝者如斯，时间的流逝何时或止？正是现代时间的在场使书写者意识到“现实”与“想象”、“往事”与“回忆”、“真实故乡”与“文字故乡”的鸿沟，亦使乡愁书写呈现出内在悖论，“故乡”的被唤起反而表明故乡的远离和失去，对故乡的挽留往往变成对“故乡”的哀悼，“伤逝”因此成为乡愁书写中的情感基调。

---

① 汉娜·阿伦特编，张旭东、王斑译：《启迪：本雅明文选》，生活·读书·新知三联书店 2008 年版，第 226、227 页。

三、“乡愁”作为抒情的挽歌

“伤逝”就是抒情。按照高友工的理解，在中国文化史中，抒情的本质就是个人生命的本质。① 而众多的研究者已指出，中国现代小说转型的一个主要表现就是“抒情性”的凸显。② 中国文学中的“抒情”和“叙事”不仅是表达世界和自我的两种主要手段，也是个体获得意义和价值的主要途径。那么，在一个断裂传统、追求革命，以“唯新”和“进步”为尚的中国的“现代”，抒情何为，又如何可能？

在无远弗届的现代性潮流中，眼看一个原初性的美感和价值世界渐行渐远，还乡者欲有所留却无可奈何，何以解忧？唯有抒情。中国现代作家的乡愁书写因此既是叙事，更是抒情。“抒情”不仅是现代作家表现世界的方式，也是体验世界的方式，抒情已经成为面向故乡的现代作家的共有姿态。引人注目的是，不管是以审视、批判姿态出现的鲁迅、萧红、师陀，还是以怀想、投入姿态出现的沈从文、废名，他们在故乡抒情中都呈现出某种共同的贯穿性情感基调：忧郁和悲哀。

在这之前，中国现代文学有过一个集中的“感伤”阶段。在郭沫若、郁达夫、庐隐、冯沅君等主观色彩较浓的作家作品中，“感伤”成为一个时代流行的情感症候。感伤表明了抒情主体的现实处境：有所觉醒而不能把握，欲有所为而无可措手。这是现代性刚

① 高友工：《中国文化史中的抒情传统》，《美典：中国文学研究论集》，生活·读书·新知三联书店2008年版。

② 陈平原指出，现代小说叙事结构的转型就是“去情节化”，而“抒情化”和“心理化”是叙事结构转型的两个主要方面。参见陈平原：《中国小说叙事模式的转变》，上海人民出版社1988年版，第131页。

展开阶段现代主体意识的表征。而引发忧郁的是更久远、更普遍的问题：情感和精神的归宿问题。在一个“一切坚固的东西都烟消云散”的时代，抒情本身就暗示了抒情的悖论性：抒情的对象很可能已经或正在丧失。换言之，抒情最终要面对的是“丧失”和“时间”本身，这两者又往往集中纠结于家园丧失的体验。因此“悲哀”与“忧郁”的萦回不去表明的是个体丧失了一种与本原的、根的联系，丧失了在时间、空间中自我定位的能力。如果说，乡愁就是复活过去，寻求时间、空间同一性的冲动，寻求原初性、本真性的企图，那么，现代性（它的主要标志就是时空分离）中的乡愁表达已使得它不可避免地铺上了忧郁和悲哀的底色。现代性的进程本是告别乡土的过程，但这些现代作家却一再回眸故乡，企图在书写中保留一个已经或正在逝去的世界。所以其中哪怕是批判和审视性的写作（如鲁迅、萧红、师陀），其实也是对故乡的一种挽留，一曲挽歌。回忆性的写作成为悼亡之举，这是还乡者们始料未及的，同时也透露出抒情主体的内在分裂。这正是现代乡愁与古典意义上的乡愁表达的本质不同所在。

因此，忧郁与悲哀正是现代抒情主体在悖论式处境中体验到无奈、无力和幻灭感的结果。这同时又从反面表明故乡抒情是对自我精神和情感确证的寻求，表明故乡的世界与人事仍牵连着作家的生存根源和精神情感归宿，因此才会有既主动自我放逐，又不免被放逐的悲哀。这是一种在欲告别旧的世界与寻找新的归宿之间的两难处境。也正是由于现代主体仍牵连着一个本源的世界，他仍保留着行动（抒情）的意愿和动力。这大概是故乡书写者忧郁、悲哀而不绝望的原因。

这使得关于故乡的抒情笼罩着一层“灵晕”。“灵晕”这个来自本雅明的概念指的是“一种距离的独特现象”，“灵晕的经验就建立在对一种客观的或自然的对象与人之间的关系的反应的转换上”，“感觉我们所看的对象意味着赋予它回过来看我们的能力”，凝视的对象和凝视者之间因而形成一种交流和互动。① 这是因为被凝视的对象有着独一性、本真性、永恒性和神圣性。对故乡的抒情就是对其“本真性”的追寻和发现。故乡的本真性是“时间和空间的在场”，但不停留于时间、空间的“独一性”和“真实性”，而往往衍变为一种基于真实性基础上的“真善美与爱”的理想化存在。所以乡愁不是单向的怀念，而是一种“唤醒”，一种转化和生成。这也是关于故乡的抒情既为忧郁和悲哀所笼罩和萦绕，又往往散发出一种“美的”乃至“甜蜜”的光辉，成为“幸福的挽歌”的原因。

但乡愁共有的“灵晕”不能掩盖乡愁的复杂性。这先是表现为主体的抒情方式不再是单纯、明朗的了，而加入了现代的反讽和批判色彩。反讽和批判不仅是因为抒情对象的复杂和变化，更因为抒情主体的不再单纯和单一。复杂性表现在差异性中。同是忧郁，鲁迅和沈从文就不同。以启蒙者自居的鲁迅并不想保留一个过去的世界，相反，他对“过去”于“现在”的梦魇式的影响时时抱有警惕。因此他压抑了回忆中的温情，并忍不住揭穿回忆的一厢情愿性。抒情本是一种对当下的暂时逃离，而鲁迅不愿（也不能）离开现实（现在）半步。这使得他的“忧郁”往往联系着“愤怒”和“峻急”，一种负疚之情和（欲有所改变而不能的）焦虑时时纠缠着他，使他难以（或不愿）通过抒情得到解脱。情感的深厚和聚集与被有意识地抑制之间形成内在的紧张，“悲凉感”亦由之而生；而沈从文虽对一个逝去的美感和价值世界念兹在兹，但他作为一个现代知

① 汉娜·阿伦特编，张旭东、王斑译：《启迪：本雅明文选》，生活·读书·新知三联书店 2008 年版，第 207、237 页。也有人译为“灵韵”“灵氛”。

识者亦深知湘西世界变异的不可避免性(这变异在《长河》中已成为现实)。隔着时空距离,叙事人不激动,不呐喊,不悲壮也不绝望,变痛苦的体验为平和的观照。忧郁虽然仍是抒情主体的内心郁结,但与抒情对象已然和解,所以它的最终落脚点是“悲悯”。“悲凉”是明知不可为而为之,是两种力量冲突的结果;“悲悯”则因体察到对象的博杂多方和自我的无力渺小而放弃改变的企图,以“同情”和“理解”代替了行动。两种观照故乡的方式带来两种不同的乡愁想象及表达方式。①

这里特别要讨论的是废名。与其他四位作家不同,废名对以“进步”为核心的现代性理念持明确反对和抵制态度。他将现代性的巨人拒之门外,心无旁骛建构他的故乡世界。废名小说中的叙述人似乎没有表露出现代性的推进所造成的内在紧张,但《桥》中叙述人和主人公小林“自怜”“低回”的姿态本身就透露出抒情主体的困境:欲置身事外而不能,欲有所为而乏力。“爱莫能助感”是废名小说的叙述人和主人公共有的体验,他们似乎只能用审美的力量来对抗或化解困境,舒缓和平衡内在的紧张。这在鲁迅等致力于抗争的人们看来就有自艾自怜、逃避现实之嫌。② 但小林的“哀”与“怜”源自对爱与美的追寻,这生长在故乡的女儿世界和自然世界中的“爱与美”看起来显得柔弱,但依然是一种“担荷”,具有内在的力量。也许正是源自故乡的这种力量使得他能够逾越和消解现代性在中国造成的普遍的二元对立:“城市/乡村”“传统/现

① 王德威:《批判的抒情——沈从文的现实主义》,《现代中国小说十讲》,复旦大学出版社2003年版,第127—184页。

② 鲁迅:《〈中国新文学大系〉小说二集序》,《鲁迅全集》第6卷,人民文学出版社2005年版,第252页。

代”“中国/西方”，而达到“中西合璧”，亦传统亦现代。① 是否可以说，通过“向后看”，废名获得了“向前走”的动力和资源？废名最后的长篇小说《莫须有先生坐飞机以后》似乎证明了这点。与大多数中国人因为抗日战争背井离乡不同，废名因为战争而留在了故乡，他和家人都成了“跑反”（逃难）的难民。而正是这避难的经历使莫须有先生（也可说是作者本人）——一个长期滞留都市的有隐逸气的知识分子开始接触现实的、真实的故乡，开始与故乡产生血肉般的牵连，最终重新“发现”了“故乡”，获得了“家园感”。我们发现，废名早期作品中作为还乡病患者标志的“悲哀”与“自怜”在这里已不见踪影。但故乡世界是否真有这样的力量和资源抵制或化解现代性的侵蚀？废名的另类现代性经验和体验对于中国现代性的未来走向是否具有某种普遍的启示性？这是值得我们深究的问题。

总之，乡愁的抒情具有两面性：一方面，现代乡愁的悲情底色显示的是现代性洪流对中国传统世界的冲击和断裂，使得现代个体丧失了基本的稳定感和依托，面向故乡抒发的不再是温暖和单纯的怀恋之情，而更多是哀婉和忧郁，失落和孤独；另一方面，抒情的时刻也是主体现身的时刻。乡愁的执着和绵绵不绝既是自我情感的纾解，也是自我精神性的挽留和坚守，抵制和抗议。所以，乡愁的抒情最终凸显的是一个现代自我的在场。

四、“乡愁”与现代作家的自我认同

由鲁迅《故乡》开启的中国现代乡愁书写的一个基本的情节

① 关于废名对诸如“新/旧”“传统/现代”“乡村/城市”等文化区分的二元对立和本质主义观念的颠覆，参见史书美著，何恬译：《现代的诱惑——书写半殖民地中国的现代主义（1917—1937）》，江苏人民出版社 2007 年版，第 216、226 页。

是，一个离家的人回到故乡，却找不到家园感。找不到家园感，就是无法发现生活的方向感和内在的连续性，无法确立生存的价值和意义，就是自我认同的断裂。

认同(identity)是一个现代词语，意谓寻求确定性，确立某种价值和意义，并将它们与现代自我的形成联系在一起。查尔斯·泰勒从一个问题“我是谁?”来讨论认同。他认为认同是一种框架和视界，在其中人们获得方向感、确定性和意义。泰勒又指出：“分解性的、个别的自我，其认同是由记忆构成的。像任何时代的人一样，他也只能在自我叙述中发现认同。”[①]简言之，叙事建构自我，叙事实现认同。

自我认同的对象有多种，小至亲朋好友、家庭，大至民族、国家，而“故乡”作为中介，却可能扮演着基础性和本源性的角色。“我是谁?”的问题可进一步分解为“我从哪里来?”“我现在何处?”“我要到哪里去?”这样的子问题，而每一个问题都必须先回到“原点”——“故乡”的问题上来，要往前走必须先向后看。从某种意义上我们说，“故乡”是现代个体的“精神家园”，书写故乡的过程就是自我认同、寻找精神家园的过程。

中国现代作家故乡书写中的自我认同路径大致有两条：以鲁迅、师陀为代表的，可称之为反思型认同，以沈从文、废名为代表的，可称之为肯定型认同。[②] 反思型认同源自现代性的二元对立，如“中/西”“城/乡”“现代/传统”所引发的内在紧张，其中对“时间”

---

① 查尔斯·泰勒著，韩震等译：《自我的根源：现代认同的形成》，译林出版社2001年版，第37页。

② 赵静蓉将现代怀旧划分为回归型、反思型和认同型三种类型，并举鲁迅为反思型的代表。这里的两种分类及特点受其启发。参见周宪主编，《文化现代性与美学问题》，中国人民大学出版社2005年版，第38页。

的感知更成为紧张和焦虑的源头。它有两个主要特点：

1. 反思既包括对故乡的"本真性"的反思，也包括对乡愁书写行为本身的反思。在这里故乡不只是主体的情感寄托，亦是主体用以反思和批判现在的武器，体现在鲁迅和师陀的相关作品中，就是自我的认同常常不是通过肯定的方式，而是通过否定（"不认同"）和批判的方式来进行，所以其间充满痛苦、矛盾和自我质疑，凸显出自我的不确定性。

2. 反思型认同体现出认同主体的精神和情感的批判性，它以"现在"为导向，但又执拗地表现为"向过去的回眸"。自我的这种内在的紧张感和分裂感使得"游移"成为其最主要的姿态和美学风格。①

肯定型认同虽然也是在上述二元框架中生成，但它们不呈现为截然对立的关系。这是因为对故乡的"空间化"打破了时间的线性流程，化解了主体的时间焦虑。它的两个特点是：

1. 立足现在，肯定过去真实地发生过并对现在产生着影响，着眼于将来，希望"过去"成为"未来"有价值的部分。

2. 把自我建立在过去、现在、将来连续性的维度上，追求自我的完整性和连续性。沈从文、废名就是在这个维度上将自我建立在与故乡的深层关联上。沈从文的自我一旦奠基于故乡就轻易不变，这一内在的牵连使他度过了 1949 年的认同危机。② 他之后的新工作（考古和美术研究）虽然看起来与故乡没有直接关联，但对

---

① 这种紧张感和分裂感与近代以来不平等的中/西关系在中国现代性扩张中的体现亦有内在的关联。参见胡志德：《鲁迅及其文字表述的危机》，陈子善、罗岗主编，《丽娃河畔论文学》，华东师范大学出版社 2006 年版，第 161—181 页。

② 参见张新颖：《沈从文精读》，复旦大学出版社 2005 年版，第 180 页。

"爱与美"的生命形式(这些正是从故乡升华出来的)的执着依旧。而废名在《莫须有先生坐飞机以后》中让莫须有先生最终"相信真善美三个字都是神。世界原不是虚空的"。这"真善美"是他在童年的往事中、在对故乡山水的感悟中、在对族人的牵连和在故乡的避难经历中体验升华出来的。可以说,经由现实的返乡,废名发现了他的精神情感"故乡"。

不论是"反思"还是"肯定",不论是以疏离的方式还是以亲近的方式,"故乡"都在返乡之路的尽头标示出它的身影。与上述男性作家不同,作为女性的萧红走了一条独特的返乡之路,一条"反思"和"肯定"之外的"情感"和"女性"认同之路。与男性作家的故乡情感经过理性和精神的"过滤"不同,萧红的故乡情感似乎是"非理性"的。但萧红赋予这"非理性"的情感以女性自我认同的意义。

正是在还乡者萧红这里,我们发现"故乡"的性别之维,或者说,"故乡"对于男人、女人的意味和意义是不同的:男性作家可以归属于"东北"、民族、国家等"大家",而女人离不开她在其中生活、成长的"小家",因为对于女人,这就是具体的、细节性和感受性的"故乡"。而萧红的特出之处还在于,通过把情感性的自我置于与故乡底层男性(冯二成子、有二伯等)的关联中,寻找自己的认同之路。从这个意义上说,萧红的文学就是底层文学①,而非"为底层"的文学。因为这一底层世界不是作为启蒙对象或革命的发源地出现,而表征着善良、隐忍、正义以及"爱和温暖"——这应该就是萧红苦苦追寻的"故乡"的内涵。它使得萧红这个情感性的弱势自我具有了内在的力量。另一方面,萧红的乡愁书写中重复出现的认同被死亡打断的结局,表明这个女性主体永远"在路上"的处境,使

① 参见林贤治:《萧红和她的弱势文学》,《新文学史料》2008 年第 2 期。

得萧红及其故乡书写成为“现代性的无家可归”的又一个苍凉的注释。

不论是男性的精神性的“故乡”，还是女性的情感性的“家”，这个召唤他们的时间/空间作为一种情感性和精神性的“家园”，只存在于那些有情感和精神活动发生的地方，存在于人与其生存世界之间具有的那种以爱为特征的交互关系中。① 而乡愁正是对情感、精神及这两者的结合——“爱”的呼唤和表述，这才是乡愁的原初性和本真性，也是乡愁书写的动力所在。正如鲁迅所说，创作总根于爱。这种爱不止于天性之爱、血缘之爱，而是对其的“扩张”“醇化”，是能够突破一己之限的“无我之爱”和“牺牲之爱”。② 没有这种作为源泉的“爱”，就没有源源不断的乡愁书写。这样的爱与宗教之爱自然不同，但它们对于现代个体之情感和精神归属的价值和意义却是内在相通的，都具有一种超越性和救赎性的维度。人们常常把鲁迅作为“过客”的“孤独”“绝望”与“战士的反抗”联系在一起，但是应当问的是：孤独的“过客”为何没有走向虚无，他从何处汲取源源不断的反抗力量？而缺乏超越性之爱的“复仇”与“反抗”又最终会导向何方？这些鲁迅自己亦被困扰的问题已凸显出中国现代作家面临的共同困境：在传统价值世界已然崩解，而宗教和信仰普遍阙如的现代中国，国人的精神和情感何去何从，何所归依？精神、价值归依问题作为现代性困境最深刻的体现，在今天更加普遍和突出了。有人以“拯救与逍遥”概括中西方诗人面对

① 宾德著，莫光华译：《荷尔德林诗中“故乡”的含义与形态》，海德格尔等，《荷尔德林的新神话》，华夏出版社 2004 年版，第 138 页。

② 鲁迅：《我们现在怎样做父亲》，《鲁迅全集》第 1 卷，人民文学出版社 2005 年版，第 134—149 页。

同一困境的不同选择，得出了完全悲观的结论。[1] 这个结论难以令人接受，是因为不管问题有多严重，能够确定的是我们只能从我们的出生和成长地、我们的历史和传统，和我们的内心寻找救赎的资源和希望。就鲁迅来说，无论是他早年旧体诗中袒露的乡愁，还是晚年再一次地回到故乡的民俗、鬼神，回到“白心”“民魂”和童年[2]，都表明这个在现实中疏离故乡的漂泊者何曾离开过“故乡”？包括鲁迅在内的中国现代作家的乡愁书写，其实一直在面临、体验和表达这个现代性的难题和困境，一直在尝试回答：如果中国不是必须得有作为信仰的宗教，“故乡”能成为现代中国人的终极依托（之一）吗？

总之，从主题到形式，从写实到想象，从叙事到抒情，从生命体验到精神归依，中国现代作家的乡愁书写已然形成一套美学传统。这是一种双重性和悖论性的体验和表述机制：本是为了告别，却反衬出无处不在的“蛊惑”和藕断丝连；本是为了挽留，却铭刻下逝去和断裂的痕迹；本是为了认同，却呈现出认同的困惑和不确定性。一方面，乡愁书写正如本雅明所说是赋予“过去”一种救赎力量[3]，一种拯救时间与建构自我的努力；另一方面，乡愁书写又见证了现代主体的内在分裂和危机，并成为对这一分裂危机的想象性弥合和克服。因此，中国现代的“乡愁美学”既不是传统的“乡愁”，也不是传统的“美学”所能概括。它改写了“乡愁”的内

① 参见刘小枫：《拯救与逍遥》（修订本），尤其是“引言”和第四部分，上海三联书店 2001 年版。

② 晚年鲁迅的写作又一次集中于故乡：《我的第一个师父》《女吊》《因太炎先生而想起的二三事》。

③ 本雅明：《历史哲学论纲》，陈永国、马海良编，《本雅明文选》，中国社会科学出版社 1999 年版，第 404 页。

涵，赋予“乡愁”以个体创造和拯救的意义和价值；它拓宽了“美学”的疆域，使得“美学”与现代中国自我的生存体验和终极关怀关联起来，具有了宗教性和超越性之维，发挥着文化诗学与文化政治的功能。当代世界范围内汉语作家对“乡愁”的续写、张扬或改写表明，这一由中国现代作家开拓的美学传统仍在衍变当中。

第二节 乡愁话语的形式与方法

如果说“美学”主要着眼于文学的审美功能与价值，那么“诗学”，按照文学理论家托多罗夫的理解，重点考察的是文学这一特殊话语发挥作用的范式和机制。作为建构性的文学话语，乡愁话语的主要功能就是建构认同。乡愁认同的诗学方法，就是为建构认同找到一种形式，通过这一形式，认同才能够通过文本得以建构。我们将着重讨论“回忆”“儿童视角”和“传记/城传”等三种形式/方法。

一、作为生命和艺术形式的“回忆”

作为一种生命体验方式的“回忆”与心理学意义上的“记忆”有所不同。作为人的心理的一种普遍性功能，记忆的对象往往是某件具体的事情，一般不具备审美的功能。而回忆则具有一种整合、描摹功能，它描摹记忆，使记忆的残片聚合为审美的意象。“回忆功能是印象的保护者；记忆却会使它瓦解。回忆本质上是保存性的；而记忆是消解性的。”①埃米尔·施塔格尔认为作为叙事作品

① 本雅明著，张旭东、魏文生译：《发达资本主义时代的抒情诗人》，生活·读书·新知三联书店1989年版，第130页。

的对象的往事属于记忆，而抒情式作品的主题是回忆。① 他说回忆者“走进过去或现在发生的事情里并与之融合，即是说，他‘召之入内’”，“‘回忆’并不意味着‘世界进入主体’，它始终意味着互入其中，因此之故大家可以讲：诗人召自然之内，这等于是说：自然召诗人入内”。作为一种召唤和互动，“回忆”因此可能打破现代中普遍存在的主/客、人/自然等二元对立，消除主体和客体之间的间隔距离，达到“互在其中”。

回忆的审美功能被多位哲学家、美学家如叔本华、尼采、柏格森、卢卡奇、本雅明、马尔库塞等探讨过。海德格尔更是多次谈到回忆。在专论荷尔德林《回忆》一诗的《回忆》一文中，他指出：“回忆乃是一种问候。”“问候展开被问候者和问候者之间的遥远，从而在这种遥远中建立起一种不需要巴结讨好的互邻关系。真诚的问候将自己本质的相似之处赠予被问候者。”“问候将被问候者很好地保存在回忆中。”“问候自身无所求，却因此而收到能助问候者进入其本已存在的一切。”回忆的一个神秘现象就是：“回忆思向往者，结果却是往者在趋向它的思念中，从反方向回到思念者。”因此，“回-忆（An-denken）其实就是使什么东西固定下来，亦即一门心思扑向一种牢固的东西，思者借此达到稳当地持守于自身存在之目的”。这“牢固的东西”就是本源，因此，回忆不创造本源，它标示本源。海德格尔认为，对于荷尔德林，“写诗就是回忆。回忆就是建基。诗人奠基式的卜居标出土地并使土地神圣化，这片土地

---

① 埃米尔·施塔格尔著，胡其鼎译：《诗学的基本概念》，中国社会科学出版社1992年版，第47—52页。

将成为大地之子诗意安居的基础”①。所以，并不奇怪，回忆往往是和“故乡”联系在一起，或者可以说，回忆的源头就是“故乡”。那里有海德格尔所谓“牢固的东西”。

回忆因而被赋予一种生存意义上的高度和价值。对于叙述人来说，“故乡”一词已指明时间的过去性和空间的异地性，所有关于故乡的叙事都是“向后看”——回忆的产物。

回忆是站在叙事者的立场而言的。作为还乡者的叙事者，他的站立位置和姿态都是背向现实，面向过去和故乡，这使得他们的叙事成为一种回溯性的叙事，回忆成为小说主导的叙事方式。它具体包括叙述人的回忆和小说中人物的回忆。

这种回溯性的叙事方式常常出现在那些以第一人称为主人公的小说中，如鲁迅的《故乡》《社戏》《祝福》《在酒楼上》《孤独者》，萧红的《小城三月》，师陀的《果园城记》，废名的《阿妹》，沈从文的早期小说如《代狗》《福生》等作品中。

在非第一人称和两种人称交叉使用的作品中，回忆的叙事方式也普遍存在。前者包括鲁迅的《伤逝》，师陀的《落日光》《狩猎》《寻金者》，沈从文的《腊八粥》《说故事人的故事》《凤子》和废名的《去乡》等。后者如《桥》《呼兰河传》。

这里面通常有两种情况。一种是回忆在其中只是起动机性和串联性的作用，如鲁迅的《祝福》，师陀的《狩猎》，萧红的《小城三月》，沈从文的《凤子》等；另一种是回忆作为小说的结构方式和主导的叙事方式，如《在酒楼上》《呼兰河传》等。

从回忆所展开的时间距离来说，最远的有回忆童年的，如《社

① 海德格尔著，孟明译：《回忆》，海德格尔等，《荷尔德林的新神话》，华夏出版社2004年版，第19—68页。

戏》《呼兰河传》《狩猎》，废名的《初恋》，沈从文的《我的教育》等，较近的有《祝福》《莫须有先生坐飞机以后》，最近的则是回忆刚发生过的事情，如《伤逝》等。也有回忆贯穿了三种距离的，如萧红的《小城三月》，但毕竟稀见。

如前所述，回忆的动机和动力是当下的处境。但在文本中，这一切都被表面上的一致掩饰起来，读者往往被叙事者带领进入过去，而忘了现在。这一过去与现在或潜或隐的对照恰恰构成了某种反差和紧张。这就是小说中普遍存在的对比结构中蕴含的内在张力。这种前—后、故地—他乡的对比凸显的是时光不再、物是人非的永恒主题，在对照中，一种丧失感油然而生。

与《故乡》中对少年闰土的回忆带来今/昔对照的震惊效果不同，《社戏》中的童年回忆给小说带来了最后的亮色。看社戏和吃罗汉豆只有在回忆的氛围中才显得回味无穷，念念难忘。然而鲁迅的回忆很少针对过去的“美好”，倒念念不忘过去的阴影。如《祝福》中“我”的忆起祥林嫂，《五猖会》中忆及父亲的“煞风景”，《父亲的病》中给予“我”的负罪感和压抑，《风筝》的求解脱而不能。这些过去的时光如梦魇一般压在鲁迅的心头，似乎只有通过回忆才能摆脱它们，一解心头重负。即使在几篇美好的回忆文本中，现实中的“我”也往往现身，站出来揭示回忆的一厢情愿性和虚幻性。《故乡》固是如此，《社戏》中看戏的前后对比和第二天罗汉豆的不再美味不是已揭示了回忆之“美好”的想象性和短暂性？鲁迅对于回忆的“审美”作用和自我安慰性有着清醒的认识，回忆的目的不是对“过去”的沉迷，而是对“现在”的揭示。对于鲁迅，现实总是压倒性的，容不得他在回忆之乡耽搁太久，所以鲁迅的回忆既是为了忆起，也是为了忘却。写作成了“为了忘却的记念”。

对于师陀来说，收在《果园城记》中的小说《一吻》的主人公大刘姐无疑也是被回忆纠缠的人物。是回忆诱使她回到果园城——她曾经的家和童真结束的地方。但是一路上的见闻——主要是通过车夫虎头,她青涩岁月时的伙伴和爱慕者,当然现在他已不认识她——让她明白时光之无情。她来了,又走了。回忆中的美好似乎破灭了,但是又肯定会伴随她终生,成为她一辈子的蛊惑。

和鲁迅一样,师陀不让自己被回忆之流吞没,他总是要呈现现实的无情和残酷。但也正是回忆,使得他的这种批判性、讽刺性的叙述蒙上了温情的面纱。回忆性的叙事表明师陀的创作归宿不是启蒙和改造国民性,而是怀乡,这是他和鲁迅的最大不同所在,也因此构成了师陀创作中眷念与决绝的内在紧张。

一直以来人们对《呼兰河传》的主题多有争议。从思乡说、寂寞说、批判改造国民性说到讽刺男权社会说,不一而足。说它是对故乡的美好追怀,其中又确实处处可见嘲讽,有些章节甚至是以讽刺、批判为主调。如果忽略"回忆"对于《呼兰河传》总体性的统摄作用,就容易各执一词。从回忆的主体来看,不管她是以全知叙述人(第一、第二章)还是以第一人称叙述人(第三章开始)出现,回忆的基调一以贯之。"过去"由于回忆被召唤出来,成为回忆者自身生命的一部分,作品的主题不再单一和分明了。

对于现实中不能还乡的萧红来说,回忆是她生命和艺术的双重形式。《呼兰河传》是回忆者的自我追溯和总结,是寻求对自己生命的确证。回忆与书写因此成为写作者自我定位的努力。通过回到故乡——一个人的出生地和第一站,萧红追溯自己的源头,确立自己的位置,寻找生存的意义和价值。在回忆中,现实中的作者很少露面,一任自己沉浸在回忆之河,随波逐流,不想上岸。

废名的短篇《初恋》中的第一句话"我那时是'高等官小学堂'的学生"已经奠定了回忆的基调。小说的叙述人追忆"我"(焱哥哥）与银姐的朦胧的“初恋”。与淑姐（《我的邻居》）、柚子（《柚子》）和琴子（《桥》）一样，这个银姐也是个天人般的小姑娘，有着酒窝的面庞让“我”不敢正视只能偷觑。与《柚子》前后强烈的对照不同，《初恋》的结局只留下淡淡的遗憾：祖母去世的时候，银姐随了母亲来吊唁，拿了放在几上的“我”的照片，“‘这是焱哥哥吗？’”——“我”是通过妻子的转述得知这一幕的。小说笼上了一层淡淡的哀意和怅惘。

《桥》整体上看是一部现在进行时态的小说，但叙述人“我”的若隐若现又表明这是事后的追忆。“我”与主人公小林其实是一个人，但在小说中一分为二，“我”叙述小林的行踪亦即是回忆自己的足迹。这种潜在的回忆模式使小说的叙述人（回忆者）与人物（他的另一个自我）保持了一定的距离，以便进行观照，这是它与《呼兰河传》的不同之处。它结合了全知与有限叙事的长处，但主要以小说主人公小林的视角为聚焦点。尤其是小林度过了他的童年，在外十年重回故乡后，这个旧“我”基本上隐身了，让小林自顾自地活动、交往、展示自己。

小说上篇最终没有结束（上篇写到三分之二即“碑”一节作者就跳过写下篇。下篇写到小林、琴子、细竹三个游天禄山遇到大千、小千姐妹，准备一道到海边去玩结束），让人悬想这部小说该如何结局：小林、琴子、细竹该如何走向各自的归宿，细竹的命运会像柚子吗？抑或大千、小千姐妹的故事是琴子、细竹故事的预演？想到废名“少女之死”的主题和对“美”的哀意，读者不由担心这些女儿的命运难逃一个“哀”字。

但“结局”显然不是废名要着力表现的。他不追求情节，或者说故意淡化情节。正如周作人说《莫须有先生传》：

> 这好像是一道流水，大约总是向东去朝宗于海，他流过的地方，凡有什么汊港湾曲总得灌注潆洄一番，有什么岩石水草，总要披佛抚弄一下子，才再往前去，这都不是他的行程的主脑，但除去了这些也就别无行程了。①

这段话虽然评论的是《莫须有先生传》，但也契合于《桥》。散漫性、无中心性、非固定性正是回忆本身的特点。对于废名来说，回忆呈现的不是一个个情节、过程和结局，而是一个个片段和场景，回忆只是将它们串联起来。这更似生活的本然状态。可以说《桥》是无所谓“完”与“未完”的，它要达到的目标（即呈现人生本相）已经达到了，只是让我们这些习惯于追因溯果的读者感到不甘和遗憾。

沈从文的回忆性小说主要集中在他的前期（1930年代前）创作中，而且其篇目并不占他创作的主要部分。但是从整体上看，沈从文的湘西写作都是沈从文过去经验和想象的结晶，是回忆的产物，也是他整个文学创作中分量最重、质量最高的部分。

沈从文早期的回忆性写作包括《福生》《画师家兄》《入伍后》《玫瑰与九妹》《占领》《黎明》等。这些都是第一人称的回忆性叙述。一些第三人称的内视角小说也可以看作是第一人称视角的变体，小说的主人公可视为“我”的另一个化身，这包括《腊八粥》《逃的前一天》《雨》等篇。

在这一类小说中，叙述人除了偶尔发一点议论和感想之外基本上不露面，任由自己沉浸在故乡的空间和时间中。但同是一个

---

① 周作人：《莫须有先生传·序》，陈建军编著，《废名年谱》，华中师范大学出版社2003年版，第147页。

作者,却在都市叙事里呈现出几乎是对立的情感和姿态。这暴露出身处都市、心在乡村的叙事人的真实处境和困惑。

1930年代之后,沈从文的这类文字大大减少了。但回忆作为一种生命形式和艺术形式仍然贯穿于他的创作中。写于1932年的《凤子》就借助于一个城里绅士的回忆进入湘西。《边城》的叙述人几乎没有暴露他作为城里人的身份,但从作者透露出来的写作动机和主要人物翠翠的原型就可得出这是一个回忆性的作品的结论。所以小说写的似乎是小城茶峒"现在"发生的事,而在回忆的背景下,这"现在"已变成"曾经"。

这种"曾经/现在"的潜在对照到《长河》则成为显明的了。随着"新生活运动"的到来,"现代"已给湘西造成一种山雨欲来的气氛。湘西的变异已经是势不可当。小说在写到这种"现代"(以"新生活运动"、保安队为代表)与湘西的全面冲突时停笔。这也是沈从文与故乡的距离越来越近之时。《长河》的"未完成性"与废名《桥》的"未完成性"又有所不同。《桥》中的时间干脆被悬置,而超越了时间束缚的叙事可以永远停留在"当下","当下"就是永恒(而《边城》已面临一个"明天会怎样"的问题)。所以,《桥》的未完也就是一种完成,这使得它呈现出一种乌托邦色彩;而《长河》是按照时间的线性流动来叙事的,现实中时间带来的变化不可避免,这是叙事人不愿和不忍看到和面对的。另一方面,随着作者与故乡距离的逐渐缩短,回忆所带来的美感也必然逐渐消退。这应是沈从文在1940年代放弃乡愁书写转而去关注国家民族命运的一个深层原因吧。

二、儿童视角

回忆性叙事里面经常出现的叙事视角是儿童视角。所谓儿童视角指的是小说借助儿童的眼光或口吻来讲述故事,故事的呈现过程具有鲜明的儿童思维特征,小说的叙述调子、姿态、结构及心理意识因素都受制于作者所选定的儿童的叙事角度。①

1. 儿童视角首先表明的是一个位置。他是站在儿童的位置和立场来看世界的,世界也因他而显示出独特的面貌。

2. 儿童视角暗含着一段距离。这就是儿童世界与成人世界的距离。对于儿童,成人世界是陌生而神秘的,在这双陌生化的眼光注视下,成人世界展示出不同于成人所看到的面貌。

3. 儿童视角还代表了一种价值和观念。这显然是不同于成人世界的价值和观念。在童年"天真"目光的注视下,成人世界往往显出残酷、功利、无情和麻木的一面。所以,儿童视角暗寓批判。

4. 儿童视角复活了一个天真、好奇而又生机盎然的"本真世界",它是成人世界的鲜明对照。

儿童视角大致又可分为两种情况:(1)回溯性叙事中的儿童视角;(2)当下叙事中的儿童视角。书写故乡的作家往往交替使用这两种模式,但显然以前者为主导。这一类作品有鲁迅的《怀旧》《社戏》《从百草园到三味书屋》《五猖会》《父亲的病》,萧红的《手》《呼兰河传》《家族以外的人》,沈从文的前期小说和废名的《初恋》《小五放牛》《桥》等。例外的是师陀,他的小说中儿童视角罕见。

汪曾祺谈到自己读废名《桥》的感受时说:"读《万寿宫》至程林写在墙上的字:'万寿宫丁丁响',我也异常的感动,本来丁丁响的是四个屋角的铜铃,但是孩子们觉得是万寿宫在丁丁响,这是孩子的直觉。孩子是不大理智的,他们总是直觉地感受这个世界,去

① 吴晓东、倪文尖、罗岗:《现代小说的诗学视域》,《中国现代文学研究丛刊》1999年第1期。

‘认同’世界。”并说废名“用儿童一样明亮而敏感的眼睛观察周围世界，用儿童一样简单而准确的笔墨来记录。他的小说是天真的，具有天真的美”①。

这些话经常被引用来表明因儿童视角而呈现的儿童所固有的原生态的生命体验和情境。但实际上，纯朴、天真的儿童世界并不是“原初的存在”，正如“童年”不是先天的存在，而是成人的后天界定，儿童视角也并非“天然”地存在，而是成人写作者精心选择的叙事策略。当然这一选择也契合了写作者的内心状态。也就是说，儿童世界的状况反衬出的恰恰是成年叙事者的处境。儿童世界越显得美好，成人世界可能越残酷。成人世界的这种信息总会有意无意地从叙述的裂缝中透露出来，只是在有的作品中明显，有的不明显罢了，从中透露出写作者视角选择的意图和动机。

虽然儿童是鲁迅作品中的群像(《呐喊》《彷徨》二十五篇小说中有十六篇涉及儿童，有姓名者三十多人)，但他们很少作为主人公出现，也少有完全意义上的儿童视角之作。在忆及童年的作品中，叙述人也很少让自己完全沉浸在童年的时光，似乎现实中的处境时时促迫他回到当下。《社戏》后半部分的美好回忆是以前半部分对成人世界的无奈与寂寞做铺垫的。这一世界的强大与“现实性”表明童年世界的一去不复返，回忆之味越美好越让作者和读者心生惆怅。《故乡》则干脆揭破童年怀想的虚幻性。想象中的风景虽然很美、很神奇，却经不起现实的打击。

而鲁迅最早的一篇文言小说《怀旧》，虽可划入回忆性的儿童叙事范围，却并无多少“美好”和“怀恋”可言。小说的标题“怀旧”

① 汪曾祺：《万寿宫，丁丁响·代序》，冯思纯编，《废名短篇小说集》，湖南文艺出版社 1997 年版，第 4 页。

其实是一个反讽。小说人物“吾”怀恋的其实是一个乱世，在这一世界，人们只是苟且偷生，得过且过。私塾儿童的目光在小说中起到的是一种揭露和批判的作用，在他的注视下，成人世界呈现出混乱自私、颓靡、灰色的图景。

相比之下，萧红《呼兰河传》中的童年“我”却一度沉迷于欢乐的时光而不愿长大。在回忆性叙事的气氛笼罩下，小说的儿童视角时隐时现。在第一、第二章，作为叙述人的“我”没有出现，显得好像是由一个全知的叙述人在叙事。而在关于小团圆媳妇的第五章，“我”也曾长时间隐身。但整体上看，回忆性叙述中的儿童视角仍然贯穿了整篇小说的七章。因为视角的判定不能仅仅看叙述人有无隐身，还应该从叙述的语调、姿态，叙述人的价值观和情感偏向给予判断。从这几个方面看，《呼兰河传》的叙述人只有一个，这就是“我”。只是这个“我”分身为成年的和儿童的两种身份。这两种身份既有区别，又来自同一个主体。于是儿童视角中有成人的声音，成人的声音中有儿童的语调。

儿童视角最鲜明、最集中地表现在第三、第四章，写“我”在祖父的溺爱下度过的欢乐时光。这两章中，我与叙述对象的距离似乎完全消失了，回忆者与回忆中的“我”似乎合二为一，叙述也好像由“过去时”转变到“现在时”了，让人感觉犹如发生在眼前。

但是，无论童年的场景如何栩栩如生，仍掩盖不了一个成年叙事者的存在。在《呼兰河传》中，作者似乎也没有意去掩饰她的存在。在最沉迷于童年时光的第三、第四章中，读者还是发现“我记得”“我小的时候”的词句，提示着成人叙事者的存在。

比如第四章第一节写到后花园里一柄生锈的铁犁头：

不知为什么，这铁犁头，却看不见什么新生命来，而是全体腐烂下去了。什么也不生，什么也不长，全体黄澄澄的。用手一触就往下掉末，虽然它本质是铁的，但沦落到今天，就完全像黄泥做的了，就像要瘫了的样子。比起它的同伴那木槽子来，远差千里，惭愧惭愧。这犁头假若是人的话，一定要流泪大哭："我的体质比你们都好哇，怎么今天衰弱到这个样子？"①

对一柄生锈的铁犁头引起无限趣味和遐想，这显然是小孩子才会有的心理，叙述语调也是儿童的（"就像要瘫了的样子"），但其用词如"本质""沦落""惭愧惭愧"又让人想起成年叙述人的在场。两者的"差异"及难解难分提示着两个世界的存在和关联，提示着叙述人身处两间的位置。

而在《尾声》中，这个一度隐身的成年叙述人再度现身：

那园里的蝴蝶，蚂蚱、蜻蜓，也许还是年年仍旧，也许现在完全荒凉了。

小黄瓜，大倭瓜，也许还是年年的种着，也许现在根本没有了。

那早晨的露珠是不是还落在花盆架上，那午间的太阳是不是还照着那大向日葵，那黄昏时候的红霞是不是还会一会儿工夫会变出来一匹马来，一会工夫会变出来一匹狗来，那么变着。

这一些不能想象了。

---

①《萧红全集》，哈尔滨出版社1991年版，第182—183页。

……①

依然是童稚的语气，但基调已变为悲凉。是无奈的成人世界反衬出童年世界的美好，是无家可归的寂寞映衬出在家的欢乐，还是相反，故乡的童年见证了成人世界的不堪？充满在两个世界之间的，是一种深深的丧失感。

在另一个短篇《手》中，儿童视角被用来批判成人世界的残酷与不仁。潜在的对照与反差所带来的阅读效果可媲美于鲁迅的《孔乙己》。

废名的文学世界充满着童真和意趣，但严格运用儿童视角的篇目却不多，短篇的《小五放牛》算是，《桥》的前一部分亦可算是儿童视角，不过随着小林的成长，儿童就变成成人了，虽然童心依然。

《小五放牛》头一句："我现在想起来，陈大爷原来应该叫做'乌龟'，不是吗？"接着一段："那时我是替油榨房放牛，牵牛到陈大爷的门口来放。……"开始以儿童视角叙事。与《呼兰河传》中"我"与祖父的故事不同，这篇小说焦点不在"我"身上，而借"我"之眼展示陈大爷、毛妈妈和王胖子——一个屠夫，却穿着纺绸裤——的生活场景。王胖子在毛妈妈处酒足饭饱（酒是毛妈妈吩咐陈大爷去买的）后解不开裤带要毛妈妈帮忙。

王胖子站起来——毛妈妈蹲了下去，替他解。

这时由得我做主，我真要掷一块石头过去，打这个胖肚子！胖肚子偏要装进那么多。②

---

① 《萧红全集》，哈尔滨出版社1991年版，第275页。

② 冯思纯编：《废名短篇小说集》，湖南文艺出版社1997年版，第89页。

童年的我并不知道毛妈妈与王胖子之间的暧昧关系，只是觉得有点不对劲。而毛妈妈的丈夫陈大爷——按理说他应该会有表示——却好像见怪不怪，漠然置之。在儿童眼光的注视下，成人世界显出暧昧乃至丑陋的面相，但依然笼着一层面纱，即使透出哀意也是淡淡的，可看出废名似乎不忍或目的不在于揭露丑陋与无奈。这与《呼兰河传》中第五章（关于小团圆媳妇）透过女童的眼展示成人世界的愚昧、残忍和恐怖有明显不同。

《桥》中叙事人“我”好像和主人公小林一道成长，两个人的视角多数时候是重合的。前面汪曾祺引述“万寿宫丁丁响”的例子其实是小林小时候写在墙上并经常说给他姐姐听的一句话。《桥》不是严格意义上的儿童视角，但却充满了童趣和天真情怀，即使主人公长大了，成人世界不可避免的心计、嫉妒和性意味都被隐去（在情节层面这是一个三角恋爱故事），留下的是纯美及诗意的一面，所以在《桥》中我们看不到两个世界的对照和对立，也很难发现童年和成人两种叙事声音的不同，更不用说紧张了。这是废名与鲁迅等其他几位作家大不同的地方。废名小说中的叙事人好像游移于儿童与成人之间（如《去乡》《我的邻居》《初恋》《柚子》均是），但对于他们来说，成人世界与儿童世界似乎没有发生断裂，而是一种自然而然的延续，很多美好的东西都一以贯之，保存下来了。

沈从文严格运用儿童视角的小说也不多，而且集中在他的早期。《往事》写六岁的我回到乡下，对乡下的牛羊水车乃至竹子都感到好奇。而提到最多的是吃：甜酒、米豆腐、炒米、栗子、桃子，而且天天吃鸡大腿，而此时身在都市的沈从文恐怕正在饿肚子呢。《玫瑰与九妹》写家中人一起种玫瑰，盼开花，做玫瑰糖。《夜渔》和《腊八粥》在茂儿和八儿的眼光下，显得有滋有味。《炉边》亦写吃，这次说的是吃夜宵：燕窝粥、莲子稀饭、鸽子蛋、鸭子粥。湖北人卖糖的方盘内，陈列着薄荷糖、姜糖、藕糖、辣子糖……《我的小学教育》则散漫铺叙木傀儡戏和孩子们的打斗。结帮斗殴似乎是成人世界的预演，但在叙述人童稚的夸耀性语气下并不显得丑恶和凶险。这有点类似废名的介于儿童和成人之间的叙述人。沈从文似乎有意混淆了两者的界限，把童年写成“当下”，显露出叙述人对“过去”的沉溺和不愿自拔。

沈从文在他后来的创作中，儿童视角只偶尔使用（如《静》和《白日》），更多的是一种全知型的叙事视角。叙述人对乡下的一切抱着同情、欣赏、惊讶、赞许的态度，这与儿童视角有很大程度的叠合。所以沈从文的叙事不管有没有选择儿童视角，故乡世界都是在一种“纯真”的目光下展开的。这与废名类似。

整个说来，故乡书写中严格运用儿童视角的并不多。这些作品中的叙述人更多选择一种介于儿童与成人之间的游移位置。当儿童叙述人在成人世界耽搁已久，成人叙述者就会浮出海面（最突出的是鲁迅的作品和萧红的《呼兰河传》），提醒叙述人的当下位置。这种“游移”揭示了叙述人的当下处境：他们想重温过去的时光，但已不可能让自己完全回到过去。即使在试图泯灭过去与现在界限的废名、沈从文的创作中，读者也能感觉到另一个世界的隐隐存在，对被呈现的世界构成威胁。所以我们不应局限于叙事学意义而应从宽泛意义上理解儿童视角，把它视为一种观察、理解和表达世界的方式。选择儿童视角的写作者大都葆有童心，对“过去”的“原初性”和“纯真性”保持憧憬，隐含一种回归本原的努力。这就是作为形式的儿童视角的精神内涵，而童心的源泉就在故乡。还乡者从这一源泉中汲取叙事的动力，寻找对抗现实的途径和力量，“故乡”也在这一挖掘的过程中呈现出其“本原”的位置，使得乡愁书写成为一种建构性的话语。

三、"城传"与"自传"

一直以来,我们都是从"真实"的角度看待、阅读传记的。所谓传记,按照通俗的理解,就是某个人的真实的连续性记录(往往是一生或一个较长时期)。传记又分为别人写(所谓"立传")和自己亲自动手(所谓"自传")。我们一般不会着意去区别两者。法国自传研究专家菲力浦·勒热纳这样定义"自传":当某个人主要强调他的个人生活,尤其是他的个性的历史时,我们把这个人用散文体写成的回顾性叙事称作自传。① 华莱士·马丁把自传定义为"有关个人如何成长或自我如何演变的故事"②。从作者方面看,自传的作者、叙述者和人物是同一的。而自传体小说只是在叙述者和人物两者间保持了同一。在勒热纳看来,"自传"与"传记"的区别在于人物与真人原型在同一性与相似性上的地位关系不同。

我们讨论的五位作家的作品以小说为主,也必须参照他们的自传和回忆。因为这些作家的作品按传统的散文、小说、诗、戏剧的四分法并不能精确划分,尤其是小说与散文(包括回忆性的纪实散文)的界限不分明(作者甚至有意跨文体写作)。一方面,他们的一部分小说,尤其是与故乡有直接关系的小说有相当多的"自传"成分在里面,可称之为自传性小说(有别于"自传体小说"),如鲁迅的《故乡》《社戏》《在酒楼上》《孤独者》,废名的《桥》《莫须有先生传》《莫须有先生坐飞机以后》,萧红的《呼兰河传》和师陀的《果园城记》

---

① 菲力浦·勒热纳著,杨国政译:《自传契约》,生活·读书·新知三联书店2001年版,第3页,

② 华莱士·马丁著,伍晓明译:《当代叙事学》,北京大学出版社2005年版,第67页。

都可当自传性文字阅读(但切忌对号入座);另一方面,他们的散文,尤其是关于故乡的回忆性散文中却多多少少存在着有意无意的虚构现象。甚至写作的时候当散文写,后来收入了小说集,明明是小说的结构,却被当成散文收录(这一点在废名、师陀那里表现得特别明显)。所以我们有必要把他们那些回忆性的散文也考虑进来。

整体上看,这些作家对故乡的书写其实也就是对自己人生经历的书写。一方面可以把他们的虚构作品(小说)与自传类文字对照起来阅读;另一方面这些作家喜欢给小说人物作传,喜欢给小城作传。萧红的《呼兰河传》、师陀的《果园城记》是给小城作传,沈从文的《边城》亦可如是观。鲁迅有《阿 Q 正传》,虽然不是专门给"未庄/鲁镇"(绍兴城)作传,但他的所有作品叠加起来也让我们得以窥见这个浙东小城的风貌(地理的和精神的)。废名的《桥》《莫须有先生传》《莫须有先生坐飞机以后》均围绕故乡来组织,里面的河流、山川、圩荡甚至塔、碑和桥都实有其名、实有其地,应了一句话:"小说除了人物名字是假的,其他都是真的。"这些还乡者都有为故乡作传的冲动。

我们最先想到的作品是《果园城记》《呼兰河传》和《边城》。

这三部作品所写到的小城共同点是:

1. 它们都实有其原型,可以在地图上找到。呼兰河在东北黑龙江的呼兰县(加上一"河"字却表明了"真实"中的"不真实"),果园城的原型是中原大地上的小城——郾城,而边城的原型是西南湘川两省交界处的茶峒。从北到南,三个小城处在三种不同的区域文化中。

2. 虽然果园城和边城的原型并非作家的出生地,而是他们路过的地方,但实际上他们借他乡做故乡,写的仍旧是故乡的人和事,风景、街道也是故乡小城的。更何况,这两个原型小城本来也是列在各自故乡的大范围内的。所以，为小城作传（记），也就是为故乡作传。

师陀在谈到《果园城记》的写作时说："这小书的主人公是一个我想象中的小城（略），我有意把这小城写成中国一切小城的代表，它在我心目中有生命、有性格、有思想、有见解、有情感、有寿命，像一个活的人。""这是我的果园城，其中的人物是我习知的人物，事件是我习知的事件，可又不尽是某人的写照或某事的拓本。"①

一个人想象的小城如何被赋予生命，又如何与中国一切小城的代表结合起来？"空间化/地方化"与"情感化"是其方法。

一切小城，如果把它看作是有生命的"活的人"的话，必得在空间立足，在时间中变化、成长（或衰败）。

从空间上看，它们都是地图上的某个点。果园城是平汉铁路上作者一位朋友祖居的小城。但是这小城的具体方位，它的街道构成，每条街道上的布局，果园城著名的塔在城市的东南西北，果园城显赫的主人胡左马刘家族以及城主魁爷都住在哪里，葛天民的农场、贺文龙的家又处于什么方位，这一切叙述人"我"或者马叔敖没有一一指点给我们读者。也许是因为"我"太熟悉这城里的每一条路和每一条小径，熟悉每一口井和每一棵树木，也许是因为马叔敖完全沉浸在乡愁之中，更有可能的是，这些人与物本来就是生长在叙述人的头脑中，所以我们不必去追问它们的精确方位。我们被告知，马叔敖下了火车，走上河岸，经过葛天民先生的林场，穿过咚咚响的深深的门洞，沿着城墙走进果园——果园后面就是"我"的亲戚，也是小时候经常光临的地方——孟林太太的家的后

① 师陀：《果园城记·序》，《师陀全集》第1卷，河南大学出版社2004年版，第453页。

门(《果园城记》)。在剩下的章节中,马叔敖领着我们去拜访葛天民、贺文龙、徐立刚的父母,认识这个小城的城主、刘爷、傲骨、说书人、邮差先生和卖煤油的,还有那早已离开这小城的孟安卿、他的堂兄弟孟季卿、大刘姐以及传说中(果园城人说起他来就像说起自己中间的某个人)的水鬼——阿嚏。我们发现,除了那塔,人物是叙述人关注的中心(如果水鬼也算人的话),这与《呼兰河传》有所不同。

果园城的历史在《城主》《刘爷列传》《三个小人物》中被透露。这是有权有势人家的历史,也是果园城没落、衰败的历史。小说集选取的是清末至民国二十五年这段时间,但果园城的历史显然要悠久得多,这从那魁爷以及胡左马刘家族的沉浮中可以看出来。

印证果园城历史之悠久的还有那塔:

> 这就是那个早已出名永不倒坏的塔,果园城每天从朦胧中一醒来就看见它,它也每天看着果园城。在许多年代中,它看见过无数痛苦和杀伐战争,但它们到底烟消云散了;许多青年人在它脚下在它的观望下面死了;许多老年人和世界告别了。一代又一代的故人的灵柩从大路上走过,他们生前全曾用疑惧或安慰的目光望过它,终于被抬上荒野,平安的到土里去了——这就是它。①

在塔的传说中我们发现这小城的历史中罪恶、肮脏的一面,伴随着神秘的死亡气息。对小城的未来我们看不到任何光明的前途。铁路的修建和火车站的重心转移,使这个小城被遗弃了。一

① 师陀:《塔》,《师陀全集》第1卷,河南大学出版社2004年版,第519页。

种衰败的气息始终伴随叙事和小说中的人物。结尾一篇《三个小人物》以曾经不可一世的布政家的衰败为结局，亦可视为果园城衰败的寓言。这衰败的气息也笼罩在《里门拾记》《落日光》《无望村的馆主》等篇什中，成为师陀小说中挥之不去的空气。

果园城像谁？是那位不可一世的城主魁爷及显赫的胡马左刘，还是在空闺里憔悴的少女——素姑，喝颜料而死的油三妹，抑或那位顺天知命的葛天氏之民，被生活所销蚀的贺文龙，还是那些占人口多数的富于想象力、乐观而执拗、善良又顽固的果园城居民？或者是那位活在人们想象中却也难免乡愁困惑的水鬼阿嚏？都是又都不是。它身上包容了所有以上者的优点与缺点、古怪与宽厚、善良与残忍、慈爱与冷漠、光明与黑暗……果园城是个一言难尽的小城，一个让人爱恨交加，欲居不愿、欲舍不甘的家园，是人的生地，也是人的死所。

萧红的呼兰河城与师陀的果园城一样是个道不清说不明的小城。它是作者的出生地，童年度过的地方，也是她的伤心地。

萧红没有为这小城在地图上定位，却展开她铺叙的功夫，把小城的主要街道都写到了：十字街上的金银首饰店、布店、油盐店、药店、挂着大幅招牌的洋牙医店，东二道街上的一家火磨、两家学堂、一个泥坑、卖豆芽菜的王寡妇、染缸房、扎彩铺的阴间图景，还有小城胡同里居民卑琐平凡的日常生活，叙述人都一一道来。在第二章，叙事人又细数小城精神上的盛举：跳大神、唱秧歌、放河灯、野台子戏、四月十八娘娘庙大会……除了唱秧歌，这些为鬼而做，而人借着沾光的盛事都得到精细的描绘。作者俨然是一位民俗学家和人类学家，挖掘并呈现小城的风貌，但这种考古显然是一种精神上和情感上的，它力图展示小城的精神脉络和生存境况。

作者对呼兰河城的地理似乎不太着意，那作为书名的“呼兰河"并没有受到特别的关注,它只是放河灯和唱野台子戏的背景。而且笔触也只到呼兰河的北岸,南岸就是不可知的神秘而危险的所在。相比之下,后花园这个狭小的空间却得到精细的描绘。还有祖母的卧室和储藏室。萧红擅写封闭、狭小的内部空间,而对粗犷、开阔的外部空间不感兴趣,但她赋予这个私闭空间的情感深度和浓度,以及在"有限/约束"与"无限/自由"建立的关联却是一般作家难以达到的。

萧红没有追溯小城的历史。所谓历史是对变动着的人与事的记录。而呼兰河城,在叙事人看来似乎没有变化。"春夏秋冬,一年四季来回循环的走,那是自古也就这样的了。"而生老病死,也就是呼兰河人的人生循环。"生、老、病、死,都没有什么表示。生了就任其自然的长去,长大就长大,长不大也就算了。""老,老了也没有什么关系,眼花了,就不看;耳聋了,就不听;牙掉了,就整吞;走不动了,就摊着。这有什么办法,谁老谁活该。"①

"人活着是为吃饭穿衣,""人死了就完了。"这是呼兰河人的生存哲学。没有变化,也就无所谓过去和历史,无所谓未来和发展,那作者为之作传的用意和动力又何在?

只因它是叙事人的故乡,是她童年度过的地方。这里有疼爱她的祖父,让她流连忘返的后花园,难以忘怀的小团圆媳妇,古怪的有二伯,顽强的冯歪嘴子。对于她,这些是灰色小城中的明亮、温暖和挥之不去的风景,"忘却不了,难以忘却,就记在这里了"。萧红的传记其实就是个人的回忆,与批判、嘲弄相伴而来的是压抑不住的乡愁。

① 《萧红全集》,哈尔滨出版社 1991 年版,第 127 页。

由四川过湖南去，靠东有一条官路。这官路将近湘西边境，到了一个地方名叫‘茶峒’的小山城时，有一小溪，溪边有座白色小塔，塔下住了一户单独的人家。这人家只一个老人，一个女孩子，一只黄狗。

小溪流下去，绕山岨流，约三里便汇入茶峒大河，人若过溪越小山走去，只一里路就到了茶峒城边。

……

茶峒地方凭水依山筑成，近山的一面，城墙俨然如一条长蛇，缘山爬去。临水一面则在城外河边留出余地设码头，湾泊小小篷船。

……

那条河水便是历史上知名的酉水，新名字叫做白河。白河下游到辰州与沅水汇流后，便略显浑浊，有出山泉水的意思。

……

这地方城中只驻扎一营由昔年绿营屯丁改编而成的戍兵，及五百家左右的住户。

……①

沈从文的全知叙述人俨然以一个准方志家和导游的身份引领读者进入这偏僻小城。语言是白描式的，明净、素朴，似乎不带感情。

在新收入《沈从文全集》的《〈边城〉新题记》一文中，沈从文谈到《边城》的写作缘起：

---

①《沈从文全集》第8卷，北岳文艺出版社2002年版，第61—67页。

> 民十随部队入川，由茶峒过路，住宿二日，曾从有马粪门口至城中二次，驻防一小庙中，至河街小船上玩数次。开拔日微雨，约四里始过渡，闻杜鹃极悲哀。是日翻上棉花坡，约高上二十五里，半路见路劫致死者数人。山顶堡砦已焚毁多日。①

又谈到翠翠的原型，一是"民二十二至青岛崂山北九水路上，见村中有死者家人'报庙'行列，一小女孩子奉灵幡引路。因与兆和约，将写一故事引入所见"。在《湘行散记·老伴》中又说到泸溪城街一个绒线铺的女孩子，"那女孩子名叫'翠翠'，我写《边城》故事，弄渡船的外孙女，明慧温柔的品性，就从那绒线铺小女孩脱胎而来"。十多年后(1934 年)作者回乡路过故地，绒线铺还在，代替翠翠的是一个和她长得一模一样的小姑娘——她的女儿，头上缠着白绒线，她妈妈刚死不久。

正是这些悲哀的回忆触发了《边城》的写作。显然，小城茶峒与沈从文的出生地凤凰，以及其他湘西小城是多重交叉的。"我生长于作品中所写到的那类小乡城，我的祖父、父亲以及兄弟，全列身军籍；死去的莫不皆在职务上死去，不死的也必然地将在职务上终其一生。就我所接触的世界的一面，来叙述他们的爱憎与哀乐，即或这支笔如何笨拙，或尚不至于离题太远。"汇集了幸福(《边城》始写于沈的新婚之时)和悲哀(写作途中母亲病危、病逝)，压抑和梦想，回忆与现实，一座小城渐渐成型，被赋予生命，被注入情感。

看起来，《边城》的目的并不是为这座小城作传，人事上的哀乐

① 《沈从文全集》第 8 卷，北岳文艺出版社 2002 年版，第 60 页。

和“优美、健康而又不悖乎人性的人生形式”才是它要表达和展示的。可以说,《边城》是在为一类人和一种生活方式作传。但湘西世界中人与自然的交融与和谐相处方式,使得小城又不仅仅只是一个背景或风景点,而已融入边城人的生活中,以至你分不清城与人谁更重要,谁更突出,他们已经“互入其中”。因此小城绝不仅仅是个舞台,它与小城中的人物一起成了小说的主人公。

与地理上的写实相反,边城的历史没有受到特别关注。小说的故事时间是两年半。前两年又以两个端午节为代表。翠翠在两个端午分别与二老、大老相遇。叙述人无意小城本身的历史,而只写对主人公有意义的历史(记忆),这一历史又和民俗(节日)联系在一起。所以,边城的历史就是人物及作者沈从文情感变化的记录。

《边城》的明天会怎么样?一切似乎悬于翠翠所等待的“那个人”是否明天回来。但即使有情人终成眷属,也终究抵挡不了时代大力的改变。这一点作者比谁都清楚。在《长河》中,“现代”二字已到了湘西,小码头吕家坪的变异不可避免,更偏远的边城也同样会被这无远弗届的力量卷入其中。所以《边城》写的仍是小城的“过去/曾经”。

关于传记和中国文学,废名说过这样一段话:“中国小说和戏剧是按照一种公认的传记体裁写作的。像中国画一样,一个中国作家也运用各种角度,全方位地进行描绘……而无须考虑什么特定的焦点和透视角度问题。”在废名看来,这是一种更自然、自由和更真实的表现方式。① 这段话可以解释故乡书写中普遍性的传记现象,也可以解释西方叙事学中的有限视角(无论是第一还是第三

---

① 冯健男:《谈废名的小说创作》,《中国现代文学研究丛刊》1985 年第 4 期。

人称)并没有在现代中国作家的写作中得到严格执行(常见的倒是“有限＋全知”和“成人＋儿童”模式)。“传”意味着“纪实”。显然这些作家期待读者看到(并相信)他们各自故乡的“真实”,也表明他们与故乡的联系是实实在在、真真切切的;另一方面,传记作为一种体裁,是一种连续性的、时间性的、有因果关系的叙事。而“城传”又是把小说(人们视之为虚构)和传记(人们视之为真实)结合起来的一种叙事尝试,并非像废名所说的那样“自然”(倒是见出作者对“自然”的渴求和模拟),它是一种叙事策略。因此,在小说与传记、虚构与真实之间作家如何游走、穿越、想象,就成为我们要探讨的问题。换一种说法就是:有一个“真实的小城/故乡”在那里等着作家去发现吗?如果“小城/故乡的真实”是一个永远没有结论的问题,那真正值得讨论的问题就是:故乡小城是如何经由真实与虚构的互动呈现出来,让读者感觉“真实”并与之共鸣?

故乡本是地图上的一个点,一个固定的空间和具体的地方,对于故乡的叙事一开始就是纪实性的。上面论及的三城记都有这个特点。在这里,历史成为地理,回忆正如考古,从空间到历史,从街道到河流,从铺面到胡同里的吊脚楼人家,具体而微到足以画出故乡的地图。这是故乡的地理空间。这一地理空间显然也是一个文化空间,它由风俗、节庆、鬼神、娱乐等所组成,它是故乡人精神的存在方式和发散地。与它们重叠交叉的还有一个情感空间,这是通过叙事人的叙事/抒情所建构起来的。

正是通过“空间化/地方化”和“情感化”的方式,小城作为“空间/地方”得以建构,“情感化”又使得它成为认同的对象,并与读者产生共鸣。这是“城传”与“自传”的不同所在:从以时间为轴转变为以空间为轴。城传往往截取的是小城历史的一段或一个片段。在这一瞬间,时间停滞不前,而空间无限延展、内拓,是所谓“时间空间化”。城传的焦点不在“历史”本身，而在于这“历史”对于叙述人及作者的意义。这是叙述人感受的历史，是情感的记录。

但传主最终要被置于时间的流程中，展示其历史、发展、衍变和结局。这些小城都历史悠久，久得不可考证，经过不知多少年，形成了一套相对固定的生活方式，人们乐在其中，不思改变。所以，一方面从发展、进步的角度来看，它们是要受到批评的，呼兰河城和果园城无疑都受到叙述人的批评，因为它们不想、不能或不愿变化，甚至对任何“新”“异”的人和事不能容忍；另一方面，“变”又是人物难以把握、而叙述人所担忧的，担忧那些关乎源头的情感与价值会变得面目全非。这“变”，是在《边城》中隐身，而在《长河》中已露狰狞的“现代”所带来的。乡愁书写者因而陷入“变”与“不变”的两难之中。

结合空间和时间，我们看到，城传的作者显然无意于做一个地理学家、考古学家和历史学家。他们的最终落脚点在于小城（风景、人事，空间、时间）对于自己情感和精神的意义。传城也就是传自己，城传就是自传。所谓人以城传，城以人传。通过城传，叙述人为自己创造出一个情感和精神的空间，在其中体验时间的流逝。在时间的流程中，果园城和呼兰城渐现衰败、荒凉的气息（鲁迅的“未庄”“鲁镇”亦如是），而边城少女翠翠的等待中虽隐含对不可知未来的担心，但“坚定”的等待姿势又透出希望（不像废名的《桥》，干脆让时间隐匿起来，定格于审美的“现时”）。

无论是“回忆”“儿童视角”还是“自传/城传”，一方面都是乡愁书写者抵达“故乡”、表达认同的“形式/方法”，另一方面也透露出“形式”背后的“内容”，即叙述人（及作者）的现实处境：乡愁书写是保留记忆、对抗时间的一种努力，是将乡愁转变为认同路径以度过现实困境的尝试。但“时间”的永远在场无时不在提醒：物理空间的隔绝可以克服，情感与精神的隔膜和距离永远无法完全弥合，这是乡愁认同中的悖论性、变动性和不确定性的由来。乡愁与认同的这种丰富性和复杂性在其现代开拓者鲁迅那里有集中的体现。

第二章　鲁迅：乡愁认同的开端

第一节　作为开端和起源的《故乡》

立足“启蒙”和“革命”视野，鲁迅的《狂人日记》和《阿Q正传》理所当然被置于革命/启蒙话语的“开端”位置，被赋予“反封建/改造国民性”的“起源”意义。但如果从中国现代性的“乡愁”视野（它与“启蒙”和“革命”构成某种张力性的关系）看出去，则小说《故乡》无疑处在另一个“开端”的位置。小说的基本情节是：一个离家的现代人返回家乡，却发现家乡变成了“故乡”，再也找不到“在家感”。这是一个“丧失”的过程，也是一个“发现”和“寻找”的过程。这一所谓“现代性的无家可归”体验，既是中国现代知识者的普遍体验，也发生在今天华人世界数以亿计的离乡背井者的身上，使得《故乡》成为中国现代性的源头“风景”，其后的现代中国文学写作不断重返“故乡”这一“开端”，也不断赋予它某种“起源”意义。如果说位置的“开端”使意义的“起源”成为可能，那么《故乡》的“开端”与“起源”并非自明和固定不变，而呈现出复杂的面向。

一、从“怀旧”到“乡愁”

众所周知，鲁迅的小说、散文与旧体诗创作整体上都是围绕故乡、面向过去，属于所谓“回忆性的写作”。如夏志清所说，故乡是鲁迅写作灵感的主要源泉。不过，当他批评鲁迅“不能从自己故乡以外的经验来滋育他的创作，这也是他的一个真正的缺点”①时，他可能没有意识到故乡书写的动机和动力恰恰来自“故乡以外”。换言之，对“故乡丧失”的疏离意识是乡愁的动机和动力，是地理故乡转变为心灵故乡的前提。

如果说传统中国故乡书写的立足点多半是为了怀旧的话，那么鲁迅的写作显然不是。有意思的是，鲁迅的第一篇小说是1911年用文言写成的《怀旧》。小说标题由周作人所拟，内容却透露对传统怀旧的反讽。普实克很早就指出《怀旧》的淡化故事情节、回忆录形式及“很富于抒情的情调”，都足称“中国现代文学的先声”②，但他并没有讨论小说的主题——怀旧。《怀旧》中的“怀旧”具有双重性：一方面是对童年时代讲故事的场景和氛围，以及讲故事传统的怀念③；另一方面又揭示了怀旧之“旧”（太平天国时代）的不堪（在其中生命如草芥）。而这种乱世中的不堪在怀旧得以产生的“现在”并未有根本改变，小说的反讽意味于焉而生。它来自《怀旧》中两个世界——儿童世界与成人世界，两种视角——

① 夏志清著，刘绍铭等译：《中国现代小说史》，复旦大学出版社2005年版，第26、34页。

② 雅罗斯拉夫·普实克著，沈于译：《鲁迅的〈怀旧〉——中国现代文学的先声》，乐黛云编，《国外鲁迅研究论集（1960—1981）》，北京大学出版社1981年版，第470—471页。

③ 参见张丽华：《从“故事”到“小说”——作为文类寓言的〈怀旧〉》，《鲁迅研究月刊》2010年第9期。

儿童视角与成人视角的对照，它们暴露了“怀旧”的一厢情愿性。这一对照结构被《故乡》继承。所以无论是对童年的怀念，对现实的批判，还是对“怀旧”的反思而言，《怀旧》都可以称作是《故乡》的先声。但是两者的区别也是明显的。最明显的是《故乡》中没有反讽的意味，原因与在《怀旧》中，怀旧的时空对象（时间是不确定的“长毛时代”，空间是不确定的“芜市”）和叙述人关系模糊，而到了《故乡》，叙事的时空明确为“回到相隔二千余里，别了二十余年的故乡”有直接关系。《怀旧》中的“旧”在《故乡》中被确定为具体的时间空间，这是“第一的哭处”和“最初的时间”的出生地，是作为个体人生意义的“开端”，亦是叙事的“开端”。“过去（旧）”在《怀旧》和《故乡》中被赋予不同的价值和意义。换言之，从《怀旧》到《故乡》，随着“（空间和时间）距离”的出现，以及一个特定的“时空体”的凸显，怀旧（以及对“怀旧”的反讽）转变为“乡愁”的表达。

这使我们得以区分“怀旧”和“乡愁”，它们的英译是同一个单词“nostalgia”，在中文语境中经常被混用，但是置之于中国现代性的时空中，怀旧话语与乡愁话语却呈现出以下四个方面的本质性差异：

1. 从“过去”与“现在”、时间与空间的关系来看，虽然两者都是身在“现在”，都取一种面向“过去”的姿态，但就其立足点来说，怀旧的立足点是“过去”，这一“过去”更多落脚于“空间”，一种固定、封闭、无变化的空间，时间的流逝往往被隐去，透露出主体“回到从前”的欲望。它是对“现在”的安抚。而乡愁的立足点是“现在”，其对象是某一真实的“时空体”，在其中时间/空间保持着互动，并在时间之中变化，使得乡愁也永远处于变化之中。“乡愁”与“现在”因此一直保持着某种张力关系，它带来对“现在”的重新认识和审视。

2. 从主客体之间的距离来说，“怀旧”中主体与客体（“过去”）之间的距离往往被泯灭，客体完全驯从于主体，其自身的历史和变化往往被遗忘与遮蔽。而“乡愁”则凸显了主客体之间的距离，一种反思和批判的距离。它既包括对客体变化的反思和批判，也包括对乡愁话语本身的反思和批判。

3. 对于主体建构来说，“怀旧”是主体意愿的单向投射过程，往往沦为“一厢（乡）情愿”，主体在怀旧的过程中得到安慰，没有（也不想）在根本上改变自己。而“乡愁”则是一个主客体双向、互动的过程，一个重新发现故乡，重新反思、建构主体与认同的过程。①

4. 由于“过去”在两者中被赋予的意义与价值不同，“乡愁”能够以“过去”为源泉，以背对“未来”的姿态指向“未来”，具有未来性（乌托邦）的维度，而“怀旧”则往往停留在“过去”，以“过去”为“黄金时代”和避难所，而无意展望未来。

对于《故乡》中乡愁的对象——故乡，研究界已多有讨论，最常见的是“两个故乡”的说法。早在《鲁迅小说里的人物》中，周作人就指出《故乡》中有两个故乡：其一是过去的，其二是现在的。过去的故乡以少年闰土为中心，现在的故乡以中年闰土和杨二嫂为中心。② 日本研究者尾崎文昭认同周作人“两个故乡”的说法：一

---

① 所以“怀旧”往往会沦为消费时代个体的消费品，抒情的泻药，或者被国家“征用”与“升华”，作为残缺现实的想象性补偿，类似于博伊姆在《怀旧的未来》中区分的两种怀旧类型之一的“修复型怀旧”，另一种“反思型怀旧”则相当于本文中的“乡愁”。参见唐小兵：《现代经验与内在家园：鲁迅〈故乡〉精读》，《英雄与凡人的时代：解读20世纪》，上海文艺出版社2001年版，第355页。斯维特兰娜·博伊姆著，杨德友译：《怀旧的未来》第四、五章，译林出版社2010年版，第46—63页。

② 周作人：《鲁迅小说里的人物》，河北教育出版社2002年版，第65页。

个是眼前寒风凛冽的“故乡”，另一个是幻象中美丽迷人的“故乡”，此谓故乡的“二重性”。国内研究者如王富仁提出有三个故乡：回忆中（过去的）的“故乡”、现在的“故乡”和理想中的“故乡”，所谓“理想的故乡”亦即是小说最后所指涉的“希望＝路”①。

无论是“两个故乡”还是“三个故乡”，其论说都是立足时间和成年叙述人“我”的视野，而相对忽略了故乡的地理（空间）区隔。事实上，所谓“过去的故乡”有两个：一个是因少年闰土而来的神异的故乡（集中体现在“海边图画”中），另一个是少年“我”生活的小城。前者严格说来不是“我”的故乡，而是“我”的想象，也就是说，“我”是把他乡（闰土的家乡）认作故乡了（正如在《社戏》中把外婆的家当作故乡来回忆）。少年时代的“我”对家乡是有着明确的地理上的区分的。“我”清楚所居住的小城不同于闰土的家乡：“我”的故乡在城里，“我”家是大族，“我”是少爷，而闰土的家在乡下海边，他是来“我”家帮工的。这是两个地理空间，也是两个生活世界：一个是在一望无际的海边的空间中，充满新鲜与刺激，连西瓜都有那样危险的经历；一个是局限于小城高墙上的四角天空下，平淡寡趣，西瓜只是作为商品被出卖。当时的“我”未必意识到的是，这也是两种有着本质差异的生存状态，两个价值世界。

在萨义德看来，“开端”（beginning）是通过语言制造意义活动的第一步，而“起源”（origin）总是在后来的追溯中被呈现，被建构

① 王富仁：《精神“故乡”的失落——鲁迅〈故乡〉赏析》，《语文教学通讯》2000年第21—22期。孙伏园则区分了“父系故乡”和“母系故乡”，参见孙伏园：《鲁迅先生二三事》，鲁迅博物馆等选编，《鲁迅回忆录》，北京出版社1999年版，第84、79页。

的："开端"使"起源"成为可能。[1] 这里所谓"开端"，并非指时间和空间意义上的"开始"，而是指它被赋予人生和叙事之"开端"的意义。对于小说人物"我"来说，还乡的过程就是意识到"故乡丧失"进而重新"探索/寻找故乡"的过程。这里所谓"寻找"，并非是说先有一个（心灵）的"故乡"存在，而是说，"我"在对地理故乡的疏离中才开始意识到心灵"故乡"成了一个问题，才意识到故乡探索的必要。"开端"书写始于"分离"与"失去"，"故乡丧失"与"故乡追寻"于是就成为一体两面的事情，而"故乡追寻/探索"的过程就是创造"故乡"，亦是"我"之主体建构/自我认同的过程。"开端"既然并非预先固定，而是被选择的，那么"起源"意义也应该是复数和多重性的。《故乡》作为"起源"意义的多重性表现在：对于作者鲁迅来说，是通过乡愁书写将"故乡"建构为人生与叙事的"开端"，并赋予其主体建构/自我认同之"起源"意义的过程；对于后来的现代中国文学读者和创作者来说，通过不断地回到《故乡》，和小说中的"故乡"这一"开端"，通过将各自的故乡置于自己人生和写作的"开端"，《故乡》和"故乡"的"起源"意义，被不断再生产。

因此，小说《故乡》不仅在内容上呈现了"怀旧"与"乡愁"的区别及其意义，而且在形式上演绎了从"怀旧"（对"好的故乡/美丽故乡"的想象）到"乡愁"（"好的故乡"幻灭—故乡丧失—故乡探索），即主体建构/自我认同的过程。而《故乡》最吊诡的地方在于，它既是一个将故乡叙述为"他乡"的故事，又是一个将他乡叙述为"故乡"的故事。"我"认同的（美丽）故乡不在"我"的家乡——"我"居住的城镇，而在一个"我"从来没有去过的地方。这不仅质疑了乡

---

[1] 萨义德著，章乐天译：《开端：意图与方法》，生活·读书·新知三联书店2014年版，第21、334页。

愁之对象——故乡作为某种“时空体”的“真实性”，也透露出现代主体建构之“开端”的想象性，揭示了现代中国主体建构/自我认同途径的不确定性和复杂性。

二、“风景”与“风景的排除”

经由讲述一个“离乡—归来—再离乡”的归乡故事，故乡成为“故乡”，被赋予人生与叙事之“开端”/“起源”的意义，也建构了主体这一现代“风景”。这一“风景”是柄谷行人意义上的，通过现代性的装置（“文学”）而建构出来的“风景”——包括内面（主体/自我）、自白（表现形式）和儿童（童心）等方面，区别于以往狭义上的“风景描写”，即处于“环境”和“背景”位置的风景（为便于区分，以下这一广义上的风景以引号突出）。① 这里重要的不是风景，而是看风景的人（主体）。因为风景总是主体的风景，即主体之状态的呈现。正是通过风景的呈现过程，看风景的人本身成为“风景”（主体）。

风景是乡愁的指示器。《故乡》中这样的风景主要有两处：开头第二段描写的是故乡深冬阴晦、萧索的风景和母亲提到闰土时我脑海中闪现的海边图画。藤井省三认为鲁迅在小说的开头周密地排除了故乡的风景，是为后面幻想的风景的出现和消失做铺垫，目的是凸显最后鲁迅希望的破灭。② 藤井省三所谓“风景的排除”仍然是狭义上的风景，是主体看到的风景，对应的是主体内心的“悲凉”。而真正被忽略与排除的是主体看不到（或不想看到）的风

---

① 柄谷行人著，赵京华译：《日本现代文学的起源》，生活·读书·新知三联书店 2006 年版，第 1—34 页。

② 藤井省三著，陈福康编译：《鲁迅与契里科夫——〈故乡〉的风景》，《鲁迅比较研究》，上海外语教育出版社 1997 年版，第 155 页。

景——故乡人闰土和杨二嫂们的现实生活。

除了“我”与闰土的相见，小说中最令人印象深刻的场景就是“我”与杨二嫂的会面了。不论是农民闰土还是小市民杨二嫂，与“我”的差异都是巨大的。然而“我”对两者的态度截然不同。“我”对于杨二嫂的恶感让读者觉得有些突兀。这当然与杨二嫂的长相和不讨人喜欢的出场有关，不过这些不足以解释那种厌恶。这里容易被忽略的是，在“我”对杨二嫂的描述中，所用的词如“圆规”“拿破仑”“华盛顿”等都不可能是没受过教育的杨二嫂人生中的词汇[①]，“我”居高临下地运用以上的新（现代）词汇评判“落后愚昧”的杨二嫂，对于杨二嫂是不公正的[②]，虽然两人的对白最后以“我”的“闭了口”告终。这一对话交流失败的场景不仅暴露了启蒙者/被启蒙者在知识、观念和地位上的不平等，也说明还乡的“我”对杨二嫂为代表的故乡人的现实生活缺乏理解力和想象力。[③]

不过这仍不足以解释“我”对同为故乡人的闰土与杨二嫂态度的差异。显然，“我”对两者态度的截然不同是不能通过“施者/受施者”的人道主义立场，或者阶级/革命/启蒙视野的局限加以解释的，必须回到主体——“我”，回到闰土和杨二嫂对于“我”的主体建构意义的差异上来。少年闰土之所以对于“我”如此重要，是因为

---

① 鲁迅在《琐记》一文中，就记载了他当年就读的南京矿路学堂中一位汉文教员问学生：“华盛顿是什么东西呀？”参见《鲁迅全集》第 2 卷，人民文学出版社 2005 年版，第 305 页。

② 此处的“我”是站在知识与价值的高处，而杨二嫂则显得“过时”“落伍”了，这与王富仁所言相反。参见王富仁：《精神“故乡”的失落——鲁迅〈故乡〉赏析》，《语文教学通讯》2000 年第 21—22 期。

③ 参见尾崎文昭引中西达治观点。尾崎文昭：《“故乡”的二重性及“希望”的二重性（上）》，《鲁迅研究月刊》1990 年第 6 期。中西达治将原因归为“施者”的“立场”所限。

他在“我”的主体建构中扮演了关键性的角色，所以有必要回到中年“我”与闰土再次见面的场景。虽然之前杨二嫂的步步紧逼使得“我”无话可说（按理这应该让“我”对中年闰土的变化有所准备），但因为她不在“我”的儿时记忆中，与“我”的“过去”没有瓜葛，所以可以将她拒之门外。而闰土的一声“老爷”给予“我”的却是毁灭性的打击。这真是一个残忍的场景，而对闰土来说尤其如此。小说写“他站住了，脸上现出欢喜和凄凉的神情；动着嘴唇，却没有作声。他的态度终于恭敬起来了，分明的叫道……”这些动作是通过“我”的眼睛来呈现的，但闰土内心无声的挣扎过程不应被忽视。我们要问的是，闰土除了叫“老爷”，他有其他的选择吗？“我”可以称呼他“闰土哥”，而闰土称呼“我”为“迅哥儿”的可能性有多大？而为什么一声“老爷”会让“我”打了一个寒噤，带来那样一种震惊，以至说不出话？因为它不仅揭开了这样一个现实：两人之间“已经隔了一层可悲的厚壁障了”，再没办法回到从前，更重要的是，它直接摧毁了长期以来“我”对“好的故乡”的记忆，不仅让“我”回到物是人非的残酷现实，而且意识到之前对“好的故乡”的怀旧只是一厢情愿。“我”的家园想象和精神依托瞬间坍塌，已然“无家可归”了。

这一从“怀旧”到“乡愁”的创伤性时刻无疑透露出现代主体的认同危机，同时对于“我”也是一个启悟的时刻：在错置和错位中，“我”认识到没有人能够自外于变化的“时间”和“空间”。正如人文地理学家多琳·马西指出的，怀旧是一种一厢情愿，是以一种剥夺他人之历史的方式表达时间和空间：“认为你能够回到时空中，是剥夺了他人的一直在变的独立的故事。”①故乡的时间不会因为自

① 多琳·马西著，王爱松译：《保卫空间》，江苏教育出版社2013年版，第171、172页。

己的离开而停滞，故乡人的生活也不会因为自己的缺席而静止，而正是“我”在变化着的故乡时空中的“缺席”，使得闰土和杨二嫂的生活被排除，变成了“他者的风景”。

可见，“风景”（主体）也是“排除”的产物，“风景”的确立过程同时也是“风景的排除”过程，透露出乡愁书写与主体建构中的不平等差异和权力问题。它们之所以被以往的解读所忽略，与我们长期以来注目于作为“共同体”的民族/国家而忽视个体，及两者间的“中介”——故乡有直接关系。

藤井省三的《鲁迅〈故乡〉阅读史——近代中国的文学空间》，即是在民族/国家这一“想象的共同体”意识的建构中梳理自小说出版到邓小平时代《故乡》的接受史。它将其分为四个阶段：1920年代是“被作为具有国民想象能力的知识阶级的故事来阅读的”；从1920年代末开始，“被重新阅读为农民的故事——被设定为社会主义国家之主体的农民的故事；毛泽东时代对《故乡》的阅读受到了阶级论视角的控制；邓小平时代之后，《故乡》又开始被阅读为知识分子（而非知识阶级）以及‘母亲’、杨二嫂等小市民的故事”。从接受主体的角度则大致经历了从知识阶级主体到阶级主体（“阶级论”）再到知识分子个体主体（“启蒙论”）的变化过程。所以，“考察《故乡》这一在20世纪中国被不断重构的文本被阅读的历史，同时也是一种描述七十年间以《故乡》为坐标的国家意识形态框架的尝试”①。而小说的关键词，即处于个人与民族/国家之间的，更切身的“故乡”在“主体（个体与共同体）的想象”中扮演什么样的角色这一问题，在这本书中反而没有作为一个问题被讨论。这与其说

① 藤井省三著，董炳月译：《鲁迅〈故乡〉阅读史——近代中国的文学空间》，新世界出版社2002年版，第173、10页。

是研究侧重点的不同问题，不如说是中日现代性的深层差异所致。①

以1980年代为界，国内对《故乡》的理解大致可分为三个阶段：之前的"阶级/革命化"理解，1980年代的"启蒙化"和"精神家园"理解，1990年代以来的"内在家园"理解。②"阶级/革命化"理解将故乡作为小说题材，视其为揭示农村的破败落后，因而需要改变的舞台。"精神家园"和"内在家园"两种理解都是立足"我"——一个现代知识分子的"精英化"立场："我"的回乡的过程，就是故乡一再被显示为"他者"及与"我"拉开距离的过程。先是杨二嫂，后是闰土，带给"我"一连串的打击，让"我"这个启蒙者失语，同时意识到作为"家园"的"故乡"的丧失。这三种理解互有交叉，基本立

---

① 自竹内好开始，日本的鲁迅研究者都执着于追寻鲁迅的"原点"，虽然注意到作者出生地的重要性（其中增田涉、佐藤春夫、新岛淳良等还特别注意到"月光与少年"对于鲁迅的重要性），但没有将其纳入"故乡"与乡愁话语中进行思考。这与日本研究者所说"日本文学尚无《故乡》那样既描写怀念故乡的情感，又通过故乡的现状反映社会问题之类的作品"有关，但更深远的原因恐怕在于中日现代性的差异（主动/被迫、殖民/被殖民），使得"故乡"在民族国家的建构中被赋予的价值与意义不同。参见濑边启子：《日本中学国语课本里的〈故乡〉》，《鲁迅研究月刊》2015年第11期。增田涉：《鲁迅印象》，钟敬文著译，《寻找鲁迅·鲁迅印象》，北京出版社2002年版，第322页。董炳月：《日本的阿Q与其革命乌托邦——新岛淳良的鲁迅阐释与社会实践》，《鲁迅研究月刊》2015年第4期。柄谷行人亦指出日本现代文学在建构殖民主体的过程中对北海道阿依努族人的无视与排斥，这与《故乡》中的"风景的排除"情况有本质区别。参见柄谷行人著，赵京华译：《日本现代文学的起源》，生活·读书·新知三联书店2003年版，第133、227页。

② 参见王富仁：《中国反封建思想革命的一面镜子》，中国人民大学出版社2010年版，第170—171页。钱理群等：《中国现代文学三十年》（修订本），北京大学出版社1998年版，第33页。唐小兵：《现代经验与内在家园：鲁迅〈故乡〉精读》，《英雄与凡人的时代：解读20世纪》，上海文艺出版社2001年版，第49—69页。

足点都是“启蒙”与“改变”。差异在于，“阶级/革命化”理解以政治意识形态为依托，“家园”理解则更着眼于现代性问题视域中知识个体的自我指认与价值依归。三者总体上都缺乏对启蒙主体(包括作者与小说中的“我”)位置/地位、权力及主体建构与认同过程的根本反思。①

这一局限与论者立足阶级/革命/启蒙的正当性，而相对忽视了“向后看”的乡愁话语与这些“向前看”的话语之间的紧张有直接关系。不过，这并非否认“向前看”话语的合理性。因为无论阶级/革命/启蒙还是乡愁话语，都是中国现代性的产物，都是由现代性的时空观所促发，它在时间上体现为传统/现代的二元对立，在空间上体现为城/乡的二元对立。而对立的根源在于中西/中日民族、国家与文化间不平等的关系，其中地位低下者(中国)的时间(记忆)被遗忘与压抑，空间则被纳入现代性的线性时间的统一轨道，异质性的空间共存(中国/西方)被简化成历史队列中的地点/位置排列，被赋予时间性的价值高低之别(落后/进步)。这一“空间时间化”的进程透露的是(西方的)时间对(东方的)空间的驯化。② 这也正是胡志德所指出的，鲁迅在小说中并未直接涉及中

---

① 参见张慧瑜：《异乡人与“少年故乡”的位置——对鲁迅〈故乡〉的重读》，《粤海风》2009年第5期。也有一些研究者指出了小说对启蒙立场、姿态及启蒙限度的反思，参见凤媛：《启蒙话语遮蔽下的现代生存叙事——关于〈故乡〉的一种解读》，《安徽师范大学学报》2004年第2期。何平：《〈故乡〉细读》，《鲁迅研究月刊》2004年第9期。还有学者从性别——乡村女性与男性知识者关系的角度进行反思，参见王宇：《知识分子与乡村及乡村女性——以“五四”时期北大平民教育讲演团的报告和鲁迅小说为例》，《学术月刊》2014年第7期。

② 多琳·马西著，王爱松译：《保卫空间》，江苏教育出版社2013年版，第8、169页。

西文化的分裂这一重要议题，但“西方的隐喻和思想却像幽灵似的笼罩在每一个故事之上”的原因。①

所以《故乡》中通篇并无“中国”这样的字眼（虽然其中的“新的生活”“希望”“路”会引发读者的联想），我们却理所当然地将鲁迅一个人的故乡扩大、升华为现代中国（人）的“故乡”，而两者间的转喻关系与过程被忽略了。换言之，在“故乡（共同体）”这一“风景的发现”——启蒙者通过民族国家的想象建构自己的主体意识——的过程中，像闰土和杨二嫂这样的故乡人被排除在“看风景的人”之外。对于闰土和杨二嫂，他们没有机会离开家乡，没有获得一种距离感，所以故乡不是风景，他们也不会有故乡意识，也就没有“故乡丧失”和“故乡探索/追寻”的问题，因此他们没有被赋予主体性，被排除在“国民”之外，只是作为主体建构的他者风景而存在。②

不过，“风景的排除”是否如一些研究者所指出的，是源于作者的“立场”，或“第一人称自白”这一表达形式呢？就后者而言，鲁迅的“归乡系列”小说（包括《故乡》《社戏》《祝福》《在酒楼上》《孤独者》，其中《故乡》写作时间最早）多采用第一人称自白形式。第一人称叙述人（我）与作者（隐含作者）的亲近性使得它适合表达主体的内心意识，建构主体形象和自我认同。同时，第一人称自白除了叙事学上的人称限制外，也受到观察者/感知者观念和认知、理解

① 胡志德：《鲁迅及其文字表述的危机》，陈子善、罗岗主编，《丽娃河畔论文学》，华东师范大学出版社 2006 年版，第 178 页。

② 如果将《故乡》与作者鲁迅的搬家经历关联起来，那么另一个被排除（抹杀）的“她者”是作者的妻子朱安（此时她正在绍兴）。竹内好指出这“不是从作品必要性出发的抹杀，而是明显地故意抹杀”（竹内好著，靳丛林编译：《从“绝望”开始》，生活·读书·新知三联书店 2013 年版，第 189 页）。这一“排除（抹杀）”当然与作者个人的痛苦婚姻有直接关系，而其痛苦的根源又与“现代”的爱情/婚姻观（它与民族/国家是同构关系）有关。

的限制。研究者指出“风景的排除”与小说的第一人称自白形式有着直接关联（“故乡”就是在“我”的视野中被展开与叙述的），抱怨它遮蔽了（成年）闰土和杨二嫂等人物的内心声音。①

按照柄谷行人的观点，“现代文学”就是与自白形式一起诞生的，正是这一形式创造出必须自白的“主体”。“自白”与基督教的忏悔形式有着内在关联，因此它既是现代主体形成的途径，亦是主体性分裂的表征：自白的另一面是遮蔽与掩盖。这也是“风景的排除”总是如影随形地伴随着现代主体的建构过程的原因。② 其根源不在于人称与视角，或者作为表达形式的“自白”，而在于主体的生产过程。不论以往把《故乡》理解为一篇写实与批判的小说（其中“我”只是作为某种媒介），还是今天把它当作“情感的文学”（关注焦点从闰土转到了“我”的内心）③来读，都忽略了这一遮蔽与排除的过程。这一遮蔽与排除不是由第一人称独白形式带来的，或者作者本人的阶级身份（非农民）造成的④，也并非因启蒙者缺乏对自身立场的反思所致（事实上，鲁迅对启蒙者/知识者身份

---

① 藤井省三：《松本清张的初期小说〈父系之手指〉与鲁迅作品〈故乡〉——从贫困者“弃”乡的“私小说”到推理小说的展开》，《鲁迅研究月刊》2014 年第 3 期。

② 参见柄谷行人著，赵京华译：《日本现代文学的起源》，中央编译出版社 2013 年版，第 69—77 页。吴晓东在《鲁迅第一人称小说的复调问题》（《文学评论》2004 年第 4 期）一文中以《在酒楼上》《伤逝》为例讨论了鲁迅小说的对话性与辩难性问题。《故乡》中的对话性与辩难性没有充分展开，当与闰土/杨二嫂的主体性阙如，因此难以形成“交互主体性”有关。

③ 所以有人认为小说结尾的抒情/议论是“多余的”。参见王富仁：《中国反封建思想革命的一面镜子》，中国人民大学出版社 2010 年版，第 252 页。藤井省三著，董炳月译：《鲁迅〈故乡〉阅读史——近代中国的文学空间》，新世界出版社 2002 年版，第二章第四节。

④ 参见程光炜：《小说的读法——莫言的〈白狗秋千架〉》，《文艺争鸣》2012 年第 8 期。

和立场的反思和批判贯穿了其创作始终)。以排除他者的方式建构主体,主体性同时也成为围困主体自身的高墙厚壁,这可能是中国现代主体建构不得不面临的深刻困境。这一困境同时体现在主体建构的途径——小说(自白)这一现代文学形式中。本雅明将"(现代)小说"与"故事"相比,指出"小说诞生于离群索居的个人"①,而卢卡奇视小说为"超验精神无家可归的形式"。两人注目的是小说作为"形式"对于现代个体的意义。后来的研究者(如本尼迪克特·安德森)更多强调的是小说在建构民族/国家这一"想象的共同体"中的作用。而《故乡》是通过"故乡"这一华语世界的关键词、"个体"与"中国"之间的中介,来凸显主体的认同/建构轨迹与困境的。这是主体内容与形式的双重困境。如论者指出的,产生这一双重困境的原因在于:自己的文化困境拥有着外来的源头,而这一外来的影响正是某种紧张关系产生的原因,并且这个困境更因文字表述的无力而被进一步加强了。②

三、神异的海边图画

但《故乡》并没有止于主体建构和认同的失败,小说中的"我"最终没有绝望,小说形式(结构)也没有走向自我否定与颠覆。这与小说整体灰色的背景中醒目的亮光——那幅神异的海边图画有关:

> 深蓝的天空中挂着一轮金黄的圆月,下面是海边的沙地,都种着一望无际的碧绿的西瓜,其间有一个十一二岁的少年,

---

① 本雅明:《讲故事的人》,汉娜·阿伦特编,张旭东、王斑译,《启迪:本雅明文选》,生活·读书·新知三联书店 2008 年版,第 99 页。

② 胡志德:《鲁迅及其文字表述的危机》,陈子善、罗岗主编,《丽娃河畔论文学》,华东师范大学出版社 2006 年版,第 180 页。

项带银圈，手捏一柄钢叉，向一匹猹尽力的刺去，那猹却将身一扭，反从他的胯下逃走了。

这是母亲提到闰土后，从“我”的脑海里“闪出”的图画（这之前，“我”找不到影像和言辞来描述“好的故乡”）。在经过一番对少年闰土的回忆后，“我”又说：现在我的母亲提起了他，我这儿时的记忆，忽而全都闪电似的苏生过来，似乎看到了我的美丽的故乡了。“我的美丽的故乡”出现在一个灵光乍现的时刻。它是“我”从未去过的地方，既是其吊诡之处，也是其神异性所在。它隐含着故乡之所以能够成为“故乡”的秘密，主体——“我”最终没有绝望的秘密，并对我们进一步理解鲁迅文学世界的主线——希望/绝望的辩证——提供了一个绝佳的切入点。

这是一幅什么样的图画呢？王富仁说“它是一个五彩缤纷的世界，一个寂静而又富有动感的世界，一个辽阔而又鲜活的世界”①。在这样一个明亮而无限的空间中，手捏钢叉的少年，向少年胯下奔来的神奇动物——猹，极静与极动，相得益彰，与前面“没有一丝活气”的“萧索的荒村”“高墙上的四角的天空”和搬家的琐碎“现实”形成强烈的反差。那么，这一画面是怎样生成的，又“神异”在哪里呢？

藤井省三和尾崎文昭都特别关注了海边的神异图画。与许多中国读者忽略了海边图画的再次出现不同，藤井省三认为，小说结尾时少年闰土形象消失之后的幻景否定了当初（第一次）的风景，衬托出希望消失之后的冷酷的现实，凸显了鲁迅希望理论的最后破灭，

① 王富仁：《精神“故乡”的失落——鲁迅〈故乡〉赏析》，《语文教学通讯》2000年第21—22期。

因此,《故乡》处在鲁迅希望之逻辑根基崩毁过程的一个转折点上①;尾崎文昭则从最后显现的神异图画中看到了“希望”。他认为第二次出现的海边的神异图画中有着成为“我”内心的“光点”的东西,有着让人复苏和超越自我的力量。他以“怀旧”来称呼它。它“不仅仅是指单纯的回忆,也不是与故乡有关联的实体,而是一种净化后的观念,是发自自己体内、照亮灵魂的光亮”,“这个光亮,这个想象中静谧的画面,不妨也可以叫做‘希望’”②。

韩国研究者全炯俊亦对藤井省三的“希望理论的破灭(崩溃)论”提出异议。他指出海边图画是“我”的想象力编制出来的想象的画面。这才是我的“故乡”——形而上的或心理上的故乡,而没有少年闰土画面的再次出现是海边图画的重组,是“故乡”的重新构成。③

几位论者都将海边图画与“希望”关联起来。尾崎文昭所谓“希望”,不是一般的期望和愿望,也与大多数中国读者将“希望”与

① 参见藤井省三著,陈福康编译:《鲁迅与契里科夫——〈故乡〉的风景》,《鲁迅比较研究》,上海外语教育出版社 1997 年版,第 155 页。丸山升亦认为《故乡》中关于“路”的那句话“如同《药》中的花环一样,不是信念而是祈祷”。参见丸山升:《鲁迅(二)——他的文学与革命》,《上海鲁迅研究》2012 年第 3 期。

② 尾崎文昭:《“故乡”的二重性及“希望”的二重性(下)》,《鲁迅研究月刊》1990 年第 7 期。

③ 全炯俊:《从东亚的角度看三篇〈故乡〉:契里珂夫·鲁迅·玄镇健》,《中国比较文学》2003 年第 3 期。不过他又认为“地理故乡”与“心理故乡”没有任何关联,海边图画完全是想象出来的情景,并认为鲁迅之后的创作中断了故乡探索。其实,如果说《故乡》(以及《社戏》)是从正面探索故乡的话,那么《祝福》《在酒楼上》和《孤独者》可以看作是从侧面和反面去探索故乡的作品。参见全炯俊:《鲁迅与作为近代体验的故乡丧失》,《上海鲁迅研究》2012 年第 3 期。

启蒙/革命的前途关联起来不同，他认为“希望”是某种本体和形而上的东西。不过，用“光亮”和“神秘、和谐及幸福的原体验”之类来形容这一画面显得玄虚，用“观念”一词概括显得狭隘，用“精神”一词又嫌抽象。它是一种类似前现代的、古典性的空间意象（意境），却又具有能够打破、断裂、重组现代性的线性时间的能量，所以要进一步“落实”到时间和空间层面来讨论。这里要问的是，海边的神异图画是一种什么样的时空存在，又是如何从对“过去”的回忆/想象转变成对“未来”的“希望”的呢？

从时间的角度看，这是一幅通过回忆而呈现出来的图画。如果说以往的阅读多将“海边图画”视为对“美丽的故乡”的“真实”回忆，那么现在越来越多的读者注意到其“想象性”。可是“想象”与“回忆（真实）”是什么关系，仍然未被读者，包括上述研究者充分关注。① 事实上，它既非完全的“虚构”，也非纯粹的“幻想”。它源自“儿时的记忆”，即少年“我”与闰土一系列的交流和对话（应该注意的是，在少年时代的对话中，闰土是主导者）。说是“苏生”，似乎画面早已经存在，只待被追溯。但它是在中年“我”二十多年后的回忆中“闪出”的，更可能是一种对儿时记忆的“重组”（语言再现）。换言之，作为儿童（少年）/成人双重视点下的产物，对海边图画的“回忆”本来就是记忆与想象的结合，一种重构与升华。正是经由这一“回忆”与“再现”的过程，闰土的海边家乡转变为“我”的“故乡”的支点和其中最闪光的部分，而少年闰土则成为光亮中的亮点。

---

① 有论者立足启蒙的写实性，视“过去的故乡”为“黄金时代”，与现实的阴晦荒凉的故乡对立，参见逄增玉：《启蒙主义与民族主义的诉求及其悖论——以鲁迅的〈故乡〉为中心》，《文艺研究》2009 年第 8 期。还有论者强调其虚构性/想象性，视“少年故乡”为“非时非地”的“飞地”，参见张慧瑜：《异乡人与“少年故乡”的位置——对鲁迅〈故乡〉的重读》，《粤海风》2009 年第 5 期。

本雅明区分了“经历(经验)”与“回忆”的不同。指出前者是有限的,而“回忆中的事件是无限的,因为它不过是开启在它之前之后发生的一切的一把钥匙”①。这是回忆的神奇之处,它使得闰土的“经验”成为我的“体验”,使得海边图画成为卢卡奇所谓的“创造性回忆”:

> 只有当同先验之家的纽带业已丧失,时间才能变成一种构成性的东西。只有在小说里,意义与生活,本质与时间才是分割开来的;我们简直可以说,一部小说不过是一场反抗时间威力的斗争……在此,出现了关于时间的真正史诗性的经验:希望与回忆。只有在小说里才能出现一种创造性回忆,它刺穿了它的目标,把它固定住加以改造。这种回忆浓缩了过去生活的川流,在此之上,主体看到了他全部生活的单一体。②

不过,与卢卡奇对“时间(与回忆)”的乐观期待不同,鲁迅所面对的现代性时间,如论者所指出的,不但不能提供救赎,反而是主体焦虑的源头。③ 这是因为如前所述,两人所面对的“时间”性质不同。而《故乡》中的回忆性“时间”之所以能够转化为某种“介入性”与“构成性”的东西,抵抗“空间的时间化”,成为“反抗时间威力的斗争”,是通过将“时间空间化”,将海边的图画转变为一个“再现

① 汉娜·阿伦特编,张旭东、王斑译:《启迪:本雅明文选》(修订译本),生活·读书·新知三联书店2012年版,第216页。

② 卢卡奇:《小说理论》。此处引张旭东译文。参见张旭东:《批评的踪迹》,生活·读书·新知三联书店2003年版,第100—101页。

③ 胡志德:《鲁迅及其文字表述的危机》,陈子善、罗岗主编,《丽娃河畔论文学》,华东师范大学出版社2006年版,第177页。

的空间”来实现的。《故乡》中有着多达四重的空间：都市（“谋生的异地”）、小城（我的出生成长地）、乡村（闰土）和“我”想象的海边。海边图画这一再现空间源自前三者，却又重构了它们：角鸡、跳鱼儿、贝壳、猹……这些闰土乡村日常生活中的事物，到了少年“我”这里，却成为想象/重构一个截然不同的世界的入口，而（身在都市而还乡的）中年“我”又通过回忆/想象再现这一空间而赋予它新的意义。换言之，还乡的“我”通过建立起新的叙事结构和情感结构，将闰土的日常生活叙事纳入“我”的乡愁叙事之中，建构了一个新的空间。这是一个逾越了成人/少年、（等级、地位）高/下、贫/富以及城/乡、劳动/游戏等诸多区隔和界限的世界。这一介于想象与现实之间的“第三空间”，令人想起希望哲学家恩斯特·布洛赫所说的“只在童年时代出现而尚无人到达的地方：家乡”①，只是它的“创造（回忆/想象）”过程被隐而不显。

在这一回忆/想象的再现性空间中，“过去”不再是僵死的存在，而成为一种被创造的“现实”。当它第二次出现时，没有了少年闰土的身影，并不意味着自我否定，也并非对“好的故乡”的全盘否定，反而说明它并没有自我封闭，没有让主体沉溺于怀旧中，而是直面时间（“现在”）的残酷。正因为立足“现在”的困境，通过再次召唤“过去”介入“现在”，主体才没有被“现在”所击垮，而开始思考“未来”之“路”。换言之，这个再现的“第三空间”的创造性，不仅体现在它以空间插入与并置的方式抵抗时间，更在于它指涉“未来”与“希望”。这一指涉须回到小说的上下文中，才能得到理解。

小说倒数第三段刚刚说到“我”对希望的害怕，认为自己的希

---

① 梦海：《希望的原理·中译本序》，恩斯特·布洛赫著，梦海译，《希望的原理》，上海译文出版社2012年版，第27页。

望与闰土的偶像崇拜并没有本质区别(区别只在于一切近,一茫远而已),后面紧接着的却是"路"的显现:"我想:希望是本无所谓有,无所谓无的。这正如地上的路;其实地上本没有路,走的人多了,也便成了路。"这里的关键是"路"这一空间意象与"希望"之间的关联。如果说"希望"是一个可能性的空间,那么"走路"(离乡之路/还乡之路)就是进入、展开这一空间的过程,就是"希望"的形成与展现。将希望比作"路"是把希望空间化了,使"希望"成了看得见、站得住、可以迈步前进的道路。这条路也是从故乡的"过去"一路延伸过来的,即使路的去向并不确定,但它指涉着"希望"。① 所以一方面,只要"我"在走我的路,就有希望,即使这是"路漫漫其修远兮"(《彷徨·题记》)的漂泊之路;另一方面,"我"是从故乡,从过去、童年/少年而非从虚空中走来,带着对神异的海边图画的回忆/想象,对"希望"与"未来"的向往。这是"我"走路(求索)的动力,也是"我"与《野草·过客》中"过客"的不同之处。

所以,尽管小说中海边图画的重现与"路"的内在关联隐而不显,但正是在这里揭示了海边图画的"神异性":"神"——神佛、神勇、神话、神思②,"异"——一个既异于"我"谋食的都市、"我"出生

① 徐麟指出,"路""包藏了鲁迅中期思想最重要的转折及其全部契机",却没有发现"路"的出现紧接在海边图画之后,没有它,"路"的出现不仅突兀,而且显得多余,成了自我安慰。参见徐麟:《论鲁迅的生命意志及其人格形式》,《文艺理论研究》1995 年第 5 期。

② 包括闰土的命名(五行缺土),父亲在神佛前许愿,贝壳的名字——鬼见怕、观音手。"猹"也是出现在神话中的动物(如果说是"獾"就没有神话意味。而鲁迅对"猹"的说明也让人想起他对《铸剑》中那奇怪的歌的说明):意在召唤一个超现实的世界。而这又是拜"我"的"神思(想象)"所致。如唐小兵所说,对于"我","猹"作为"想象的真实""比眼前所有的一切都真实",那么海边图画的"神异性"亦比"现实"更具"真实性"。参见唐小兵:《英雄与凡人的时代:解读 20 世纪》,上海文艺出版社 2001 年版,第 58 页。

成长的小镇，也异于闰土家乡的“异度空间”。所谓“神异”最终是针对萧索、灰色的“现实”空间而言，针对“现在”这一绝望性的时间而言。正是海边图画的再次召唤使得主体发生了转变：从对偶像崇拜的否定和怀疑转向对“希望”的肯定。它与前面一系列的否定（“不愿意……不愿意……未经生活过的”）形成对比，应该从肯定而非否定的意义上去解读这重现的空间。正是它的重现，照亮并关联起了“过去”与“未来”，使得小说最后出现的“希望/路”与中年闰土的“偶像崇拜”有了本质区别。①

四、“希望”在故乡

当代作家王安忆说，起源对我们的重要性在于它可使我们至少看见一端的光景，而不致陷入彻底的迷茫。② 在对《故乡》之“起源”意义的追溯中，我们还望见了另一端的风景，这就是“未来/希望”。而这又要追溯到海边图画这一“故乡”的“神异风景”。这是一个“风景的重新发现”过程——既是小说中回忆主体对“神异风景”的重新发现，也是作者对“主体”这一“风景”的重新发现。

近来研究界多注目鲁迅作为现代中国主体的绝望，以及对“绝

① 这一“时间空间化”的过程也见之于《社戏》等小说，与吴晓东所论张爱玲“时间的空间化（空洞化）”不同。如果说张爱玲在《传奇》中担忧的是“现代空间对传统时间的销蚀”，那么《故乡》揭示的是“传统空间对现代时间的对抗”，但他们背后对现代性时间的焦虑（体现为历史与国族意识）却内在相通。参见吴晓东：《“阳台”：张爱玲小说中的空间意义生产》，陈子善编，《重读张爱玲》，上海书店出版社 2008 年版，第 28—64 页。

② 王安忆：《纪实与虚构》，作家出版社 1993 年版，第 248 页。

望”的反抗①,而相对忽略了作为“起源”的希望。正如谈论“绝望”必须同时谈论“希望”,谈论“反抗绝望”也应该注目反抗的动机和动力。说到底,是“希望”提供了主体反抗绝望的动机和动力,否则反抗就成了“绝望的反抗”,或者“为反抗而反抗”,如何能够持续终生?确实,现实中的鲁迅对于“将来”与“希望”一向持审慎、保留和怀疑态度。在《呐喊·自序》(发表于1922年12月)中,鲁迅虽然认为“希望是在于将来,必不能以我之必无的证明,来折服了他之所谓可有”②,但语气显得勉强;在《娜拉走后怎样》(1923年12月)中说“人生最苦痛的是梦醒后无路可以走。做梦的人是幸福的……但是,万不可做将来的梦”③;在《野草·希望》(1925年1月)中得出“绝望之为虚妄,正与希望相同”的结论,似乎同时否定了两者;在给许广平的信(1925年3月)中说“我看一切理想家,不是怀念‘过去’,就是希望‘将来’,而对于‘现在’这个题目,都缴了

---

① 竹内好一方面说“他(指鲁迅)有的是‘绝望’,他对‘绝望’确信无疑,那是他唯一的东西”;另一方面又说“没有希望的地方也就没有绝望,绝望的意识是伴随着希望的重新树立而产生的……也就是说绝望显现于行为而不是显现于观念。他是绝望者,因而他就是行动者,是生活者”。孙歌在《鲁迅的绝望与历史——读竹内好的〈从“绝望”开始〉》(《开放时代》2012年第8期)中进一步将其引申为“绝望是鲁迅思想的原点”。但鲁迅何以能够从“绝望”出发,成为行动(反抗)的主体这一问题,依然没有得到深入讨论(竹内好著,靳丛林编译:《从“绝望”开始》,生活·读书·新知三联书店2013年版,第33、34、426页)。国内“反抗绝望”说的代表论著是汪晖的《反抗绝望——鲁迅的精神结构与〈呐喊〉〈彷徨〉研究》(上海人民出版社1991年版)。之后汪晖的观点亦有变化。他在《鲁迅文学的诞生——读〈呐喊〉自序》(《现代中文学刊》2012年第6期)一文中认为鲁迅终究没有否定“希望”这一“客观的、有待探索的,包含着无穷可能性的领域”,不过他又将其从“内部或自我的范畴内排除出去”,这样“希望”又未免显得抽象。

② 《鲁迅全集》第1卷,人民文学出版社2005年版,第441页。

③ 《鲁迅全集》第1卷,人民文学出版社2005年版,第166—167页。

白卷，因为谁也开不出药方”①。经常被研究者引用以说明鲁迅对“希望”满怀信心的一句话来自《记谈话》(1926 年 8 月)一文：“希望是附丽于存在的，有存在，便有希望，有希望，便是光明。”而这句话的前面一句是：“我们所可以自慰的，想来想去，也还是所谓对于将来的希望。”而且这是在论及中国人的破坏欲之后说的。② 而在作于 1921 年 1 月的小说《故乡》中，我们发现，“希望”——一种立足“现在”，通过转变“过去”而面向“未来”，并以行动(走路)来实践的可能性，已经根植于故乡的童年中。这是鲁迅的另一个常被我们忽视的，作为其“反抗绝望”，并能够从主体困境中一再突围的动力源头。

所以，当我们特别强调鲁迅“反抗”的立足点“现在”时，有必要重温宗教思想家保罗·蒂里希的话，“过去与未来是相互关联的，过去的根源和未来的目标两者之间互相呼应”，而“没有乌托邦的人总是沉沦于现在之中；没有乌托邦的文化总是被束缚于现在之中，并且会迅速地倒退到过去之中，因为现在只有处于过去和未来的张力之中才会充满活力”③。这里可能要将(鲁迅审慎看待的)“将来”与作为“希望”的“未来”区分开来。这一“未来”并非“过去—现在—未来”现代性线性时间系列中的“未来”(即“将来”)，也不是后来者居高临下的据以评判“过去”“现在”的“未来”，而是恩

① 《鲁迅全集》第 11 卷，人民文学出版社 2005 年版，第 20 页。

② 《鲁迅全集》第 3 卷，人民文学出版社 2005 年版，第 378 页。

③ 保罗·蒂里希著，徐钧尧译：《乌托邦的政治意义》，《政治期望》，四川人民出版社 1989 年版，第 172、215—216 页。

斯特·布洛赫所说的“尚未”,一种“希望/可能性”①。在布洛赫看来,“希望”是乌托邦的基本原理,是想象的形而上学。在这一意义上,“希望”与“乌托邦”是同义词,两者都着眼于“可能性”,那么《故乡》就是鲁迅文学中的乌托邦性或者说“未来性”的体现。② 如果说鲁迅通过离乡,把自己变成一个家园内部的流放者,那么他也是从故乡之“路”走来,带着“希望”而远行的。乌托邦本是“无—地”(no-where)之意,而鲁迅的“希望”却源自故乡,一个想象而真实、开放的时空体:来源是否虚妄,是否能够反思、批判乃至改变“现实”,正是区分“希望”与“偶像崇拜”(两者都是“想象”的产物)的本质所在。从这里可以进一步追问的是:像闰土/杨二嫂这样的“非主体性”人物,如何获得“希望”(而非以“偶像崇拜”为“药方”)?

如研究者们指出的,鲁迅世界希望/绝望的辩证,正如其主体建构/自我认同的过程,并非完成时,而是进行时,并一直保持着(痛苦而充满活力的)张力。鲁迅后来的写作(如“归乡系列”小说,

---

① 布洛赫区分了两种“尚未”:“尚未形成”与“尚未意识到”。“希望”作为“尚未形成的东西”,“在过去之中变得可见”,而且会在“未来中显现”,在这一意义上可以说“未来生活在过去之中”。恩斯特·布洛赫著,梦海译:《希望的原理》,上海译文出版社 2012 年版,第 9、104 页。

② 有论者称之为“希望的形而上学”或“希望的乌托邦”。参见张旭东:《鲁迅回忆性写作结构、叙事与文化政治——从〈朝花夕拾〉谈起》,孙晓忠编,《生活在后美国时代——社会思想论坛》,上海书店出版社 2012 年版,第 319 页。这里可以进一步引申的问题是小说与“乌托邦”及“救赎”的关系。说到底,鲁迅世界中的“希望/绝望”不仅是一个思想/哲学问题(难以完全借助概念梳理清楚),更是一个文学(回忆/想象/叙事)问题,这可能就是竹内好所谓(在鲁迅那里)“小说成了要求救赎的终生的重负”的着眼点所在,也是柄谷行人所谓“文学的固有力量”呈现的佳例。参见柄谷行人:《中文版作者序》,《日本现代文学的起源》,生活·读书·新知三联书店 2006 年版,第 3 页。

散文集《朝花夕拾》，一直到晚年的杂文《女吊》），不管从正面、侧面或者反面，不管采取什么样的表述形式，总是不断地回到《故乡》这一“开端”，不断重返“故乡/希望”这一“起源”。

第二节　乡愁认同之路的展开

以《故乡》为“开端”，鲁迅的乡愁书写开启了现代中国文学的乡愁认同——一种反思性和批判性的文学认同之路。在全球化的今天，随着乡愁与认同的问题再一次成为我们时代的症候和热点问题，鲁迅的乡愁认同探索对于华人世界的认同建构和华文写作的“开端”意义也日益凸显出来。①

一、从故乡出发

众所周知，除了以“故乡”为题的小说外，故乡是鲁迅写作的基本题材。在《呐喊》《彷徨》的二十五篇小说中，以故乡绍兴作为背景的有十五篇，《野草》的一些篇目如《好的故事》《风筝》《雪》明显以故乡为背景，《故事新编》中的《理水》《非攻》中的主人公大禹、墨子均是会稽人，故也可归入故乡书写，更不用说以故乡和童年为主要内容的《朝花夕拾》了（其中十篇散文有八篇写故乡）。

鲁迅对现实中的家乡浙江绍兴没有多大好感，直接原因是他

① 在藤井省三的《华语圈文学史》一书中，特别提到对鲁迅《故乡》的阅读已经成为东亚乃至华语文学圈读者的公共行为。参见藤井省三著，贺昌盛译：《华语圈文学史》，南京大学出版社2014年版，第5—7页。就目前研究者论及的，受《故乡》影响的华语作家包括中国台湾地区的赖和、钟理和、龙瑛宗、杨逵、吴浊流、陈映真、李渝，新加坡的姚紫，马来西亚的黄孟文、黄锦树等。

离乡前亲历了家族的衰败过程。作为兴房中的长子长孙,他必须承担父亲病逝后的责任,因此,家的衰败有如阴影般紧紧纠缠住他。鲁迅的离家,一小半是出于求知的主动,多半是被逼无奈的逃离。他要在外闯出一条生路,为维持这个小家,为弟弟开路,并且如有可能,重振大家。“有谁从小康人家而坠入困顿的么,我以为在这途路中,大概可以看见世人的真面目。”①衰变中的“家”带给鲁迅的更多是苦涩的回味。“家是我们的生处,也是我们的死所。”②鲁迅警惕的是“家”与“乡”对个人自由的束缚,个人要解放和发展,首先必须离开家。因此,在公开的言论和私下的书信中,鲁迅很少袒露自己与故乡的情感牵连(倒是在旧体诗中多次书写乡愁),反而对故乡多有不满。如在致许寿裳的信中说:“闻北方土地多湢淖,而越中亦迷阳遍地,不可以行。”接下来以更激烈的言辞说:“近读史数册,见会稽往往出奇士,今何不然?甚可悼叹!上自士大夫,下至台隶,居心卑险,不可施救,神赫斯怒,湮以洪水可也。”③故乡在整体上是以被否定的形象出现。而对历史上的故乡,鲁迅却多有赞许:“于越故称无敌于天下,海岳精液,善生俊异,后先络驿,展其殊才;其民复存大禹卓苦勤劳之风,同勾践坚确慷慨之志,力作治生,绰然足以自理。”④鲁迅辑校《会稽郡故书杂集》,用多种注本校勘辑成一卷本《谢沈后汉书》(谢沈,晋代会稽

① 鲁迅:《呐喊·自序》,《鲁迅全集》第1卷,人民文学出版社2005年版,第437页。

② 鲁迅:《家庭为中国之基本》,《鲁迅全集》第4卷,人民文学出版社2005年版,第637页。

③ 鲁迅:《书信·110102·致许寿裳》,《鲁迅全集》第11卷,人民文学出版社2005年版,第341页。

④ 鲁迅:《集外集拾遗补编·〈越铎〉出世辞》,《鲁迅全集》第8卷,人民文学出版社2005年版,第41页。

人)，多次校勘《嵇康集》，在他辑录的古籍中，经部和史部、子部的一部分，集部的大部分，大都是魏晋时代会稽人的著作。[①] 从鲁迅花费大量时间精力在与故乡有关的典籍上可看出他在试图重建一个故乡历史文化的传统。

历史上的故乡与现实中的故乡在鲁迅那里似乎是对立的。这与作者的位置，或者说与故乡的距离有关。自从鲁迅自我放逐于故乡之外，就以一种疏离的眼光来审视故乡。以"理智和情感的纠结"来解释这一似乎矛盾的对立未免有些简单，它没有看到在表面的二元对立中其实隐含着内在的张力。这种张力是由鲁迅所站立的位置——"现在"，以及他的"启蒙者"的自我定位所带来的。所以当我们注目鲁迅的文学性写作(特别是小说)——这是更能微妙曲折传达出他内心的复杂性的，我们发现，无论是历史故乡还是现实故乡，它们一方面是作为批判审视的对象(如《呐喊》中的大部分作品)，另一方面又是作为肯定性的对象(如《呐喊》中的《社戏》，《故事新编》中的《理水》《非攻》等篇目)，两种故乡都不仅是他写作的题材，或者某种情感(情结)的对象，而且是作为一种本源性的资源被审视和挖掘。

所谓"故乡"的"本源性"，就鲁迅而言，体现在以下四个维度：从情感维度看，"故乡"指向的是因"丧失"而来的悲哀和忧郁，这是鲁迅乡愁书写的情感基调。从时空维度看，"故乡"已成为过去与现在、乡村与城市、传统与现代、时间和空间交叉、重叠、应和、驳诘的想象域和对话域。在鲁迅的这一场域，我们更多听到的是矛盾、纠结和驳诘的声音。从主体建构的维度看，鲁迅这一主体是在对"故乡"的建构中被赋予生存的意义，乡愁书写之路亦是主体建构

① 陈方竞：《鲁迅与浙东文化》，吉林大学出版社1999年版，第97页。

之路。从超越性的维度看，“故乡”已从个体的意义源头上升为一种具普遍意义的情感/精神共同体（“精神家园”）。[①] 这就是我们通常会把鲁迅的“故乡”与“民族”“国家（中国）”相关联，并赋予其哲学甚至宗教性的意义的原因。

鲁迅笔下的“故乡”已经纯然是一个现代“故乡”了，它既是现代人生存困境的反映，又是对困境的想象性克服；既是写实的，又是想象的，是回忆与想象相结合的产物。所以一方面，鲁迅对现实故乡的保守性、落后性，对传统文人式的“田园雅兴”时刻保持警惕，避免陷入一厢情愿的怀旧之中。在他看来，并没有一个理想的、现成的“故乡”可以“回归”，“故乡”只能在追寻（离开—反观—质疑—发现）中凸显其身影。另一方面，通过回忆与想象建构的“故乡”又被赋予其主体认同的本源性价值。因此在鲁迅的乡愁书写/认同建构的过程中，我们经常看到的不是“确定性”“连续性”和“完整性”，而是反思性、不确定性、矛盾性和断裂性。这是他与中国现代文学其他以乡愁书写为认同途径的作家——如沈从文、废名的不同所在。

鲁迅乡愁认同的复杂性表现在他两类不同色彩的作品中：明亮的如《社戏》等，阴暗的有《狂人日记》《孔乙己》《药》《阿Q正传》《祝福》《长明灯》《孤独者》等，这类作品占据主流，而像《故乡》《在酒楼上》等作品则色彩比较驳杂。但不管明亮、阴暗或驳杂，不管其中叙述人与故乡的距离是远还是近，它们都像一个个旋转的球，其轴心是故乡。借用竹内好的话说，故乡是鲁迅的“回心之轴”。被称为最富于鲁迅色彩的小说——《故乡》（1921年）、《社戏》

---

① 唐小兵：《现代经验与内在家园：鲁迅〈故乡〉精读》，《英雄与凡人的时代：解读20世纪》，上海文艺出版社2001年版，第49—69页。

(1922 年)、《在酒楼上》(1924 年)和《孤独者》(1925 年)都是围绕"故乡"这一轴心而展开的作品,也是展示鲁迅乡愁认同轨迹的最有代表性的作品。

二、乡愁的压抑与反抗

《社戏》的创作时间晚于《故乡》,却是充分展示"思乡的蛊惑"的作品,其中有鲁迅作品中很少见的"风景":

> 两岸的豆麦和河底的水草所发散出来的清香,夹杂在水气中扑面的吹来;月色便朦胧在这水气里。淡黑的起伏的连山,仿佛是踊跃的铁的兽脊似的,都远远的向船尾跑去了,……
>
> 那声音大概是横笛,宛转,悠扬,使我的心也沉静,然而又自失起来,觉得要和他弥散在含着豆麦蕴藻之香的夜气里。
>
> ……
>
> 最惹眼的是屹立在庄外临河的空地上的一座戏台,模胡在远处的月夜中,和空间几乎分不出界限,我疑心画上见过的仙境,就在这里出现了。

这是一个由嗅觉、听觉、视觉"通感"而合成的世界,充满主观性和抒情性。它们与后来罗汉豆的美味一起构成了某种故乡的"味道""氛围"和"气息"。经由叙述人和主人公"我"的回忆,这些过去的真实的"经验"变成了终生的"体验",留在记忆中;这也是回忆中的抒情,此时回忆中的两个"我"(中年和少年)暂时合二为一了。虽然在小说的结尾,再次出现了处身"现在"的中年"我"的感受:真的,一直到现在,我实在再没有吃到那夜似的好豆,——也不再看到那夜似的好戏了。这个结尾容易让人联想起作者在《朝花夕拾·小引》中说的一段话:“我有一时,曾经屡次忆起儿时在故乡所吃的蔬果:菱角,罗汉豆,茭白,香瓜。凡这些,都是极其鲜美可口的;都曾是使我思乡的蛊惑,后来,我在久别之后尝到了,也不过如此;唯独在记忆上,还有旧来的意味留存。他们也许要哄骗我一生,使我时时反顾。”①这段话经常被引用来说明鲁迅(经由食物)对故乡的怀念。不过“蛊惑”“哄骗”和“反顾”之类词汇容易让人将鲁迅的作品归入所谓的“怀旧”类型,而忽略了其中的反思性带来的张力。这种张力是由小说的空间/时间对照结构,以及叙述人与故乡不同的距离所导致的。

小说包含了三重空间:乡村(平桥村/赵庄)—市镇—都市(北京),其中少年“我”所在的市镇并没有得到描写。表面看起来,小说是在说看戏和演戏的空间问题(中国戏适合在野外演),并由“我”在北京不愉快的戏院经历回忆起少年时期在外婆家的看戏经历,实际上,这里说的不是戏本身,而是由看戏想起的少年时代——一段游戏、钓鱼、放牛、看戏的快乐时光。从空间对照的角度看,是北京与外婆家(而非“我”生活的市镇)的对比;从时间的角度看,是少年与成人的对比,也是知识(识字、读经)与自然(不识字,不知“犯上”)的对比。张力来自两种时空、两个世界的对照,其中叙述人站在乡村的立场,透露出对都市的批判。

正因为有这样一种张力在,所以小说中简洁的“风景”会让人久久回味。这样的风景在《故乡》中出现时,亦是以回忆的方式。与《社戏》中对风景的沉迷与抒情不同,《故乡》中“风景”先是“苍

① 鲁迅:《朝花夕拾·小引》,《鲁迅全集》第2卷,人民文学出版社2005年版,第236页。

黄”“萧索”，“没有一些活气”，直到后来因母亲提到闰土，“海边的神异图画”出现才为之一变。后者与《社戏》中的风景有着内在的相通之处：乡村、月色、水边（水中）、充满活力的少年、静中之动……

日本研究者藤井省三认为，“风景”是鲁迅“在黑暗与孤独中唯一留下的确认同一性的地方”①。如前所述，《故乡》经由讲述一个“离乡—归来—再离乡”的归乡故事，使故乡转变为“故乡”，被赋予人生与叙事之“开端”/“起源”的意义，也建构了主体这一现代“风景”。《故乡》“离乡—归来—再离乡”的情节模式正好演绎了一个现代个体寻求自我认同的过程。如唐小兵指出的：“‘我’的故事，‘我’的叙述和实在性，唯有通过‘我’和故乡的关系才获得意义。故乡是‘我’的镜像，故乡是构成‘自我’的他者。”“关于现代生存意义的叙事，似乎无一例外地都在讲叙一个再别故乡，重新发现生存方式的故事，也就是寻找内在家园的故事。”②只是故乡这一“他者”不同于其他的他者，它与主体间有着无法摆脱和割断的内在关联（无论是肉身的还是情感、精神的），所以它成为自我认同的原点和出发点。在《故乡》中，主体的认同不是通过肯定的方式，而是通过反思和批判的方式来进行的。一篇《故乡》主要就是在提醒着故乡的“不变”与“我”的“变”，就是揭示所谓“精神家园”的一厢情愿性和幻灭感，直至“神异的海边图画”被第二次召唤出来，随之作为“希望”的“路”出现。

因此鲁迅乡愁认同之路的开端就是双面性的：一面是反思、

---

① 藤井省三著，陈福康编译：《鲁迅与契里科夫——〈故乡〉的风景》，《鲁迅比较研究》，上海外语教育出版社1997年版，第157—158页。

② 唐小兵：《现代经验与内在家园：鲁迅〈故乡〉精读》，《英雄与凡人的时代：解读20世纪》，上海文艺出版社2001年版，第49—69页。

质疑与悲哀，一面是内在的“希望”；一面是在故乡现实（《社戏》）与想象（《故乡》）的“风景”中沉迷、自失，一面理性而清醒的叙事人又时刻提醒自己不要沉迷其中，久而久之，这种清醒的“自觉”就成为一种压抑。《呐喊》和《彷徨》中关于故乡的大部分阴暗色彩的创作应被视为这种压抑状态下的产物。似乎是作者（和叙述人）要把故乡的阴暗面，尤其是故乡人的人性之丑陋挖掘个透底，不如此不足以表达“爱之深、恨之切”的道理似的。但被压抑的乡愁总有一天会破土而出。《在酒楼上》即可视为乡愁的一次集中的反抗。

这篇小说的主题最早被理解为批判主人公吕纬甫的“倒退”，进而揭露故乡的封闭、落后。这是在启蒙的视野下，在进步/落后的二元对立框架中的解读。通过细读文本，我们其实可以发现：真正代表鲁迅内心潜在声音的可能是吕纬甫（而非“我”）。这首先从小说中吕纬甫的故事所占的篇幅可看出来。吕纬甫讲了两个故事，一是从太原千里迢迢回故乡为三岁上死掉的小弟弟掘墓迁坟；一是为当年曾煮给他一大碗荞麦粉吃的顺姑买剪绒花。这两个故事吕纬甫讲得非常详细而且投入，这与他之后自谓“敷敷衍衍，模模糊糊”和“麻木”形成矛盾。对于吕纬甫，这显然不是“无聊的事”。吕纬甫的自嘲是在“我”的目光注视下发出的，但“我”在吕纬甫叙述的时候，只是默默地听着，并没有去打断他，“我”的目光——虽然小说中并未提及，但可推测——在此刻也完全可能不再是审视的了，因为被吕纬甫投入的叙述所打动。

也就是说，小说在表面的启蒙叙事之下，深层涌动的是乡愁的潜流，它通过吕纬甫回忆的姿态与语调呈现出来。这一姿态与语调虽然受到“我”的目光的压抑，但沉迷的姿态和温情的语调并没有变化。有论者因此认为怀旧在这篇小说中的意义不仅限于情绪和氛围的层面，“怀旧”就是小说的母题。“对于从记忆中获得心理慰藉和归宿的吕纬甫来说，回忆是现实中的吕纬甫的救赎方式，回忆的姿态从根本上标志了现实中的吕纬甫的缺失，因为对往昔记忆的追寻总是与弥补现实的缺失联系在一起的。”①所以如果说《祝福》展示的是叙述人对于故乡的隔膜乃至压抑的愤怒的话，那么《在酒楼上》展示的是另一面：温情、怀恋和不舍，与《社戏》中的故乡情感更接近。

按照拉康的“他者的话语是(自我)潜意识的展示”的观点，我们可以说，吕纬甫的缺失也是叙述者“我”及作者鲁迅的缺失，吕纬甫的谓之为无聊、随便的故事正道出“我”内心被压抑的情绪，这就是对于故乡的欲盖弥彰的乡愁。值得注意的是，吕纬甫叙述中的温情还与母亲有关。两件事都是受母亲之托，为了完成母亲的心愿，可见这位未出场的母亲在吕纬甫心中占据何等分量。据周作人的说法，吕纬甫所做的两件事正是当年鲁迅做过的，而鲁迅对母亲也正如小说中吕纬甫对他的母亲。② 这是我们认为吕纬甫的叙述代表了鲁迅内心另一面(被压抑的一面)的另一个佐证，由此也可以进一步解释小说结尾“我”与吕纬甫分别后，在寒风和雪片中觉得很爽快的原因：因为“我”内心积聚已久的乡愁借吕纬甫的叙述得到了抒发和缓解。

但耐人寻味的是，鲁迅为什么采取这样一种借他者话语展示自己复杂内心的叙事策略？很明显的是，小说中的“我”对吕纬甫持批评或至少是保留态度(这让面对“我”目光的吕纬甫“不安”)。这可看出鲁迅的小说世界中故乡距离的多重性：鲁迅似乎不愿意

---

① 吴晓东、倪文尖、罗岗：《现代小说研究的诗学视域》，《中国现代文学研究丛刊》1999 年第 1 期。

② 周作人：《鲁迅小说里的人物》，河北教育出版社 2002 年版，第 205—213 页。

让自己内心潜在的温情的一面展现出来，而采取借他人之口言说自己内心的曲折方式。但这种将自我“对象化”的叙事策略反见出被压抑那一面的强大力量，它总要寻找机会宣泄出来。所以虽然我们可以说吕纬甫的声音是主导性的，但也正是“我”使吕纬甫有压抑感，并言不由衷。这两种声音自始至终没有完全认同，而一直处在一种潜在的紧张中。这一紧张打破了“怀旧”的一厢情愿性，将“怀旧（怀念过去）”置于“过去”“现在”和“未来（今后怎么办）”的时间序列中进行反思，再次表明鲁迅的故乡书写既有“怀旧”的层面，更有对沉迷于过去的“怀旧”的警醒和反思，从而呈现出游移、矛盾和反思的姿态，如第一节所述，“怀旧”在鲁迅那里变成了“乡愁”，其认同也变得复杂起来。

三、乡愁认同的断裂

吕纬甫自谓敷敷衍衍，随随便便，过了今天不想明天，看起来已失去先前的“激情”和“怒气”，趋向于消沉了。但正是在他低回的叙述中我们发现了隐藏在他内心深处的温情。温情的根源在于对母亲（无疑她也正为乡愁所困扰）、对故乡的情感。吕纬甫是一个孤独者，但并未斩断与故乡的最深最后的牵连，所以他不愤怒。顺姑的一大碗荞麦粉虽然让他饱胀得一夜没睡好，做一大串噩梦，但他依然祝她一生幸福，愿世界为她变好。吕纬甫没有对所处的世界丧失信心和爱意，与他依然葆有故乡情感无疑有直接关系。

正是在这里我们发现了吕纬甫和《孤独者》中魏连殳的不同。李欧梵梳理过自狂人开始到夏瑜（《药》）、N先生（《头发的故事》）、回乡的“我”（《故乡》）、吕纬甫直到魏连殳（《孤独者》）的“孤独个人”谱系，认为《孤独者》中的魏连殳是鲁迅小说中最后也是最彻底的孤独者形象。[①] 与《在酒楼上》一样，《孤独者》也通常被理解为批判启蒙者的不彻底和半途而废，从而揭示封建势力的强大。孤独者魏连殳是被批判的一方，而叙述人“我”则是魏的同志和他的“失败”的见证人。也有论者将它与中国现代知识分子的自我认同关联起来讨论，认为魏连殳作为现代知识分子的典型，找不到能够认同的环境，甚至连生存都成了问题，而他的“异质性”既是原因，也是结果。文章把魏的“失败”归于异质环境的强大，周围人的压迫，甚至连“我”也与魏连殳保持一定的距离。[②]

不过正如《在酒楼上》，仅限于启蒙视角也无法读解出这篇小说的丰富含义。小说的焦点问题是：魏连殳为什么最终躬行起他先前反对的一切，向环境“投降”了？

首先的解释当然是为生计所迫。但这样的解释显然不足以成为魏连殳走到他憎恶的另一极端去的理由。做杜师长的顾问，除了让自己活下去，更主要的原因恐怕就是在给“我”的信中提到的“偏要为不愿意我活下去的人们而活下去”。而之所以在这之前还想有所作为，还能够忍受求乞、冻馁、寂寞辛苦，是因为在魏连殳看来，还有愿意他活下去的人。[③] 这是他生存的动力。“然而现在是没有了，连这一个也没有。”“好在愿意我好好地活下去的已经没有了，再没有谁痛心。使这样的人痛心，我是不愿意的。”这愿意魏连殳活下去的人是谁？是他的朋友，他的祖母还是他自己？从文中

---

① 李欧梵著，尹慧主民译：《铁屋中的呐喊》，岳麓书社 1999 年版，第 98 页。

② 李林荣：《〈孤独者〉与中国现代知识分子的自我认同》，《鲁迅研究月刊》2001 年第 9 期。

③ 鲁迅在致李秉中的信中提到“世上还有几个人希望我活下去”。参见鲁迅：《书信・260617・致李秉中》，《鲁迅全集》第 11 卷，人民文学出版社 2005 年版，第 528—529 页。

的叙述我们可推测，这个人既可能是他的祖母，也可能是他自己。不错，祖母已死去一年多，但她的影响，她施之以魏连殳的爱和关心却没有那么快地逝去，魏连殳的心里还保留着对祖母的记忆。而一年多以后，在周围人和环境的压迫下，魏连殳心里残存的温情被一再挤压再也维持不住，连着失去的还有他的信念和他的坚执。而失去这一切的魏连殳也就失去了生存的价值和意义，而成为行尸走肉般的存在，做什么都无所谓了。

从这里可看出魏连殳祖母在他生活和生命中的重要性。祖母是他唯一的亲人（她替代了母亲的位置），也是他与故乡最温情最深层的牵连。祖母爱他，他也爱这个不是亲祖母的祖母。这种爱之中包含某种同病相怜的味道。“我虽然没有分得她的血液，却也许会继承她的运命。”这运命就是孤独。而这孤独又很大部分是魏连殳自己亲手造成的（一如祖母）。所以，在祖母的丧礼上，魏连殳的“妥协”——一切照旧——应被视为对祖母爱的体现，而随后像受伤的狼一样“愤怒而悲哀”的长嚎则可以理解为：“愤怒”于这“爱”成了族人要挟他的手段，“悲哀”则不仅因为祖母的死，还意味着他深知自己丧失了与故乡最后的情感牵连。这以后，自己真将成为一匹无家可归、无所牵挂的“狼”了。所以，长嚎似的哭最终针对的是自己的无家可归、彻底孤独。

但魏连殳的“投降”并不是真心的驯服。他自始至终在冷眼旁观自己的“胜利”。从信中那打了引号的“好”，到称呼大良祖母“老家伙”，从要孩子们学狗叫磕响头，到不理会自己的病，糟蹋东西，魏连殳是在进行报复（复仇）。报复沉闷黑暗的社会，报复势利冷酷的“他们（故乡人）”。而当这些外在的因素没法改变时，他就将复仇之剑指向了自己，以一种自暴自弃、自我毁灭的方式（对社会/故乡和自己）复仇。

这让人想到作者自己。《孤独者》中精神最接近鲁迅的人物无疑是魏连殳。根据周作人的说法，小说第一节祖母之丧说的全是著者自己的事情，连那段“忽然，他流下泪来了……”也是鲁迅当时的表现。[①] 鲁迅一定从祖母蒋太君（她并不是鲁迅的亲祖母，后来又被祖父遗弃）的悲剧性人生中体会到什么是孤独，这孤独又会与自己日后的作为“异样的人”的孤独感产生感同身受的共鸣吧。对于魏连殳和鲁迅，孤独的根源在于他们既被故乡放逐，又主动放逐了故乡。

所以，如果说《故乡》讲的是一个还乡者对“无家可归之真相”的发现，《在酒楼上》讲的是被压抑的乡愁的反抗的话，那么《孤独者》讲的是一个弃绝故乡、丧失自我认同之根源的故事。魏连殳是作为一个愤激的启蒙者形象出现的，他把自己认同为周围环境的对立面（“异类”）。他最初相信自己的存在对于故乡是一个改善的契机，他谋求故乡的变化，是因为他和它有着牵连——这主要体现在祖母身上，希望它改变——而这又正是故乡不理解他乃至排斥他的原因。愤激于是变成冷嘲和绝望。而祖母的死让他走到另一极端：向故乡复仇，以一种自我毁灭的方式。恨的这种极端表达却根源于对故乡的爱，它是魏连殳自我认同的基础，当这个基础坍塌，那么认同的框架也随之轰毁。

由此，《孤独者》一方面再次呈现了故乡对于作者的本源性意义，另一方面也呈现了这一本源的压抑性和毁灭性影响。它与《社戏》中的美好回忆一起构成鲁迅自我认同中相辅相成的明暗两面，两个极端。从《社戏》到《故乡》到《在酒楼上》，鲁迅的乡愁书写演

---

① 周作人：《鲁迅小说里的人物》，河北教育出版社 2002 年版，第 225—226 页。

示了一个与故乡渐行渐远，也是其自我认同愈来愈问题化、危机化的过程。到《孤独者》，在外游学回到故乡的魏连殳并没有离开故乡，却最终弃绝了故乡，其后果是——彻底的孤独，认同的断裂，直至自我毁灭。

四、未完成的旅程

因此，通过《故乡》《社戏》《在酒楼上》和《孤独者》中的乡愁书写，鲁迅开启了现代中国的一条文学认同——反思性和批判性的乡愁认同之路。如果说《孤独者》是鲁迅借助于小说想象出弃绝故乡的"最坏"可能，那么现实中的鲁迅则与魏连殳不同。与小说中魏连殳的走向自暴自弃不同，现实中的鲁迅仍然依违于故乡之间，终其一生走在反思和批判性的乡愁认同之路途中。并不出人意料的是，晚年鲁迅的写作又一次集中于故乡：《我的第一个师父》《女吊》《因太炎先生而想起的二三事》。在这些回忆性的文字中，故乡的风景、风俗和人物再次温情地浮现出来。其中据冯雪峰回忆，鲁迅曾告诉他计划写十来篇与《朝花夕拾》相类似的作品，以备成集出版，其中包括《我的第一个师父》和《女吊》，另有两篇是关于"母爱"与"穷"的。[①] 晚年鲁迅的回到故乡表明他欲通过返回生命的源头梳理自我的来路，也再次确认了这个幽深、幽暗的前现代故乡世界对其生活与写作的起源意义。

鲁迅乡愁认同实践的"开端"意义在今天并未得到充分重视。当我们将鲁迅定位为"启蒙者"和"革命战士"时，我们常常忽略了其文学世界中面向"过去(故乡)"的"乡愁"与着眼未来的"启蒙"和"革命"之间的张力；当我们特别强调鲁迅的"反抗"时，常常忘了

---

① 冯雪峰：《回忆鲁迅》，人民文学出版社 1981 年版，第 158、159、193、194 页。

问：鲁迅反抗的资源和动力在何处？在写于1907年的《摩罗诗力说》的结尾，二十六岁的鲁迅针对当时国人精神的萎靡与萧条，以先觉者的形象发出呼吁："今索诸中国，为精神界战士者安在？有作至诚之声，致吾人于善美刚健者乎？有作温煦之声，援吾人出荒寒者乎？吾国荒矣，而赋最末哀歌，以诉天下贻后人之耶利米，且未之有也。"[①]鲁迅毫无疑问是他所呼唤的精神界战士之一，但只有一个拥有"故乡"的人才更有可能发出那种援人出荒寒的至诚之声和温煦之声吧。而鲁迅的写作，整体上看就是寻找家园的耶利米哀歌。鲁迅说，创作总根于爱。乡愁认同正是对这种源于故乡的"爱"的表述和呼唤。"爱"与"希望"，它们才是鲁迅反抗的资源和动力所在。而鲁迅乡愁认同中的困境也表明，一个既能给现代自我提供源源不绝的反抗力量又能作为最终的归宿的"故乡（家园）"尚在到来的途中。

第三节　母性·受难·救赎

——以《药》《祝福》为中心

在中国文学的语境中，"母亲"在很大程度上成了"故乡"的代名词，与"童年""成长""爱"密切相关。母亲形象多次出现在鲁迅的故乡书写中。探讨鲁迅作品中的母亲形象，是理解鲁迅乡愁认同的一条重要途径。鲁迅在杂文《小杂感》中说："女人的天性中有母性，有女儿性，无妻性，妻性是逼成的，只是母性和女儿性的混

---

① 鲁迅：《破恶声论》，《鲁迅全集》第1卷，人民文学出版社2005年版，第102页。

合。”①除了《社戏》《故乡》和《在酒楼上》中的慈母，像《明天》中的单四嫂子，《孤独者》中的祖母，《颓败线的颤动》中的母亲，尤其是《药》中的两位母亲，以及《祝福》中的母亲祥林嫂，都是一些不识字的丧失者、孤独者、迷信者，或者“粗笨女人”。她们要么无名，要么无名无姓，是令读者同情的苦难母亲。不过，“同情”可能恰恰暴露了读者“革命/启蒙”视野下居高临下的立场和一种二元对立式的思维方式，这种“现代(进步)的”或“人道主义式的”解读忽略了“故乡”这一更本源层面上的“母性”存在，遮蔽了母性受难的困境及其批判性和救赎性。

一、“亲子之爱”“迷信”与“革命”

以往对《药》的主题理解大致经历了从“革命”到“启蒙”，从揭示革命者的悲哀、革命失败的原因，到批判群众愚昧、寻求现实的改变，在这两种实质相似的视野下，小说中的另一条主线——“亲子之爱”往往被遗忘和遮蔽了。

无论是“革命”还是“启蒙”的解读都聚焦于把“人血馒头”当作“药”这一“封建迷信”。所以这里的首要问题是怎么看“人血馒头”。当读者看到“用人血馒头治病”(在《狂人日记》中鲁迅已预先提及一个生痨病的人，用馒头蘸犯人的血舐)，马上想到的是“迷信”和“愚昧”，何况这血又来自就义的革命者夏瑜，那么“愚昧”后面又要加上“麻木”和“残忍”了。事实上，用鲜血治病在中国的民间就像“吃什么补什么”一样，没有科学依据，当然是一种“迷

① 鲁迅：《小杂感》，《鲁迅全集》第3卷，人民文学出版社2005年版，第555页。

信”①，但鲁迅对这一类民间“迷信”并非简单否定了事。在1905年发表的《破恶声论》中，鲁迅把当时的改良人士视为“迷信”的种种宗教、民间信仰、神话和神物等，都看作“人”的一种精神性（尤其是古民的“白心”和“神思”等想象力）的产物，是“不安物质之生活”的“人”的“形上需求”。② 如有论者指出的：“鲁迅既不是在‘近世文明’的立场上批判民间信仰，也不是作为传统的维护者将民间信仰实体化、绝对化，他是在反思‘近世文明’的立场上看待民间宗教与迷信的，挖掘其精神气质以作为反思‘近世文明’的思想资源。”③在鲁迅看来，关键问题不在于“迷信”的对与错，而在于信者的态度是否真诚（是否真“信”）。像祥林嫂、阿Q、华老栓、华大妈、夏瑜的母亲这样的底层百姓，他们一辈子生活在“迷信”的传统中，没有机会领受一种“现代”的知识和观念，不会意识到自己的“迷信”。但与那些追逐新潮价值、内心不信却又信誓旦旦的“浇季士夫”相比，他们起码是真的在“信”。迷信的世界就是他们的生活世界。而那些动辄指斥民众的宗教信仰为“迷信”，而自己却不知“正信”为何的人（多为受过教育的知识人）反而是“伪士”。鲁迅最后的结论是：“伪士当去，迷信可存，今日之急也。”④早期鲁迅的这一宗教和迷信观到后来并没有根本变化。这提醒我们不要囿于“启蒙”或“革命”视野，在科学（进步、觉醒）/迷信（麻木、愚昧）这样一些二元对立的框架中去理解《药》。

---

① 周作人：《鲁迅小说里的人物》，河北教育出版社2002年版，第27—28页。

② 伊藤虎丸：《早期鲁迅的宗教观——“迷信”与“科学”之关系》，《鲁迅研究月刊》1989年第11期。

③ 程凯：《“招魂”、“鬼气”与复仇——论鲁迅的鬼神世界》，《鲁迅研究月刊》2004年第6期。

④ 鲁迅：《鲁迅全集》第8卷，人民文学出版社2005年版，第30页。

二元对立化理解的表现之一就是忽略了《药》中的“血”具有双重性，即“革命者之血”和父亲母亲与儿子间的“血缘之血”。我们往往只注目于作为“药”的“革命者之血”（“人血馒头”），注目于革命者之血和不知革命为何物的民众之间的错位——“血”作为（启蒙之）“药”最终失效了，是革命者也是群众的悲哀，而忽略了这“血”也是真实的，身体及情感上的“血”——血缘之“血”。而且，它是革命者夏瑜的身体之血，也是痨病患者华小栓的身体之血（痨病的症状之一是咯血），在血缘的意义上，它关联起两个母亲、两个儿子，体现的是“亲子之爱”，即父爱和母爱（在小说的结尾，母爱又被特别凸显）。

“亲子之爱”说是朱自清在1940年代就提出来的。他认为“亲子之爱”是《药》的正题旨，革命者的悲哀是小说的副题旨。[①] 后来我们先是将正、副颠倒，再后来就不再提“亲子之爱”了。从内容看，“亲子之爱”在小说中是贯穿性的存在。小说的第一部分写老栓去刑场拿药，都是以老栓的行动和感受为中心，叙述人对老栓没有讽刺。这里特别要注意的是，一是华老栓（和华大妈）并不知道被处决的是一位革命者（也就是说，以夏瑜的“血”做药与他的革命者身份没有关系）；二是在叙述人的眼中，老栓与那些“古怪的”“鬼似的”“眼里闪出一种攫取的光”“像被捏着脖子的鸭”一样的看客（他们也出现在阿Q的行刑现场）有着明显不同（这些看客恰恰是通过华老栓的视角呈现的）。

第二部分写小栓吃药。从“他（小栓）的旁边，一面立着他的父亲，一面立着他的母亲，两人的眼光，都仿佛要在他身上注进什么又要取出什么似的”和“小栓依他母亲的话，咳着睡了。华大妈候

① 《朱自清全集》第2卷，江苏教育出版社1996年版，第136页。

他喘气平静，才轻轻的给他盖上了满幅补钉的夹被”等描述中可以切实感受到父爱母爱的存在。这是一个充满关怀的家庭场景，没有讽刺性的话语出现。

小说第三部分的主角无疑是康大叔。从他一出场就可看出与华家三口的不同（也与茶馆中其他人不同）。康大叔对小栓漫不经心的“一瞥”（茶馆内其他人也对小栓的咳嗽不以为意）与华大妈对“痨病”的敏感和对儿子的担忧形成潜在的对照。从这里可以看到，同是群众，老栓一家与康大叔不同，与牢头红眼睛阿义不同，与那些刑场的看客不同，也与茶馆里的顾客（驼背、花白胡子、二十多岁的人）不同。后面这些“群众”也许可以称之为“愚昧”的。不过，小说的目的并不止于表现和批判“群众”的“愚昧”。

小说的第四部分最容易引起歧义。立足革命和启蒙视野的解读都被那一圈花环和那一只乌鸦所吸引，而忘了两个悲哀的母亲。如果置诸“启蒙”和“革命”的逻辑，那么花环和乌鸦就一定有象征的深意：“花环”意谓革命烈士没有被所有的人遗忘，还有人纪念他们（因此革命仍然有希望）；而乌鸦，大多数人认为它象征着“革命”。乌鸦飞去则否定了夏大妈的“显灵说”，说明母亲不理解儿子，不理解革命（当然也就不理解“花环”的意义）。

上述理解将小说当作象征和寓言来读（所谓“华夏”的命运），而忽略了小说的现实基础，因此就会出现有论者指出的问题，即“过于关注作品中的象征符号，由于象征符号的多义性和象征符号之间关系的复杂性，对作品象征内涵的把握很有可能成为研究者对象征符号的个人演绎”①。既然花环是作者鲁迅自谓“不恤用了曲笔”“平添”上去的，它的含义就未必有我们所说的那么确定。即

① 周维东：《〈药〉与“听将令”之后的鲁迅》，《鲁迅研究月刊》2013 年第 12 期。

使它象征着“希望”，那么这种“希望”也不仅仅指向“革命”，也指向对孤苦无援的夏大妈的安慰（同时它又让另一个母亲华大妈感到“不足和空虚”）。

上述理解除了有将象征含义过于“落实”之嫌外，还隐含着将革命（启蒙）与“亲子之爱”对立的趋势，认为母爱的蒙昧、自私对于革命者和革命是一种束缚和负担。① 这无疑是受我们的“启蒙/革命”视野所限。其实在中国民间，乌鸦既是只不吉利的鸟，也是一只“神鸟”，一只“孝鸟”，在鲁迅故乡绍兴的目连戏中（它深深地影响了鲁迅），它被称作“慈乌”。日本研究者丸尾常喜就特别注意到在绍兴目连戏《目连救母》中“乌鸦反哺”的情节。他把乌鸦看作“虽然背负着自身的不孝与母亲的悲哀，但仍坚韧地走向前方的‘不孝的孝子’们的革命意志的象征”，所以小说写的是“革命者的救民意志与老百姓的求生意志的悲剧性隔绝”②。

二、“母性”“受难”与批判

径奔“血”的象征意义而去，而有意无意忽略了更基本的、血缘之“血”的存在，使得“亲子之爱”要么被遗忘和遮蔽，要么被视为“蒙昧之爱”。那么这两种“血”，或者说，“革命、启蒙”与“亲子之爱（迷信）”是什么关系？无论是朱自清的“正负题旨说”，还是丸尾常喜的“革命者的救民意志与老百姓的求生意志的隔绝”说，抑或是后来的“革命/启蒙”立场下对民众（包括两个母亲）之愚昧的批判性解读，都没有去追问这一问题。正是小说第四部分中两个母亲

① 张显凤：《母亲的缺席与隐秘的伤痛——再读〈朝花夕拾〉》，《鲁迅研究月刊》2013 年第 3 期。

② 丸尾常喜著，秦弓等编译：《耻辱与恢复——〈呐喊〉与〈野草〉》，北京大学出版社 2009 年版，第 419—424 页。

的表现（稍后会论述），让两种“意志”、两种主题、两个价值世界产生了内在的关联。

这里仅仅用“亲子之爱”或者“母爱”不足以概括两个母亲。因为她们的存在与其说是体现了某种母爱，不如说是凸显了“母爱”在现实世界被剥夺的命运：即使被剥夺了做母亲的权利，那母性的声音却仍然绵绵不绝。这是一种本能、被动，甚至愚昧，却又执着、包容的，处于受难中的“母性”。正是它，让《祝福》中的“我”——一个现代知识者不安。

与《药》中两个沉默寡言的母亲不同，《祝福》中的母亲祥林嫂以一连串的提问和反复“念叨”的方式令人侧目。祥林嫂这样一个一无所有的，被鲁镇的人们最终“弃在尘芥堆中的”的最底层的寡妇，却出于信任，向“我”——一个“出门在外见识多”的读书人一连提出了三个问题：人死后有没有魂灵？有没有地狱？死掉的一家人能否见面？如李欧梵所指出的：“她向‘我’提出的问题虽然是从迷信出发的，却有一种奇怪的思想深度的音响，而且和‘我’的模棱的、空洞的回答形成惊人的对比，因为作为知识者的‘我’，本是更有可能去思索生死的意义的。”[①]这三个问题可谓是“迷信”对“启蒙”的反问，它超出“科学”或者“启蒙/革命”话语所能够把握、阐释的范畴，也是人道主义式的同情所不能回答的。不过“祥林嫂之问”是否就如研究者们所说，是关乎“生死意义之问”或者“信仰之问”，从中可看出祥林嫂的“觉悟”有多高，或者信仰有多深？[②] 从

① 李欧梵：《中国现代文学与现代性十讲》，复旦大学出版社 2002 年版，第 156 页。

② 王兵：《反讽的信仰悖论——〈祝福〉新解》，《鲁迅研究月刊》2009 年第 7 期。彭小燕：《“虚无”四重奏——重读〈祝福〉》，《中国现代文学研究丛刊》2012 年第 1 期。

母性的角度看，祥林嫂更多是作为一个(丧子、丧偶的)母亲和妻子在提问。这是她的切身之问(死后与家人能否见面)，是忧心的母性在寻求安慰(所以虽然祥林嫂是既希望其有，那样与儿子就可以见面，又害怕其有，那样身体会被锯成两半。不过从她急切的语气可推测她希望其有。在这里母爱压倒了恐惧)。而“我”的落荒而逃应该理解为自以为掌握着这个世界的阐释权的启蒙的挫败(所以“我”也并非一个坚定的启蒙者和无神论者，否则就应该直接给予否定的回答)，它没有办法拯救像祥林嫂这样最底层的无助者，甚至连最后(也是最基本)的安慰都不能给予。启蒙者在逼视的母性目光面前，在母性的受难面前无能为力，这是让“我”长久处于“不安”当中的根本原因吧。也正因为这种“不安”驱使‘我’去追述祥林嫂的生平。在其中，祥林嫂对儿子阿毛之死的“念叨”一再出现，驱之不去，纠缠着鲁镇的人们(以及叙述者和读者)。

“我真傻，真的。”“我单知道下雪的时候野兽在山墺里没有食吃……”祥林嫂一而再再而三地“重复”诉说儿子被狼吃掉的经过，最终让鲁镇的人们烦厌得头痛。祥林嫂的“念叨”首先是一个母亲对死于狼口的儿子的哀悼；其次，一再地重复表明她想(在自己和鲁镇人面前)继续维持作为“母亲(而非妻子)”的身份；再次，它也类似于宗教徒的“忏悔”和“告解”。① 不同的是，祥林嫂告解的对象不是上帝、神甫或菩萨之类，而是鲁镇的人们，她告解的方式不是私密，而是公开的，她希望通过这样一种公开的告解方式寻求解脱。她就像自觉“有罪”的苦役犯，但她的“罪感”不是来源于信仰，而是出自母性。和捐门槛一样，一再地重复(告解)也是祥林嫂的

① 丸尾常喜著，秦弓译：《“人”与“鬼”的纠葛——鲁迅小说论析》，人民文学出版社 2010 年版，第 195 页。

赎罪方式。可是鲁镇没有一个类似于神甫的告解对象，也不存在一个让人在罪中复活的上帝。[1] 他们先是厌烦、唾弃了她的告解，又否定了她的捐门槛的赎罪方式。祥林嫂的无法求得救赎，鉴照出“我”所代表的启蒙理性的缺失，鲁四老爷所代表的儒家理学和家族制度的缺失，以及鲁镇的“祝福”仪式中神性的缺失。鲁镇的人们相信鬼神，注重家族祭祀的仪式，却缺失最关键的实质——神性和救赎、爱与怜悯。先后失去丈夫和儿子的孤苦无依的母亲，在“祝福”的时刻被鲁镇整个地排斥在外，在惶恐和绝望中死去，这是母性的受难，也是“人性”的受难。正是借助于母性的受难，小说构筑了一个巨大的悖论和反讽——这大概是鲁迅对中国文化最深层的揭示和批判，无论人间和地狱，皆不包容受苦者、绝望者，不能让丧失的母性得到最终安慰（因此小说的标题“祝福”只能从反讽的意义上去理解）。

更意味深长的是，在这一母性的受难图中，“我”与鲁四老爷（及鲁镇的人们）扮演的角色并没有什么本质差异。而当我们读者亦认为祥林嫂的问题“无知/愚昧”，不耐烦甚至取笑祥林嫂的一再“唠叨”时，我们也与鲁镇的人们一样，在祥林嫂的母性的“绝望”中扮演了相似的角色；或者当我们仅仅把祥林嫂视为一个“人吃人的世界”——所谓“夫权、族权、神权、政权”下的“牺牲品”，并付之以同情时，我们也仍然遮蔽了祥林嫂之母性“受难”的尖锐批判意义。

---

① 李丽琴：《祥林嫂的“疑惑”与鲁迅的终极之思——一种文化神学的视域》，《鲁迅研究月刊》2014 年第 2 期。

三、哀悼与救赎

丸尾常喜说:“为了万人之生而宁可一人赴死的夏瑜的意志,与为了小栓的生命而罄其所有的老栓的意志,本来可以作为共通的东西紧密地结合起来,可是,在这个舞台上,二者却决不相触,各自散发着孤独的光,一起为某种强暴之力所扼杀。”①可是因为母性的存在,隔绝的两者有了交集。而《祝福》中母性的受难在揭示了“人吃人的世界”的真相——一个缺乏爱与怜悯、与救赎的世界的同时,也把这一世界撕开了一个裂口,人吃人的循环因此有被打破的可能。从这一意义上可以说,母性的受难既是对这一世界的批判,又是对它的救赎。这是因为在苦难的深处,“人性”总会与“神性”相通。

不止一个研究者指出《药》中夏瑜的牺牲与耶稣的受难之间的关联:“耶稣也好,夏瑜也好,他们首先觉醒,甘愿牺牲,人格高尚,却无法避免自身的牺牲也被误解的悲剧命运。”②也有人注目其差异性,认为夏瑜作为革命者的牺牲中看不到神性。耶稣之血救赎了众人,成为救赎众生的灵药,而夏瑜的血没有。③《药》中有一个“人子受难”的模式,但与《圣经》中的耶稣受难有本质区别:“夏瑜的牺牲没有从任何意义上得到认可。作为人子一代的鲁迅对自己在中国进行启蒙革命的意义产生了彻底的质疑,并伴随着深深的

---

① 丸尾常喜著,秦弓等编译:《耻辱与恢复——〈呐喊〉与〈野草〉》,北京大学出版社2009年版,第48页。

② 祝宇红:《“本色化”耶稣——谈中国现代重写〈圣经〉故事及耶稣形象的重塑》,《鲁迅研究月刊》2007年第11期。余其濬:《论鲁迅的〈药〉与耶稣基督革命的关联》,《中国文学研究(台湾)》,2008年第27期。

③ 马鲁纤:《人与神的互文——解析鲁迅〈药〉中“基督受难”意象》,《大众文艺》2010年第12期。

悲凉。”[1]以上都是从夏瑜、耶稣牺牲与受难的结果而论。李欧梵则指出：“在这篇小说的象征性框架中，怜悯的举动给牺牲的意义提供了一个重要的线索，在受到肉体虐待时仍然给予怜悯，这种举动显然受到耶稣基督的启发……然而，他与耶稣不同，他没有上帝作为更高的权威，最终的意义问题不可能得自任何超验的来源。这便是鲁迅人道主义的最后悲剧。”[2]确实，如果只着眼于夏瑜与耶稣的牺牲，那么两者之间的差异明显：两人流血的目的不同，结果不同，最关键的是，夏瑜的牺牲中没有救赎的希望（而耶稣经由牺牲后的“复活”成全了救赎）。这是“人”与“神”“人性”与“神性”的区别。

但是当我们的目光不受“启蒙/革命”或“人道主义”框架的约束时，反而可能发现母性受难与耶稣受难之间的内在相通。在《药》中，它集中地体现在小说的第四部分。这部分首先是通过华大妈的视野呈现，花环出现时两个母亲的视野开始融合。如果一开始两个母亲还是被一条小路隔开的话（小路两边死者的身份不同），那么华大妈出于关心，跨过小路安慰夏大妈，就意味着她们之间因为儿子之死而被划分的界限被打破。

> 许多的工夫过去了；上坟的人渐渐增多，几个老的小的，在土坟间出没。
>
> 华大妈不知怎的，似乎卸下了一挑重担，便想到要走；一

① 王淑芹：《人子受难的叙事——以〈圣经〉为参照重读鲁迅的〈药〉》，《文教资料》2006年第3期。

② 李欧梵：《鲁迅的小说——现代性技巧》，乐黛云主编，《当代英语世界鲁迅研究》，江西人民出版社1993年版，第51—52页。

> 面劝着说,“我们还是回去罢。”
>
> 那老女人叹一口气,无精打采的收起饭菜;又迟疑了一刻,终于慢慢地走了。嘴里自言自语的说,“这是怎么一回事呢? ……”
>
> 他们走不上二三十步远,忽听得背后“哑——”的一声大叫;两个人都竦然的回过头,只见那乌鸦张开两翅,一挫身,直向着远处的天空,箭也似的飞去了。①

如作者自谓,《药》的这个结尾有些安特来夫式的“阴冷”和“鬼气”。② 如前所述,不管花环和乌鸦是不是象征革命,它们对于悲哀的母性都是一种安慰。不过,《药》的深刻之处恰恰在于,那“铁铸一般”的乌鸦最终违逆了夏大妈的意愿,没有飞上夏瑜的坟头,而是“一挫身,直向着远处的天空,箭也似的飞去了”,表明鲁迅在这里并没有以“母性”替代“革命”(“革命”依然在迷信的母亲们的理解之外),也没有以“革命”去否定“母性”,将两者对立起来,而是在“革命”与“母性”之间保持着一种张力。如果说小说写的是“革命者的救民意志与老百姓的求生意志的悲剧性隔绝”,那么两个母亲的共同悲哀就已经穿越了这一“隔绝”;如果我们不将两个儿子作一种革命/愚昧的价值上的对立,那么两个母亲的爱就不会因为儿子们身份(革命者、启蒙者/群众、被启蒙者)的不同而有什么不同,相反,这种悲哀的爱泯灭了身份与价值之差,超越了革命/群众、觉醒/愚昧的区分。两个丧子的老母亲带着对儿子的

① 《鲁迅全集》第1卷,人民文学出版社2005年版,第471—472页。

② 《鲁迅全集》第6卷,人民文学出版社2005年版,第247页;第13卷,第584页。

哀悼相伴离开坟场，先觉的革命者（夏瑜）和愚昧的群众（华小栓）的“死”因为两个母亲的“哀悼”（爱）而消泯了价值（高低）的区分，成为共同的人性之死——在母亲们无言的、哀伤的“爱”中我们不是感受到某种母性的“神性”吗？如此，那挫身而去的乌鸦将两个母亲的视野引向那“远处的天空”，就不再是虚无，也不是那么“阴冷”，而是一个在母亲们的理解之外，却隐含着某种希望与安慰——既是革命的，也是母性（爱）的希望与安慰的所在。

可见，在《药》中，“革命”与“母性”之间存在内在的紧张，却并非对立。对于现实中的“母爱”，鲁迅不是一般的肯定或否定。生活中的鲁迅是一个孝子，鲁迅的婚姻是迁就了慈爱的、作为家长的母亲的意志，这使得鲁迅对于母爱有着某种反思。在《伪自由书·前记》里鲁迅说：“我向来的意见，是以为倘有慈母，或是幸福，然若生而失母，却也并非完全的不幸，他或许倒成为更加勇猛，更无挂碍的男儿的。”①在给赵其文的信中说：“感激，那不待言，无论从哪一方面说起来，大概总算是美德罢。但我总觉得这是束缚人的。譬如我有时很想冒险，破坏，几乎忍不住，而我有一个母亲，还有些爱我，愿我平安，我因为感激他的爱，只能不照自己所愿意做的做，而在北京寻一点糊口的小生计，度灰色的生涯。因为感激别人，就不能不慰安别人，也往往牺牲了自己，——至少是一部分……我以为绝望而反抗者难，比因希望而战斗者更勇猛，更悲壮。但这种反抗，每容易蹉跌在‘爱’——感激也在内——里，所以那过客得了小女孩的一片破布的布施也几乎不能前进了。”②从这些话不能推断

① 《鲁迅全集》第5卷，人民文学出版社2005年版，第4页。
② 《鲁迅全集》第11卷，人民文学出版社2005年版，第477—478页。

出鲁迅(以革命的名义)对母爱(爱)的拒绝。鲁迅的深刻和复杂之处在于他将母爱放在故乡母性的受难中,放在与“革命(启蒙)”/“迷信”“现代”/“传统”的张力中来描写。如果说以往我们站在“革命(启蒙)”或“现代(科学)”的立场遮蔽了母性,那么现在我们可以立足母性受难的立场反观“革命(启蒙)”与“现代(科学)”:《药》与《祝福》中母性的受难,透露出一个比“启蒙/革命/现代”更原初的价值和一个更深邃、更本源的故乡世界的存在,而正因为有此一世界的支撑,革命者的牺牲才更显其悲凉意味和悲悯性。

“前现代”故乡的母性世界看起来并不理解革命者牺牲的意义(即所谓“隔绝”),却以自己爱的受难包容(拥抱)和安慰了革命者和革命(而在《祝福》那里,带给那被狼吞噬了的儿子魂灵安慰的,也只有孤苦无依的母性的“念叨”)。这就是母性的力量,一种弱者的“无力之力”。或者应该说,正因为其脆弱、无用(无效)、被动,才更凸显其力量——通过受难与哀悼的方式。[①] 这与耶稣自愿钉十字架而死所带来的神性的“救赎”有着实质的相通:都源于“爱”的受难,都超越了种种界限与隔绝(如“天性”/“血缘”、犹太人/非犹太人、革命/非革命、现代/前现代)而通向“无限”,都是对“强暴之力”的批判,也都通过对“死”的最终安慰而呈现出某种救赎性和超越性。不同的是,一是源自故乡的(迷信的)土壤和亲子之爱(母亲们),一是来自背井离乡、自我放逐的先知耶稣。这是中西方两种不同的受难与救赎方式。

---

① 杨志:《〈祝福〉释义:启蒙、宗教与幸福》,《鲁迅研究月刊》2005年第11期。汪晖:《反抗绝望——鲁迅及其文学世界》,河北教育出版社2002年版,第113页。

四、阿长的魂灵

如木山英雄所说，寡妇形象、奴隶是鲁迅构筑中国像的唯一基本实体，“民众之悲惨与痛苦的纪念碑”①。在鲁迅那里，故乡的悲惨而痛苦的母亲不仅让人同情，同时也是批判与救赎的资源：她们首先构成对现实的否定和批判；其次，作为沉默和失声的女性，她们无法解脱的“苦难”本身提出了对“革命”与“启蒙”的反思与质疑；再次，无论是革命者夏瑜还是普通群众小栓、阿毛，他们的“死”在母性的悲伤与哀悼中有了内在关联。母性的悲伤、哀悼（“念叨”）亦成为子之“死”的终极安慰，“死”因此有了救赎的可能。而革命者的“血”（死）能否成为真正的“药”，取决于我们能否把小栓（和阿毛）包括在死者之中，取决于我们能否理解母性受难的意义，否则就会像鲁迅说的：“死者倘不埋在活人的心中，那就真真死掉了。”②

最后想到的故乡死者是《阿长与〈山海经〉》中的阿长。阿长与《药》中的夏大妈、华大妈和祥林嫂一样，无名无姓，也同样迷信。青年守寡的阿长没有做母亲的机会，作为保姆充当了我母亲的角色（我叫她“阿妈”），将母性完全转移到我身上。不识字的阿长并不知道“三哼经（山海经）”是啥东西，但阿长的母性世界与《山海经》的世界——神话传说、民间信仰（迷信）的世界——是同源的，似乎她就是这个世界的一部分。这个丰富、博大、神奇又不乏苦难的世界吸引了“我”，却是“我”难以把握和言说，也无力改变的。所

---

① 木山英雄著，赵京华编译：《文学复古与文学革命——木山英雄中国现代文学思想论集》，北京大学出版社 2004 年版，第 61 页。

② 《鲁迅全集》第 3 卷，人民文学出版社 2005 年版，第 298 页。

以“我”只能祈祷（这在鲁迅的作品中可谓绝无仅有）“仁厚的地母”来安慰这个像地母一样的女性。像鲁迅这样自我放逐于故乡的启蒙者和革命者，也许只有通过写作铭刻母性的受难与悲伤，铭刻对受难母性的亏欠和安慰，来寻求自我救赎。故乡受难的母性因此成为鲁迅文学之“罪”与“救赎”主题的源头（之一）。

第三章　沈从文的“乡下人”认同

第一节　“乡下人”之于沈从文

> 我实在是个乡下人，说乡下人我毫无骄傲，也不在自贬，乡下人照例有根深蒂固永远是乡巴佬的性情，爱憎和哀乐自有它独特的式样，与城市中人截然不同！（《从文小说习作选·代序》，1936 年）①
>
> 我是个乡下人，走到任何一处照例都带了一把尺，一把秤，和普遍社会总是不合。（《水云》，1942 年）②

在中国现代作家中，念念不忘故乡，倾注心血描写故乡的不在少数，自称乡下人的也不乏人，但像沈从文这样执拗地一再重申自己“乡下人”认同的却不多见。1957 年他还宣称：“在一般城里知识分子面前，我常自以为是个‘乡下人’，习惯性情都属于内地乡村型，不易改变。”（《新湘行记》）直到晚年，他依然坚持“我人来到城

---

① 《沈从文文集》第 11 卷，花城出版社 1982 年版，第 431 页。

② 《沈从文文集》第 10 卷，花城出版社 1982 年版，第 266 页。

市五六十年,始终还是个乡下人”[1]。“乡下人”的执念终其一生。“乡下人”如果不是沈从文的自谦或自诩,那它到底指什么?沈从文为什么执着于“乡下人”认同,或者说,“乡下人”在何种意义上被作家一再强调?它对沈从文的自我认同又意味着什么?

一、“乡下人”是谁?

先看看没有打引号的乡下人,即沈从文作品中的乡下人是指哪些人。

在沈从文的整个创作中,描写他的故乡——湘西的作品占了很大分量,作为他创作中最精彩的部分,构成了一个独特的“湘西世界”。这些作品的背景大多是在湘西沅水流域。“到十五岁以后,我的生活同一条辰河无从分开。……从汤汤河水上,我明白了多少人事。”(《我的写作与水的关系》)沅水流域生活着水手、农夫、兵士、小商人、妓女……他们是沈从文湘西作品中的主要人物。所谓乡下人首先指的就是这些普通人。他们是和城里人不一样的人。“请你试从我的作品里找出两个短篇对照看看,从《柏子》同《八骏图》看看,就可明白对于道德的态度,城市与乡村的好恶,知识阶级与抹布阶级的爱憎,一个乡下人之所以为乡下人,如何显明具体地反映在作品里。”(《从文小说习作选·代序》)这里,乡下人是与城里人、城市知识分子相对立的一方,“爱憎和哀乐自有它独特的式样”。凌宇把乡下人概括为“自然人、蒙昧人、陌生人”[2]。

---

① 刘洪涛:《湖南乡土文学与湘楚文化》,湖南教育出版社 1997 年版,第 204 页。

② 凌宇:《从边城走向世界》,生活·读书·新知三联书店 1985 年版,第 286—287 页。

他们保守、顽固、爱土地，不懂诡诈，认死理，信守做人的传统美德：热情、勇敢、诚实、善良、纯朴，生命处于自在状态，接受命运的摆布，对外面变化着的世界感到陌生和格格不入。

看来，乡下人就是在湘西生活的普通人。但如果我们进一步考察沈从文的出身和成长经历，那么，“乡下人”这个概念的外延也许能更精确一些。沈从文的家乡凤凰是一个苗、汉、土家等民族杂处之地。苗族是湘西最古老的少数民族。湘西少数民族历来就是被征服、驯化的对象，历代统治者对这一地区的征伐造成许多无辜的乡民被杀。直至近代，湘西还常被外人视为“匪区”，苗族等少数民族还被当作异类看待，备受歧视。在《从文自传》中，沈从文叙述了这些经历：

> 到后人太多了，仿佛凡是西北苗乡捉来的人都得杀头。……看那些乡下人，如何闭上眼睛把手中一副竹筊用力抛去，有些人到应当开释时还不敢睁开眼睛。又看着些虽应死去，还想念到家中小孩与小牛猪羊的，那份颓丧那份对神埋怨的神情，真使我永远忘不了。……我刚好知道人生时，我知道的原来就是这些事情。
>
> 我在那地方约一年零四个月，大致眼看杀过七百人。一些人在什么情形下被拷打，在什么状态下被把头砍下，我可以说全部懂透了。……这一分经验在我心上有了一个分量，使我活下来永远不能同城市中人爱憎感觉一致了。①

这分别是沈从文九岁和十四岁时的经历。十四岁的沈从文加

---

①《沈从文文集》第9卷，花城出版社1982年版，第125—126、162页。

入了地方军队，随军队到一个叫怀化镇的地方“清乡剿匪”，杀人是“剿匪”的一项任务。《从文自传》的写作是在 1932 年。沈从文的苗族认同意识却可以追溯到更早。1922 年，当二十岁的沈从文离开家出去闯世界时，从父亲口中得知自己的亲祖母是苗人。由于苗人的后代不能参加科举，祖母生下父亲后就被远嫁到山里，对外则称祖母死去。这件事在少年沈从文心中产生的震动有多大，我们不得而知。我们知道的是初到京城的沈从文一开始就感受到物质和精神的双重压迫。物质的困窘尚能挨过去，精神的压抑，特别是城里绅士淑女鄙夷的目光令这个乡下人备感难受。“使我生到这世界感到凄凉的，不是穷，不是没有女人爱我，是这个误解的轻视。”①这种轻视，自然令人想到湘西汉人对苗人的歧视，外面的人看湘西时的别样的眼光。祖母的遭遇，苗人在湘西遭受的双重压迫和歧视，如今沈从文感同身受。不妨把这一时期看作是沈从文自我认同意识的萌发期。写于这一时期的苗族题材故事《旅店》《雨后》《阿金》《龙朱》《神巫之爱》《七个野人与最后一个迎春节》等，反映苗族奇异浪漫风情，展示苗人旺盛生命力，肯定其追求自由的精神，写作中作家自我疗伤和民族认同的因素显而易见。

在作于 1928 年的《阿丽丝中国游记》中，沈从文通过阿丽丝的眼睛，对汉人歧视虐待苗民的罪行进行了辛辣的抨击，激愤之情不能自已。1931 年，沈从文在《写在“龙朱”一文之前》中表白：“这一点文章，作在我生日，送与那供我生命的父亲的妈与祖父的妈，以及其同族中仅存的人一点薄礼。血管里流着你们民族健康的血液的我，二十七年的生命，有一半为都市生活所吞噬，中着在道德下所变成虚伪庸懦的大毒，所有值得称为高贵的性格，如像那热情、

① 《沈从文文集》第 1 卷，花城出版社 1982 年版，第 204—205 页。

勇敢、诚实，早已完全消失殆尽，再也不配说是出自你们一族。”①这是沈从文对自己苗族身份的明确认同。这里，苗族作为一个热情、勇敢、诚实的民族而与都市中着虚伪庸懦之毒的汉族对立。沈从文这时心目中的乡下人应该主要指苗人。

因此，从地域的角度看，乡下人首先对应的是生活在湘西的普通百姓。他们是牛伯(《牛》)、柏子和他的相好(《柏子》)、萧萧(《萧萧》)、贵生(《贵生》)、《丈夫》中没有名字的丈夫和妻子等，这是广义上的乡下人。从民族的角度看，乡下人对应的是苗族人，这是狭义上的乡下人。阿金(《阿金》)、黑猫(《旅店》)、四狗和他的情人(《雨后》)是其中的代表。接下来的问题是，沈从文自称的“乡下人”与他笔下的这些乡下人又是什么关系呢？

二、“乡下人”与乡下人

沈从文自称的“乡下人”当然不能等同于他笔下的乡下人。自从少年沈从文离开家乡去闯荡世界起，他就不是一般意义上的乡下人了。这个“乡下人”先是接受了传统诗书的熏陶，又受到“五四”新文化运动的洗礼，逐渐成为一个都市里的现代人，开始用另一种目光打量城市和湘西，打量城里人和乡下人。他口口声声称自己是“乡下人”，“无非是要我们注意一下他心智活动中一个永不枯朽的泉源，这就是他从小与之为伍的农夫、士兵、船夫和在内地的小商人，他对这些身份卑微的人一直忠心不贰”②。换句话说，认同“乡下人”是沈从文想表明他的立场和价值取向：他站在乡下

---

① 《沈从文文集》第3卷，花城出版社1982年版，第362页。

② 夏志清：《沈从文和他的小说》，转引自汤祯兆，《沈从文短篇小说中的人物》，《中国现代文学研究丛刊》1991年第4期。

人一边,而与城里人、城市知识分子格格不入。在此,“乡下人”首先是一种价值认同,一种抗议姿态,是一个受到启蒙而觉醒了的“乡下人”对偏远故乡的乡下人被压迫、杀戮和歧视提出的抗议,是代表底层的、弱小的、受侮辱和损害的乡下人对不公正的统治和社会发出的抗议。尤其是作为苗族受迫害和歧视的见证者,作为苗族的后裔和(在都市)被歧视的一方,沈从文自觉地和他们站在一起。

但沈从文的复杂性还在于,在某种意义上说,对于苗族,他还是一个加害者。沈从文的祖父曾做过云南提督,是统治者和少数民族反抗的镇压者。让他的亲祖母远嫁他乡就是祖父的主意。沈家是当地的望族,虽然后来衰败了,沈从文依然是压迫者家族的后代。在当兵时,沈从文虽然没有直接参与屠杀那些无辜的乡民(其中不少是苗民),但他作为记录者和旁观者毕竟难逃干系。所以当他在都市备受歧视时,推己及人,受害者和加害者的意识想必时刻纠缠于沈从文的内心,类似鲁迅笔下“狂人”的处境。以“乡下人”自谓既体现沈从文“罪”的自觉,也表明他的道义承担态度。极端一点说,这种境况下的沈从文只能通过表明自己的“乡下人”立场,并通过创作来“赎罪”,才能排解心中的内疚与痛苦。

至此,我们完全有理由把“乡下人”看作是沈从文自我认同的核心体现。他对“乡下人”的不断强调与他自我意识的萌生、发展的过程是同步的,其成熟期应在1930年代,最自觉的表达则是《从文自传》。“写自己的自传,就是试图从整体上、在一种对自我进行总结的概括活动中把握自己。”①《从文自传》最主要的动机就是对自我的追寻与确认。它通过沿路追溯自己生命的来历,思考自己

① 菲力浦·勒热讷著,杨国政译:《自传契约》,生活·读书·新知三联书店2001年版,第8页。

与乡下人的关系，通过回到故乡和生命的源头，去发现和确立自己的认同。这一认同是在“人与故乡”的框架中形成的，这个框架一旦确立，就贯穿其创作始终。

随着沈从文居住空间（都市）和文化身份的稳定，作为地域的湘西逐渐被纳入民族国家的版图中，作为苗族的血统也渐渐隐而不显，沈从文开始以中华民族和中国现代知识分子的代言人出现[①]，但这并不意味着他放弃了故乡，改变了自我，故乡的精神、生命形式和美感已经融入他的血肉和他的创作中，成为自我赖以存在的根源和土壤。1949 年，当大家正为新的政权欢欣鼓舞时，沈从文却陷入了严重的自我认同危机。“有种空洞游离感起于心中深处，我似乎完全孤立于人间，我似乎和一个群的哀乐全隔绝了。”[②]在最孤立无告的时刻，他想到的是翠翠，一个他创造的，是在故乡的山水和风土人情中生长的乡下少女。正是与故乡（人和精神）这种根源上的牵连与确认支撑他度过了认同危机。

与故乡的这种深层联系使沈从文的一生保持了一种连续性和完整性，并成就了一个“有深度”的自我：

> 有深度就是把自己放在某一方位，使自己的整个存在都有感觉，使自己集中起来并介入进去。……有深度，就是不愿成为物，永远外在于自身，被分散和肢解于时间的流逝之中。有深度，就是变得能有一种内心生活，把自己聚集在自身，获得一种内心感情，亦即普拉蒂诺所说的“意识”一词所明确指

① 刘洪涛：《沈从文小说新论》，北京师范大学出版社 2005 年版，第 93—153 页。

② 沈从文：《五月卅下十点北平宿舍》，《沈从文全集》第 19 卷，北岳文艺出版社 2002 年版，第 42 页。

出的东西：一个作为肯定能力而不是作为否定能力的自为的浮现。①

这个肯定性自我与鲁迅的反思和批判性自我形成对比。沈从文的自我深深扎根于故乡的土壤，与故乡的天空、大地和民俗民情融为一体，不可分离。有人说沈从文的文学世界比“人的世界”大，这首先因为沈从文的自我比一般的现代自我要大。这个自我同时体会到了故乡世界中“万物不仁”的残酷和“生生不息”的力量，他对这个世界的悲哀和生气均有深切的感悟。这个天地之间的自我不再以通常意义上的“自我”为中心，他与他笔下的人物、风景、风俗不再是一种主/客体的关系，他和他们处于同一世界之中，彼此平等又互动。同时他又能跳出这个建立在人是一般主体的基础之上的现代世界，看到现代世界的弊病。② 所以沈从文虽然在理性上认同现代的民族国家，致力于“民族品德”的重造，但他深知“乡”与“国”是一体的，“故乡”应该成为民族国家的情感和精神基础，爱国、爱民族必须通过爱家乡来实现。

三、游移的身份与悖论的写作

沈从文的自我认同中最关键的一点是他要以“乡下人”身份来写作。这个“乡下人”期望用文字来沟通两个世界，走一条“从幻想中达到人与美与爱的接触的路”。写作对于他，不仅是为了纾解乡愁和疗伤，更是一种自觉的承担。可是随着他越来越成为一个城

---

① 杜夫海纳著，韩树站译：《审美经验现象学》，文化艺术出版社 1996 年版，第 443 页。

② 张新颖：《沈从文精读》，复旦大学出版社 2005 年版，第 3—13 页。

市知识分子，以“乡下人”自我认同在体现其价值选择、情感归属的同时，也必然凸显其错位性、矛盾冲突性。

作为一个现代知识分子，沈从文与同时代的鲁迅等人一样，首先面临的是中国作为落后的民族国家，它的现代化是一个必然的同时又是被迫的痛苦过程这一事实，以进步、理性、现代化为核心概念的启蒙话语自然而然地成为现代作家的选择。但沈从文的矛盾在于，他一方面自觉地站在启蒙的立场为现代民族国家、国民性和文化的重造摇旗呐喊；另一方面，来自偏远湘西与边缘民族的他从自小生长的环境中感受到与现代都市完全对立的一种生活方式、生存意趣和审美价值，它体现为一种雄强的生命力，优美、自然健康的生活方式和蕴含其中的深厚美感。这些让“乡下人”念兹在兹的品德与价值使他得以避开启蒙的道德与价值高位。

“乡下人”的双重站位（身在都市，心系乡村，既是“在者”，又是“他者”）使他既能站在现代思想文化的高度观照乡村，又能以乡下人的目光打量城市，“乡下人”“在而不属于”两个世界的疏离位置又使他越来越清楚地看到，以湘西为代表的价值观、生活方式和美感对于正在从前现代向现代迈进的中国不应成为一种美丽的怀想，也不是一种助残补缺，而应作为现代中国的根基和中华民族的“元气”保留下来。但是沈从文面临的现实是，以城市为代表的畸形的现代文明正以不可阻挡的力量蚕食乡村，远在偏远之地的湘西亦未能幸免。

鱼与熊掌不可兼得。在启蒙语话与所谓文化守成主义之间①，“乡下人”陷入深刻的困境。苦恼与冲突积久为内心的冲突，对现代化与珍贵的价值不能兼得的纠结。沈从文的整个创作，从某种

① 刘洪涛：《〈边城〉：牧歌与中国形象》，《文学评论》2002 年第 4 期。

意义上都可以说是“乡下人”内心分裂与冲突的表达。这体现在他的文本中两个世界的对照、他的创作意图与文本内蕴之间的冲突、文本的叙述与抒情形式内在的矛盾当中。

表面看来，沈从文的价值和情感偏向十分明显：对乡村充满爱意，一支笔饱含深情；写到都市，则换了一副面孔，用的是冷嘲热讽甚至挖苦的笔调。然而，这种叙述情感上的泾渭分明恰恰透露出“乡下人”的两难处境：由于他所珍惜的湘西价值和美感正在消逝之中，他不惜予以美化、诗化，而不忍描绘其残酷的现实（所以湘西的美多存在于“过去”），对他安身立命、赖以生存的都市则百般挑剔，甚至不惜夸大其可笑可恶之处。对都市的过度挑剔与对乡村的溢美几乎是平行存在于他对两个世界的塑造中，这在他 1920 年代与 1930 年代初的创作中表现尤为明显。

但是，“乡下人”越是赞美乡村，读者越感到乡村的远去，越是批判城市，读者越察觉到城市（文明）的无处不在。都市世界与湘西世界事实上是一枚硬币的两面，是“乡下人”身上矛盾、冲突而又互相依存的两面。他们并不是表面上的截然对立、互不相关的关系，而是一种对照存在：乡村世界使都市世界显出病态，都市世界则预示乡村的困境和危机。“乡下人”作为两个世界的媒介体和跨界性存在①，能够自由出入与游移于两个世界之间，由此打破了城—乡、汉族—苗族、国家—地方、现代—传统诸种二元对立模式，使两者之间产生既对立又对话的多重关系。文本中的对立与对话不仅在城乡间进行，也在湘西内部（过去与现在、传统价值的珍贵与保存它们的不可能）和城市内部（文明化的教授、绅士与保留着

---

① 今泉秀人：《“乡下人”究竟指什么——沈从文和民族意识》，《中国现代文学研究丛刊》1992 年第 3 期。

野性的女演员、女教师之间)进行,其间既有驳诘,也有认同。在情感上则表现为留恋与决绝、怀想与批判、理智与感情的冲突与纠结。这种内在的紧张给文本带来复杂的内涵,使得“湘西世界”没有成为封闭自足的桃花源,而是开放的话语场域。这正是“乡下人”立场和位置的“游移性”和“越界性”所带来的。

“乡下人”认同的困境还表现在创作意图与文本内蕴之间的冲突上面。举《边城》为例。《边城》一向被认为是湘西话语的集大成者,一度被贴上“脱离现实”“世外桃源”的标签。沈从文自称要在《边城》中表现“优美、健康、自然而又不悖乎人性的人生形式”,但沈从文又在其后的创作总结性文字《水云》中谈到创作《边城》时的心境,谓《边城》的写作,使得“我的过去痛苦的挣扎,受压抑无可安排的乡下人对于爱情的憧憬,在这个不幸的故事上,方得到了排泄和弥补”①。既是世外桃源,又何来不幸?细读《边城》,我们发现这“不幸”正隐藏在平和的叙事和牧歌气氛下面,这是《边城》中被轻描淡写却又无处不在的现实的阴影:翠翠父母的死暗示了异族之间的差异之大,不能沟通;碾坊的存在指示贫富的差距;团总女儿的相亲、中寨人的狡诈给翠翠和爷爷造成无形的压力(爷爷的死和这有直接关系)。金钱、权力、势利成为田园牧歌中的不和谐音。“自然越是平静,‘自然人’越显悲哀:一个更大的命运阴影罩住他们的生存。”②“自然”其实已不自然。叙述人越是赞美边城,我们越是感觉到一个声音在不断提醒我们:美是愁人的,不能长久的。小说结尾,我们已隐然听到牧歌中的悲音,翠翠的痴情等待是让人

① 《沈从文文集》第2卷,花城出版社1982年版,第280页。

② 刘西渭(李健吾):《边城——沈从文先生作》,张大明编,《李健吾创作评论选集》,人民文学出版社1984年版,第447页。

揪心的等待。《边城》叙述间已隐藏自我质疑的声音，是“乡下人”困境隐而不显的体现，是牧歌也是挽歌。

因此，从某种程度上说，《边城》是“乡下人”对湘西的告别：一个优美、自然、不悖乎人性的令“乡下人”恋恋不舍的湘西正在成为过去，它只能保存在作家的文本当中。《边城》之后的湘西创作，主要展示的是现实情境中的湘西，蜕变中的湘西。到《长河》，城与乡、现代文明与传统价值的冲突已不再存在于“乡下人”的想象当中，而已成为现实。《长河》的结构没有《边城》那种表与里的内在张力，这种内在张力的削弱和消失可以解释《长河》及《凤子》《小砦》等几部作品的半途搁笔，这几部作品都是写到现实时停笔。除了外界的压力(战争以及战争对文学宣传服务功能的要求)外，更主要的原因恐怕是随着沈从文与“现实”和故乡的距离发生变化，“乡下人”认同的内在困境与冲突被削弱，或转移到别处(着眼于整个中华民族的命运)，以故乡为中心的乡愁书写的动力也就淡化了。

卡西尔说：“一切时代的伟大艺术都来自于两种对立力量的互相渗透。”①沈从文作品持久的生命力可以从这句话中得到解释。因此可以说，对于沈从文，“乡下人”认同分裂了他也成就了他。

第二节　挽歌情怀与形式

认同通过叙事实现，沈从文的“乡下人”认同却更多是一种抒情认同方式。同样是散文化或者说抒情性小说，沈从文的城市小说和湘西小说表现出完全不同的内涵和意味，这既与情感内容有

---

① 恩斯特·卡西尔著，甘阳译：《人论》，上海译文出版社 1985 年版，第 207 页。

关，也与抒情形式相关。正是一种可以称之为“挽歌情怀”和“挽歌形式”的结合造就了湘西小说的独特美感和诗意。

而城市小说却完全没有湘西小说那种“灵韵”。即使是在叙事人颇为欣赏的都市女性身上（如《一个母亲》《如蕤》《主妇》等作品中的女主人公），我们也很难发现叙事人对乡下人的那种情感。原因在于，在叙述人（也是作者）看来，城里人与乡下人是两类人，是生活在两个世界的人：一个生活在现在，处在现代文明与进化的潮流中；一个生活在过去，处在现代文明与“进化”之外，是没有未来的人。对不同的对象，叙述人抒发的是不同的感情，采取的是不同的形式。

一、挽歌情怀

说乡下人是没有未来的人，是因为他们活在自然之中，却处在“进化”之外。“进化”是人类社会进入“现代”之后的概念，表现为时间的线性发展，认为现在比过去好，而未来又好于现在，新的必将取代旧的。而湘西人却活在循环轮回的时间中，对外面的世界不自知，缺乏应变的意识和能力。三翠伺候爹爹、丈夫，尽着传宗接代的义务，十七年生活没有大的改变，孙儿的到来也注定要加入这时间的循环之中（《一个女人》）；萧萧十年前抱着小丈夫玩耍，十年后则抱着自己新生的月毛毛，在屋前榆蜡树篱笆看热闹，“同十年前抱丈夫一个样子”（《萧萧》）；城里人给三三带来的只是一丝失落，却不曾改变什么（《三三》）；而翠翠所能做的，只是让人揪心的等待（《边城》）。在湘西小说里，从开头到结尾，乡下人的人生轨迹几乎没有多大改变，往往是从终点回到起点，重新进入轮回。如果说，沈从文对于他笔下的湘西女性，还是怀着不忍之心，不愿展示她们被命运打击的一面，那么在他的写乡下男人的作品中，我们已发现隐藏不住的悲哀。

《丈夫》是沈从文屡受称道的小说。小说的震撼人心之处在于展示了乡下丈夫的尊严在连续遭受打击时的难以言明的痛苦。这样的打击有四次。第一次,丈夫从山里远道而来探望在烟船上"做生意"的妻子。丈夫惊诧于妻子的城里气派。局促不安的气氛刚刚打破,来了客,"一个船主或一个商人","一上船就大声的嚷要亲嘴要睡",使丈夫想起村长同乡绅那些大人物的威风。"于是丈夫不必指点,也就知道怯生生的往后舱钻去,"毫无目的的眺望河中暮景。

第二次,第二天白天,刚与水保谈过话的丈夫在船上做饭燃不着柴,闷闷不乐中想起这水上威风人物的嘱咐,叫妻子"今晚上不要接客,我要来"。"该死的话,是那么不客气的从那吃红薯的大口里说出!为什么要说这个?有什么理由要说这个?……"丈夫的喉咙为嫉妒所扼,唱不出歌来。

第三次,丈夫拉着妻子买来的胡琴,丫头五多、妻子唱着歌相和,"在热闹中像过年,心上开了花"。可是两个醉酒的兵士撞上船来,嚷着要打人,要亲嘴,并醉卧在舱里。船上大娘请丈夫上岸看戏,《秋胡三戏结发妻》,"男子摇头不语"。

第四次,水保带巡官来查夜,丈夫正想与妻子说点家常话,傍床沿坐定不动,大娘过来打知会:巡官要来"考察"妻子。第三天,"男子一早起来要走路,沉默的一句话不说,端整了自己的草鞋,找到了自己的烟袋"。妻子把钱塞到丈夫的左手心,右手心。"男子摇摇头,把票子撒到地下去,两只大而粗的手掌捣着脸孔,像小孩子那样莫名其妙的哭了起来。"

丈夫在一天两夜的时间内四次遭到打击,内心痛苦可以想象但又难以言传,又找不到可诉说的人,所以只有沉默—沉默—沉默，到忍无可忍时才以哭来宣泄。叙事人始终不进入人物的内心，而是让景物、丈夫的动作和周围人的反应来说话。小说始终只字不提丈夫的痛苦，但我们分明从丈夫的一再沉默和压抑不住的哭声中感受到痛苦的惨烈和深长。

丈夫是地道的乡下人，丈夫的处境可以说是乡下人处境的缩影。丈夫与水保的谈话显示出城乡两个世界的差异，乡下人对城里世界的陌生。乡下人在城里人面前的谦卑、无助和手足无措，并不能使他避免遭受打击。丈夫表达痛苦的无力（以无助的哭来发泄）和解决痛苦的方式（回到乡下）凸显出乡下人的悲剧性处境：他们与外面的世界格格不入，这个世界给他们带来的是人的尊严的贬损和痛苦，他们所能做的只是回到故乡，回到从前。而一个“现代”世界已经到了湘西，乡下人正在丧失存在的土壤，遭遇生存的危机。

这种危机在沈从文小说中主要不是表现在经济上（这是茅盾和其他乡土小说家所关注的），而是表现为乡下人情感与灵魂的变异，表现为对自己的悲剧性处境不自知，以认命来抵御苦难。《贵生》中的贵生所谓的抗争也是完全不自觉的。他的放火烧自己和小卖店老板的房子正与丈夫的哭一样，是痛苦到忍无可忍时的发泄，是乡下人式的无目的的发泄，发泄的对象不是真正的责任者五爷，而是与自己一样的无辜者。而贵生周围的乡下人，则认为贵生的好事转眼成空是“命”在作怪，贵生的最后放火，及不知所终也是“命”，认命是乡下人抵御苦难的方式。不管这个“命”是“天命”（生老病死、偶然意外），还是由于外界的冲击造成的乡下人的无所立足的局面，乡下人都把它当作宿命接受。《边城》中已初闻命运的悲音，《凤子》《小砦》没有写完，但其中人物可能难逃悲剧性结局。《长河》第一卷中，“新生活运动”已如梦魇一般压在乡下人心上，山雨欲来,“一个更大的命运影罩住他们的生存”①。

乡村内部的变异其实也早已开始。《贵生》中的五爷、四爷,《王谢子弟》中的七爷都是生于斯、长于斯的乡下人,也是溃烂乡村灵魂的代表人物。乡村也有读过“子曰诗云”的人物,乡村内部的仇杀存在已久,而《雪晴》中的乡下人已懂得利用政权达到消除异己的目的。“时代在破坏中,还有更大的破坏要来。”(张爱玲语)在沈从文的视野中,随着“现代”的进入湘西,代表着一种善良、纯朴、健康、自然、优美的人生形式的乡下人正渐行渐远,淡出历史的舞台,一种悲悯感油然而生。

这里可以发现沈从文与鲁迅及其他启蒙作家的不同。鲁迅抱着启蒙思想,致力于国民性改造,写作意在“揭出病苦,引起疗救的注意”,他对笔下的人物是“哀其不幸,怒其不争”,启蒙者与被启蒙者的界限十分明显。沈从文的“哀”是对乡下人无法避免的悲剧性处境的悲哀,是一种怀着深厚爱的同情,而丝毫没有“怒”的成分在内。这是因为乡下人处于这个“争”的世界之外,因其良善,因其认命,他们不会也不知道如何“争”。鲁迅着眼于可能的现实的改变,沈从文则面对不得不接受的现实,目睹一个美感和价值世界的消逝而爱莫能助,表现在叙事(抒情)风格上,就是冷峻、愤激与平和、安宁。

悲悯心来自对乡下人处境的同情的体察,对生命原初状态的尊重。乡下人生命复杂多方,有美好的一面,也有丑陋、下流、堕落的一面,“但说到头来都是活鲜鲜的人生”②。生命的悲哀、痛苦与

---

① 刘西渭:《〈边城〉与〈八骏图〉》,邵华强编,《沈从文研究资料》,花城出版社1991年版,第69页。

② 《沈从文文集》第7卷,花城出版社1982年版,第184页。

欲望一样庄严，一样充满神性，因此不能以道德君子的感情去衡量。这种生命原初状态的复杂与庄严是读书人毫不明白的，“读书人面对这种人生时，不配说同情，实应当自愧”①。明于此，作者回乡在泸溪偶遇分别十七年，如今已为人父的从军伙伴时，忍住不上前相认，怕惊扰他们平静的生活(《湘行散记·老伴》)。正是这种“不忍”之心有别于鲁迅等“五四”作家的启蒙心态。湘西小说所抒何情？爱与哀戚，爱与不忍之情。正是在对一个已经消逝和正在消逝的世界的追忆中，湘西小说传达出一种挽歌情怀。

挽歌本是唱给死者的哀歌，后用来指一种对珍贵东西之丧失的悲哀情感。挽歌作为一种情感在中国抒情传统中存在已久。从《诗经》中“昔我往矣，杨柳依依，今我来思，雨雪霏霏”对时间流逝的感叹，到《古诗十九首》对青春易逝、生离死别的感慨，杜牧、李商隐的诗，李煜、纳兰性德的词中均流露出一种挽歌意绪。但挽歌上升为一种情怀和文学中的审美精神，则应该是进入“现代”之后的事。“现代”的建立过程，就是一个传统价值和美感不断受到冲击和消逝的过程。而中国作为一个落后国家的特殊性在于，她的“现代化”是被迫进行的，表现在文学中就是对现代化的欢呼与对它的疑虑同时出现在作品中。中国现代文学在很大程度上就是对这种“现代性焦虑”的体验。郭沫若、茅盾等人的作品更多地表现了对现代性的欢呼，张爱玲、萧红等则更多展示了怀疑的一面，鲁迅的作品则大致可看作是两者的纠合，这表现在他对启蒙主义、进化论既信奉又质疑的矛盾中。沈从文与张爱玲、萧红等人接近，但沈从文对一个正在消逝中的传统美感世界的深深眷恋，对生命原初之地的诗意怀想，以及作为在城里的“乡下人”对一种与生俱来的珍

---

① 《沈从文文集》第9卷，花城出版社1982年版，第385页。

贵的东西之丧失的体验，使挽歌情怀成为他作品中一种带有普遍性和总结性的美感情调。① 这是沈从文不同于现代其他作家，也有别于其他抒情小说家之处。

作为在城里生存的“乡下人”，沈从文面对的是一个分裂的世界。在这个名之为“现代”的世界中，“人天之间的和谐一去不返，小说的主人公——现代奥德赛们已不可能找回自己的精神家园，在日益复杂的现代世界里承受命运的放逐和身心分裂的煎熬”②。“乡下人”正经历着一种失去归宿的、痛苦而又孤独的体验，作品中的挽歌情怀就是这种体验的表达，它是叙事人对精神家园的呼唤。因此，对于“乡下人”，回忆性的写作首先是一个由“过去”理解“现在”，向“过去”寻求意义的过程。它是一种自我救赎。

二、挽歌形式

而沈从文的特出之处在于他把一种个人的体验转变为人类共有的情感，“将整个民族的数千年的历史浓缩为心灵的哀欢”③。沈从文的对于湘西传统价值与美感的挽留也就是现代人对已经丧失或正在丧失的珍贵价值的挽留，它既是作者自己寻找灵魂归宿的努力，也是人类寻找精神家园的愿望的表达。而这种意义的转变之所以成为可能，是因为沈从文找到或者说创造了一种独特的抒情形式——挽歌形式。

沈从文小说的散文化特征：平和的叙事、舒缓的节奏、朴素的

---

① 吴晓东、倪文尖、罗岗：《现代小说研究的诗学视域》，《中国现代文学研究丛刊》1999 年第 1 期。

② 卢卡契：《小说理论》，转引自李欧梵，《徘徊在现代和后现代之间》，上海三联书店 2000 年版，第 1 页。

③ 司马长风：《中国新文学史》（中卷），香港昭明出版社 1978 年版，第 128 页。

语言，这也可以说是挽歌形式的文体特征。《边城》中映入读者视野的是如画的风景，淳厚的民情，叙事人平静舒缓的叙事恰如唱着一首款款的牧歌，但在牧歌的基调下我们已隐隐感到悲音缭绕。《一个女人》通篇是朴实、欢快，洋溢着温情的文字，但读完小说却让人生出一种莫名的担忧，对活泼生命能否承受造化和人事的磨折的担忧。沈从文的这种乐中见悲的才能得力于他的独特的叙事/抒情形式，尤其是他的一清如水的语言，聂华苓称之为“挽歌似的文字”：简朴、直接，却带着凶兆。① 这种从容、平和的挽歌形式与躁动着的时代形成鲜明的对比。这种静观的形式适合用来表达悲悯情怀。

悲悯心源自个人的内在体验，当它表达的不仅是对某个人某件事而是对一个世界的悲哀怜悯之情时，就与人类的一种普遍性情感息息相通，从而上升为一种悲悯情怀。刘西渭说乡下人的悲哀是自带在人物气质里的，应该理解为构成乡下人特质的东西（如善良、纯朴、缺乏功利心，对自身处境的不自知和认命），正是造成其不适应一个变动的时代的原因。这种不可避免性和无法挽回性使叙事人和抒情主人公以一种平和的心态去唱出挽歌。所以我们在湘西小说中找不到当时一些批评家所要求的“血”“泪”或“思想”，却时时被一种不舍的挽留之情所感染。在沈从文这里，挽歌就是这种抒情形式与悲悯情怀的结合。

沈从文的挽歌式抒情与巴金（前期）、茅盾及其他革命作家的激情抒发形成对比。前者面对的是珍贵价值和美感无可挽回的丧失，抒发的是一种不忍与悲悯之情，所以态度平和而悲哀深广；后

---

① 聂华苓：《沈从文评传》，邵华强编，《沈从文研究资料》，花城出版社 1991 年版，第 692 页。

者则立意于对现实社会的反抗，注重语言文字改变现状（鼓动/宣传）的作用，态度鲜明而慷慨激昂。

比较一下沈从文的《泥涂》（1932年）与丁玲的被称为“转向”之标志的《水》（1932年）①两篇小说，可看出两者的区别。两篇都是反映下层人民被水困扰的处境。《泥涂》中的城市贫民被工厂放的水淹进房屋，使瘟疫流行。《水》写华南村民遭洪水时的力求自保。《泥涂》重心在描写贫民的日常生活，进当铺，买药，向工厂请愿，皆是作为日常生活中的事件被反映，请愿遇挫也没有掀起什么波澜，人们关心的是如何逃过瘟疫的袭击。《水》中的村民则因等来的不是赈济而是镇压，最终引发一场暴动。《泥涂》中有一个热心助人的张师爷，在大火中救人时被砖头砸死，死后尸体用简陋的棺材放在河边，无人看顾。小说表达的是对一个漠视生命的社会环境的悲哀。而《水》则力图表现出一种骚动的情绪如何演变为愤怒，进而酿成暴动。其中的张大哥是一个觉悟的农民的形象，他的言辞充满鼓动性，透露出叙事人的启蒙/革命意图。

由于抒情内涵的不同，两篇小说的抒情风格也迥然有别。《泥涂》沿用沈从文式的叙事风格：散漫道来，波澜不惊，以一个妇人目光看、想，始终没有什么高潮，结尾也是“反高潮式”的，以妇人的失落感（“打了个冷噤，悄悄的溜进自己屋子里去了”）作结。《水》则是一个事件不断被渲染，从低潮到高潮的过程，最终自然灾害转变为政治事件。小说的结尾“于是天将蒙蒙亮的时候，这队人，这队饥饿的奴隶，男人走在前面，女人也跟着跑，吼着生命的奔放，比

① 丁玲：《水》，《丁玲文集》第2卷，湖南文艺出版社1982年版，第369—406页。

水还凶猛的，朝镇上扑过去”。使群情激愤达到高潮，正合革命文艺要求文学有宣传鼓动作用的精神。

以挽歌形式表达挽歌情怀，使湘西小说散发出巨大的诗意。人们一般认为诗意产生于诗情画意的环境和环境中的人事之美，却常常忽略“诗意”的体验者和表达者。《雨后》中不识字的四狗不知道什么叫“诗意”，“然而听一切大小虫子的叫，听晾干了翅膀的蚱蜢各处飞，听树叶上的雨点向地下的跳跃，听在身边一个人的心跳，全是诗的”。“诗的”是一种状态，它存在于抒情的对象世界中，而“诗意”是一种表达，它来自“诗”的体验者、感悟者和它的表达方式。

挽歌情怀的本质是怀旧，是对“过去”的沉湎与眷恋、哀婉与挽留，这使它蕴涵着抒情性和诗意。在一个人人都想挤上“进化/进步”的列车，生怕落后于时代的年代，沈从文却转身向后，注视着一个美感世界渐行渐远，感慨万千。他拿起笔，往事历历在目，令他身不由己，沉浸在回忆的河流中。回忆的本质是抒情，记忆则是一种叙事。在湘西世界的回忆中，回忆主体与回忆对象似乎不存在间隔距离，物我已融为一体，为一种审美状态和诗意氛围所包围，这一方面给整个湘西作品带来一种本雅明所说的“灵韵”，这种“灵韵”在他的城市小说中找不到；另一方面，对于沈从文这样的在湘西与城市间游移的“乡下人”来说，回忆的最终立足点是“现在”。他必须正视“何去何从”的问题。“忧郁”于焉而生，成为乡愁的症候。

三、作为乡愁症候的“忧郁”

以“乡下人”自我认同使沈从文处于两种对立性力量的拉扯中，让他无法安于“怀旧”。所以，一方面是城市小说作为湘西小说的镜像式存在(一是呈现"爱与温情",二是专注"批判与讽刺");另一方面,即使是在对湘西世界肯定性和赞美性的抒情中,"忧郁"也成为一种弥漫性和贯穿性的情感底色,使得挽歌变得复杂起来。

《汉语大词典》第七卷把"忧郁"解释为"忧伤郁结;抑郁",并没有点出忧郁的内涵。"忧郁"在生物学、病理学中是指黑胆汁,人的四种体液之一,让人产生忧伤、烦躁和抑郁。现代的"忧郁"更成为一个社会学和心理学中的关键词。它被视为人感受非存在的威胁而产生的负面性体验。它是以对危险的预料为基础的,渗透着自我知觉的情绪体验,因而在审美领域中占据重要一席。但正如颓废、孤独,忧郁在审美领域中不仅是作为负面性的情感或情绪体验出现,它逐渐在写作中扮演了一个重要甚至关键性的作用。

汉语中的"忧郁"一词虽然对应英语中的"melancholy"(意为:sadness and depression of spirit),但并不表明古代中国就有现代意义上的"忧郁"。中国古代诗文中的"忧郁",更多地应被理解为"忧愁""忧患"或"哀愁"。"忧"是一种关怀,作为一种精神性的态度,它表达的通常是男性对国家、民生的责任;而"愁"则更多表达的是一种女性化的情感心态。因此,顾彬认为"忧"是理性的,而"愁"是情感性的。在他看来,现代性的忧郁,始于西方的文艺复兴,它不是一种情感,而是一种态度,一种心灵状态,一种被确定的生活方式。它是以不可克服的人和世界的分离为基础的,导致它产生的两个根源:一是宗教性的厌烦,二是科学的发展。随着自然科学的进步,人面对无限的时间和空间,不得不承认他的知识的有限,他不能认识一切事物。这种"有限性"让人忧郁。因此"忧郁"是不可克服、伴随终生的,而"担忧""愁"(常因相思、离别而引起)则有可能会被克服而消逝。[1] 顾彬指出的现代性忧郁与古代忧郁感的不同是十分明显的。因为现代性的忧郁是伴随现代自我的出现而出现的，是人被抛到世界上，从而意识到自己的孤独性处境的产物，但把它完全局限在认识论的范畴恐怕还是一种狭隘化的理解。顾彬还没有指出的是，中西方“现代”的不同导致“忧郁”不同。简言之，对于沈从文而言，是西方的（压迫性的）“现代”导致中国的（被动性的）的“忧郁”。“忧郁”因此是一种文化政治。[2] 沈从文的忧郁有一个逐渐形成，时有变化，最终成为主导性情感类型的发展过程。沈从文的早期创作更多地体现出一种愤激、不平和感伤、抑郁之情（类似郁达夫）。这与他现实中的处境有直接的关系：初入都市的沈从文，感受到的不是温情和欢迎，而是都市的冷漠和歧视。为排解寂寞和不平，求得自我心理平衡，刚尝试写作的沈从文选择一种宣泄性的叙事似乎顺理成章。沈从文的早期创作《代狗》《福生》《画师家兄》《棉鞋》《夜渔》等就是这样的作品，一方面是对湘西生活的美好回忆，一方面是对城里人的挖苦和愤懑。

早期的写作（不论是都市题材还是湘西题材）主要以都市中的“我”为中心，可视作叙述人物质和情感匮乏的一种想象性弥补。到1920年代后期，自艾自怜式的感伤逐渐被更大的关怀所取代。一种与乡下人生存处境相关联的忧郁情怀出现了。

《柏子》（1928年）写在湘西河上颠簸了一二十天的货船到了岸，水手们冒着毛毛雨，走向河街吊脚楼红红的灯光，“灯光下有使柏子心开一朵花的东西在”：妇人的笑，妇人的身体。想象着柏子

---

① 顾彬：《解读古代中国的“忧郁感”》，《清华大学学报》2004年第3期。

② 刘人鹏、郑圣勋、宋玉雯编，《忧郁的文化政治》，台湾蜃楼股份有限公司2010年版，第9—28页。

们吃酸菜南瓜臭牛肉说下流话的口这时正把谄谀言语献给面前的妇人，享受妇人的温馨，叙述人发出感慨：

> 他们把自己沉浸在这空气中，忘了世界也忘了自己的过去和未来。女人帮助这些无家水上人，把一切劳苦一切期望从这些人心上取去，放进的是类乎烟酒的兴奋与醉痴。在每一个妇人身上，一群水手这样那样作着那顶切实的梦，预备将这一月储蓄的铜钱和精力，全部倾倒到这妇人身上，他们却从不曾预备要人怜悯，也不知道可怜自己。
>
> 他们的生活就是这样。若说这生活还有使他们在另一时回味反省的机会，仍然是快乐的罢这些人的心，可说永远是健康的，在平常生活中，缺少眼泪却并不缺少欢乐的承受。①

这段议论与传统小说中全知叙述人发表的议论不同，它不作道德判断，不教训人，而是叙述人对水手们生活的一种同情的表达和感叹，对城里读者，则可看作是一种潜在的交流、对话的吁请。乡下人活在命运的安排里，从不知道可怜自己，也不预备要别人怜悯，对生存的“无知”与执着使作为城里“乡下人”的叙述人禁不住发出感叹。表面看起来，叙述人持一种肯定甚至欣赏的口吻，但深知柏子们可怜处境的读者一定会从中读出忧郁的味道。

引发叙述人忧郁的原因是乡下人处境的可怜以及他们对这种可怜处境的不自知。乡下人处于生命的原初状态，一方面葆有生命的原始激情（这正是城里人尤其是城市知识分子和绅士们所缺乏的）；另一方面他们又太不自知、不会变了，而世界正在发生巨

① 《沈从文文集》第9卷，花城出版社1982年版，第42页。

变。这一以“现代”的名义出现的变化是叙述人所无力阻挡的。叙述人担心的是一旦巨变来临，乡下人的世界除了崩塌别无出路。从这里看出叙述人的身份和处境：他对乡下人的世界了解并且挚爱，深知乡下人的困境但又无能为力，自己充其量只能做一个旁观者和记录者：忧郁即由此而生。

在写于1930年的《三个男人和一个女人》中，沈从文通过想象把一个诡秘的盗尸故事改造成一篇情节奇特、可读性很强的小说。但是小说的目的不是为了讲故事而讲故事。小说一万多字的篇幅大部分叙述“我”和小号兵的生活。小说写到被三个身份卑微的男人暗恋的小姑娘吞金死后，“我”感到难受和忧郁。

“我们的生活破坏无余了。从此再也不会为一些事心跳，在一些梦上发痴了。我们的生活，将永远有了一个看不见的缺口，一处补丁，再也不是完全的了。”豆腐铺老板和小姑娘的故事影响了“我”和小号兵的一生。小说的结尾，叙述人回到现实：“我有点忧郁，有点不能同年青人合伴的脾气，在军队中不大相容，因此来到都市里，在都市里又像不大合式，可不知再往哪儿跑。我老不安定，因为我常常要记起那些过去事情。一个人有一个人命运，我知道。有些过去的事情永远咬着我的心，我说出来时，你们却以为是个故事，没有人能够了解一个人生活里被这种上百个故事压住时，他用的是一种如何的心情过日子。”①

为乡下人的写作最终又返回到叙述人（“乡下人”）自己。讲故事的人不仅是在“讲述”一个故事，更是在抒发这样一种情感。而“忧郁”是讲故事人情感脉络的核心，它主要通过叙述人的议论和感慨来呈现。它贯穿于沈从文的上百个故事。这是由发生在故乡

---

①《沈从文文集》第8卷，花城出版社1982年版，第34页。

的过去的故事“压住/压抑”所造成的。在后期的《阿黑小史》(1933年)、《边城》(1934年)和《长河》(1941年)等主要作品中，忧郁更成为弥散性的氛围。

忧郁来自两个不平等世界的反差和对照。这是湘西世界与城市文明、湘西的过去(“常”)与现在(“变”)的对照。而背后更深远的差异来自中西方不平等的“现代”。湘西世界由乡下人的生存方式、生命形式、历史和蕴涵其中的美感构成，而在每一个方面沈从文都发现了潜在的危机。

在《湘行散记》中，沈从文望着汤汤流水，被山头午后阳光、水底各色石头所感动。“我心中似乎毫无渣滓，透明烛照，对万事万物，对拉船的与小小船只，一切都那么爱着，十分温暖的爱着!”他想起“历史”，不禁对乡下人抱着深深的担心。“他们那么忠实庄严的生活，担负了自己那份命运，为自己，为儿女，继续在这世界中活下去，却从不逃避为了求生而应有的一切努力。在他们生活爱憎得失里，也依然摊派哭、笑、吃、喝。对于寒暑的来临，他们便更比其他世界上人感到四时交替的严肃。历史对于他们俨然毫无意义，然而提到他们这点千年不变无可记载的历史，却使人引起无言的哀戚。”①在这里，沈从文关心的不是一群人和另一群人相斫相杀的历史，而是历史(时间)中普通人的生活方式、生命形式和情感哀乐。他深知，在一个变革的时代，乡下人的生活方式和生命形式虽与自然相契，但若不想法改造，将不免与自然同一命运，被另一种强悍训练的外来者征服制驭，终于衰亡消灭。

对照于沈从文不仅是一种表达手法，一种感觉结构，也是叙述人感受世界表达情感的方式。在湘西作品中常表现为过去与当前

---

①《沈从文文集》第11卷，花城出版社1982年版，第253页。

（如《新与旧》）、“常”与“变”（如《长河》）、静与动（如《静》）、自然之美与人事之丑（如《黄昏》）等相互对照。对照表面上是将两种形态、两种方式、两个世界并置在一处，叙述人似乎隐身其后，保持客观、中立，但实际上，对照本身已包含着一种选择，一种情感倾向。在城与乡、文明与传统、新与旧、“变”与“常”等对照中，叙述人的情感显然偏向后者。但真实世界中的情形是，前者总是胜利者，是取代后者的一方。叙事/抒情中的“忧郁”正产生于这种无可奈何、无能为力的对照中。

忧郁的另一个来源是沈从文的民族认同。在《写在〈龙朱〉一文之前》中，沈从文谓在都市的自己已将苗族的热情、勇敢、诚实丧失殆尽。“你们给我的诚实，勇敢，血质的遗传，到如今，向前证实的特性已荡然无余，生的光荣早随你们已死去了。皮面的生活常使我感到悲恸，内在的生活又使我感到消沉。我不能信仰一切，也缺乏自信和勇气。”

> 我只有一天忧郁一天下来。忧郁占了我过去生活的全部，未来也仍然如骨伏肉。你死去了百年另一时代的白耳族王子，你的光荣时代，你的混合血泪的生涯，所能唤起这被现代社会蹂躏过的男子的心，真是怎样微弱的反应！想起了你们，描写到你们，情感近于被阉割的无用人，所有的仍然还是那忧郁！①

忧郁根于有情、爱和责任。看到乡下人的生存方式和生活形式的原始、率真与美，想到人生可悯，想到历史，想到即将到来的现

① 《沈从文文集》第5卷，花城出版社1982年版，第323—324页。

代世界,写作者仿佛接触到了生命的本体,对存在有了领会。“我觉得惆怅得很,我总觉得看得太深太远,对于我自己,便成为受难者了。这时节我软弱得很,因为我爱了世界,爱了人类。”

忧郁似乎更多是一种个人性的情感,但沈从文的忧郁牵连的却是整个故乡世界,哀其现在,忧其未来。写作者因此成为受难者。这并不是沈从文一个人的体验,把故乡视作自己生命根基的乡愁书写者都会遭遇类似的情感症候,并让它深度塑造自己的认同。

第四章　废名：在“传统”与“现代”之间

第一节　“哀”与“美”与“担荷”

废名——正如这个名字所示，本身意味着对自我命名的否定。然而正如鲁迅所指出的，“‘废名’就是名”，以“废名”命名已经暗示了废名自我认同中的矛盾性和复杂性。如果进一步联想到废名的传统长衫打扮，用毛笔字写英文，熟谙中国文化经典又通晓西方文学（尤喜塞万提斯和莎士比亚），废名身上存在的种种看起来不搭界甚至对立的因素是如何因“认同”而结合在一起的，就成为一个值得探讨的问题。

在通行的文学史叙述和一般读者的印象中，废名属于“乡土文学（或田园小说）流派”。他的作品如《浣衣母》《竹林的故事》《桃园》以及《桥》等无不表明作者是一个极尽写乡村之美的诗意描绘者。虽然沈从文肯定废名写的是另一时另一处的真正的乡村与农民，但他也说这个世界对城里读者毕竟太生疏和遥远了。[①] 刘西

① 沈从文：《由冰心到废名》，陈建军编著，《废名年谱》，华中师范大学出版社2003年版，第222页。

渭因此称废名为内向的修士,“他永久是孤独的,简直是孤洁的”①。

朱光潜也说废名是一个极端的内倾者:

> 小说家须得把眼睛朝外看,而废名的眼睛却老是朝里看;小说家须把自我沉没到人物性格里面去,让作者过人物的生活,而废名的人物却都沉没在作者的自我里面,处处都是过作者的生活。小林、琴子、细竹三个主要人物都没有明显的个性,他们都是参禅悟道的废名先生……②

当然,影响最大的是鲁迅在《中国新文学大系·小说二集序》(1936年)中的评价:

> 后来以“废名”出名的冯文炳,也是在《浅草》中略见一斑的作者,但并未显出他的特长来。在一九二五年出版的《竹林的故事》里,才见以冲淡为衣,而如著者所说,仍能“从他们当中理出我的哀愁”的作品。可惜的是大约作者过于珍惜他有限的“哀愁”,不久就更加不欲像先前一般的闪露,于是从率真的读者看来,就只见其有意低回、顾影自怜之态了。③

而早在1934年的《势所必至,理有固然》一文中,鲁迅就写道:

---

① 刘西渭:《〈边城〉——沈从文先生作》,陈建军编著,《废名年谱》,华中师范大学出版社2003年版,第168页。

② 孟实:《编辑后记》,陈建军编著,《废名年谱》,华中师范大学出版社2003年版,第207页。

③《鲁迅全集》第6卷,人民文学出版社2005年版,第252页。

“有时发表一些顾影自怜的吞吞吐吐文章的废名先生，这回在《人间世》上宣传他的文学观了：文学不是宣传。”①显然，鲁迅的评断更多是一种批评。由此，“有意低回”“顾影自怜”就成为后来者理解废名创作的一个权威参照。

当然，鲁迅正确地指出了废名创作中的情感基调，即“哀愁”。这不是鲁迅首次指出来。1928年，周作人在《桃园·跋》中就指出《桃园》中的人物“他们即使不讨人喜欢，也总不招人家的反感，无论言行怎么滑稽，他们的身边总围绕着悲哀的空气。废名君小说中人物，无论老的少的，村的俏的，都在这一种空气中行动，好像是在黄昏天气，在这时候朦胧暮色之中一切生物无生物都消失在里面，都觉得互相亲近，互相和解。在这一点上废名君的隐逸性似乎是很占了势力”②。

一弹一赞，可是对废名之“悲哀”的认识却是一致的。废名自己在《说梦》(1928年)一文中为自己的“obscure”(晦涩)辩解的时候举《桥》中《杨柳》一章中“小林先生的杨柳球浸了露水，但他自己也不觉得，——他也不觉得他笑。……”为例，说“我的一位朋友竟没有看出我的‘眼泪’！这个似乎不能怪我”。又说及写《妆台》一诗时本着女子不能哭，哭便不好看的原则(“因为此地是妆台，不可有悲哀”)，“所以本意在《妆台》上只注重在一个‘美’字，林庚或未注意及此，他大约觉得这首诗很悲哀了。我自己如今读之，仿佛也只是感得‘此地是妆台，不可有悲哀’之悲哀了”③。谈到对他影响甚大的李商隐时又说“我看他的哀愁或者比许多诗人都美……觉

① 《奔流新集》1941年11月19日第一辑《直入》，转引自陈建军编著，《废名年谱》，华中师范大学出版社2003年版，第180页。

② 陈建军编著，《废名年谱》，华中师范大学出版社2003年版，第68页。

③ 废名：《论新诗及其他》，辽宁教育出版社1998年版，第200页。

得他是深深的感着现实的悲哀，故能表现得美”①。可见，废名的“悲哀”或“哀愁”往往跟“美”联系在一块。一方面，“哀”意似乎是“美”的前提；另一方面，“哀”的表达应该通过“美的方式”。这就难怪很多读者体会不到，有的感受到却说不出来：“空气”如何言说？

在废名早期的短篇小说中，这种“哀意”就时隐时现。

《初恋》(1923 年)的结尾已略显哀意，到《柚子》(1923 年)和《鹧鸪》(1924 年)已是哀意尽显。两篇小说的主人公都是柚子——“我”青梅竹马的玩伴。柚子的长大伴随着家的衰败，但更可哀的是“我”与柚子随着年龄的增长而来的隔膜。要知道，虽然“我”与芹(现在的妻)早订下娃娃亲，但我心中更亲密的伙伴却是柚子，潜意识中把柚子当作未婚妻。但童年时期的亲密经不住现实的轻轻一击，随着“懂事”而来的是不可避免的疏远。

而阿妹的死也给叙事人带来无尽的哀伤(《阿妹》)。阿妹是一个被忽视的女孩——而我却被宠爱。阿妹有病不敢说，父亲不叫医生诊，直到我生病请来医生，才顺便为阿妹一诊。所以阿妹的死引起我的负罪的哀伤。至《去乡》(1925 年)一篇，哀意变成了涕泪飘零，原因是离开故乡，离开母亲。这一篇倒真显鲁迅所谓的“有意低回”“顾影自怜”之态了。

但废名的大部分短篇是节制的。写于 1923 年的《浣衣母》已经见出废名节制的功夫。李妈从一个公共母亲变成一个人人怕的“老虎”，这个悲剧性的结尾被轻描淡写。《河上柳》(1925 年)亦是。《竹林的故事》(1924 年)虽然仍见出“顾影自怜”的低回姿态，但哀意已经化作空气散布在小说中了。到《桃园》(1927 年)一篇，少女之将死这一事件的悲剧性被平静的叙事冲淡了。病中的阿毛

① 废名：《论新诗及其他》，辽宁教育出版社 1998 年版，第 208—209 页。

无意中一句“桃子好吃”引起爸爸王老大内心的震动。小说这样描述这一“震动”：“但这是一声‘霹雳’。爸爸眼睛简直呆住了，突然一张——上视屋顶。”可谓不动声色。

王老大上街用自己唯一的酒瓶换了两个玻璃桃子，却被街上的小孩撞碎了。

> 孩子们并不都是笑——桃子是一个孩子撞跌了的，他，他的小小的心儿没有声响的碎了，同王老大双眼对双眼。

这是典型的废名式的结尾，冲淡、朴讷，却与叙述中的悲剧性内蕴形成对照：读者的悲哀亦由之而起。

对于废名的人物，引发悲哀的原因包括：离乡（《去乡》《枣》），初恋之失落（《初恋》《柚子》《鹧鸪》），生命之消逝（《阿妹》《桃园》），人生之可怜与不自知（《浪子的笔记》《小五放牛》）和人事之波折（《浣衣母》《河上柳》）。它们多是人力难以阻止的“自然”之力，并非由某个人、某件事所导致。这冲淡了“悲”的尖锐性和痛苦，而使得“哀”化成弥漫性的空气，在文本中若隐若现。

《桥》一向被视为“世外桃源”和“乌托邦”的文本，一个美轮美奂的世界，在其中悲哀何处藏身？

《桥》第一卷的上篇采用的是儿童视角，从儿童的眼里看出去，哀的背景都成了玩耍之地。家家坟本是个悲哀的所在，却成为儿童的玩乐场，孩子们在那里摘芭茅做喇叭。

> 他们每逢到了家家坟，首先是找名字。比如小林，找姓程的，不但眼巴巴地记认这名字，这名字俨然就是一个活人，非常亲稔，要说是自己的祖父才好，姓程的碰巧有好几个，所以

> 小林格外得意，——家家坟里他家有好几个了。[1]

孩子的眼里没有悲哀，只有乐趣，而读者却感受到其间的反差。史家奶奶替两个小家伙做了“月老”后，他们的再见是在“松树脚下”——这是史家庄的坟地。两个小人儿已知道羞涩和欢喜，却不知悲哀，而奶奶听到小林提到“父亲”，不由得心伤。

小林一别故乡十年，十年后走了几千里路的小林又回到这“第一的哭处”。这十年他到了些什么地方，生活怎样，他为什么又回来？小说一概没有交代。小林回来除了惊讶于一个细竹的出现，一切仍如以前，仿佛时间从未在他身上留下痕迹。但在《枫树》一节中，小林在狗姐姐面前还是透露了他的行踪：“——姐姐你不晓得，我在一个沙漠地方住了好几年，想这样的溪流想得很，说出来很平常，但我实在思想很深，我的心简直受了伤，只有我自己懂得。”沙漠地方当然是个比喻，可以推测小林在远离故乡、亲人的都市待了多年，变成了一个还乡病患者（所谓“受伤”）。回乡的小林再不是十年前的小林。

小林的“变”当然不仅指年龄的变，还在于他多了一重“异乡”的视角，虽然隐藏得很深。他的“哀”与“惘”开始出现。清明去史家庄碰见三哑叔，看到当年刚栽的柳树现已长大，“小林突然感到可哀，三哑叔还是三哑叔，同当年并没有什么分别”！（《杨柳》）言下之意小林变化太大了，他长大了，而长大的结果就是知道体验“树犹如此，人何以堪”之“哀”了。小林的“哀”似乎无处不在。在《桥》一节中，他为“驷不及舌”而悲哀，在《钥匙》中哀于小孩的“哑”，在《桃林》一节为桃子的被咬破而悲哀。在《树》一节他哀于

---

① 冯思纯编，《废名短篇小说集》，湖南文艺出版社 1997 年版，第 191 页。

梦中的世事不能解脱，“世俗的打扰了我，我自己告诉自己也好像很不美，而我的灵魂居然就是为它所苦过了”。小林常苦于这抽象的“不美”，以至“琴子看他，很是一个哀怜的样子，又苦于不可解，觉得这人有许多地方太深沉”。

引发小林的哀意的一个主要原因是他对女儿世界的既崇拜、欣赏又不能进入的怅惘。彼此的“隔”带来了小林哀感。他看树上摘叶子的细竹“真好比一个春天，她一举一动总来得那么豪华，而又自然地有一个非人力的节奏”，而自己终只是一个欣赏者和路人，所以，茫茫然有路人之悲。女儿的世界是一个美的国度，而小林孜孜以求的就是充当她的发现者、欣赏者和表达者，正是后者的无能为力让他常感悲哀和怅惘。和衣而眠的细竹的睡相让他耽思，“忽然他凝视一个东西，——她的呼吸，他大是一个看着生命看逃逸的奇异。他不知道这正是他自己的生命了。于是他自审动了泪意，他也不知为什么，只是这一个哀情叫他不可与细竹当面，背转身坐下那个写字之案，两朵泪儿就吊下了”。他想写下什么，结果涂鸦下“生老病死”四个字，世间一副最美之面目让他窥见了，他却想到了“死”字。“他想，艺术品，无论它是一个苦难的化身，令人对之都是一个美好，苦难的实相，何以动怜悯呢？”“我知道，世间最有一个担荷之美好，雕刻众形，正是这一个精神的表现。”“是的，这担荷二字，说得许多意思，美，也正是一个担荷，人生在这里‘忘我’，忘我，斯为美。”（以上俱见《窗》）

在小林看来，“哀”与“美”似乎是一枚硬币之两面。“美”是一个担荷，而“哀”呢？在废名的文本中，“哀”不仅仅是一种情绪的表达和观察世界的角度，也暗含着某种承担意识。在《钥匙》一节中，小林看着那哑的丧父的小孩携着羊回家，想母亲同小孩子的世界，虽然填着悲哀的光线，却最是一个美的世界，是诗之国度，人世的

“罪孽”至此得到净化。从“哀”与“悲”中见到美,从“美”中发现哀与悲,这是小林的独特的眼光。这一双审美又哀矜的眼光笼罩整个《桥》,使这个东方理想国中氤氲着悲哀的空气。沈从文说“美是愁人的”,但与沈从文的担心美的消逝与损毁不同,废名似乎放逐了时间,让瞬间的美停驻,化作永恒,而在这“永恒”中窥见悲哀的影子,这让人想到佛教的在现世的光色中显露空无的底色。

但时间的阴影最终会在叙事中显露出来。《桥》的叙述中其实并没有有意掩饰时间的痕迹:童年—小林离乡、十年后回乡—细竹的出现—性别意识(小林)乃至嫉妒情绪(琴子)的出现—少女成长(做女人的烦恼)—小林、琴子谈婚论嫁(让细竹感觉自己是客人)……时间在悄悄改变一切,永恒的乐园图景正在发生变异,女儿国面临着解体。天禄山之行是不是三人行的最后一站?小说接下来该如何收场?虽然《桥》的不结束实际也就是一种结束,但它不是一个真正的总结,是作品情节疲劳的结果,而不是结构的完成。它只是强行作了个结束。①

所以,作品悲哀的空气的根源是对逝去的哀悼。这是建立在故乡土壤上的女儿国,是语言建立起来的幻美的乌托邦。文本中的时间空间化了,“过去”被定格,但叙述人的位置却不得不停留于“现在”。正如作者自谓“十年造桥”,时间流逝的痕迹不可避免地反映在文本当中,悲哀的影子亦如影随形。

因此废名的“哀”不同于鲁迅的忧愤、萧红的寂寞孤独、师陀的批判的抒情,也不同于沈从文的忧郁。即便是悲哀的空气,也显得若隐若现,不敏感的读者体味不出来。灌婴(余冠英)就认为“《桥》

---

① 弗兰克等著,秦林芳编译:《现代小说中的空间形式》,北京大学出版社1991年版,第164页。

里面写的东西都太美好，更使人觉得不像是现实的。这里的儿童，老妇，庄汉，和尚，尼姑，无一不可爱，无一不是和平快乐地过日子。这里的田畴，山，水，树木，村庄，阴，晴，朝，夕，都有一层缥缈朦胧的色彩，似梦境又似仙境。这本书引读者走入的世界是一个‘世外桃源’”①，而敏感的读者（如鲁迅）又从中发现“有意低回，顾影自怜”的趣味。

小林确实有“有意低回、顾影自怜”的一面，但他不是故作姿态，故意夸张，他以一种低回的方式悲哀着一个美感世界，也悲哀着自己。表面看来他有点凌空蹈虚，像一个泛爱的多愁善感者，但他悲哀的对象既立足故乡，又处在时间之中。“低回”是他独特的姿态，也是他的表达方式。“自怜”则表明故乡书写的落脚点还是在自身。或者说，书写者通过“自怜”的方式将故乡世界内在化了。而故乡对于这一个多愁善感的自我的打破，则要等到后来的《莫须有先生坐飞机以后》了。

第二节　从故乡到“故乡”

朱光潜用“个性”“性格”等现实主义理论框架来评论废名的小说不一定合适，但他说“废名的人物却都沉没在作者的自我里面”却十分有见地。只是作者的这个“自我”不能仅仅以“参禅悟道”一词概括之，它呈现为多种面相，却又内在贯通：它们都是在与故乡的内在关联中被思考和确立的。

与《桥》同时写作的《莫须有先生传》可视为代表废名另一个

---

① 灌婴：《桥》，陈建军编著，《废名年谱》，华中师范大学出版社 2003 年版，第 132 页。

“自我”的文本。这部不像传记的“传”中没多少“地方性”和乡土气息[①]，其中的莫须有先生可视为废名之哲学和精神性自我的体现，反映了废名思想进程的某一个阶段，对于其后的《莫须有先生坐飞机以后》则是一个过渡。所以不是像周作人所说，废名“这以后似乎更转入神秘不可解的一路去了”，《莫须有先生坐飞机以后》的写作表明，《莫须有先生传》中凌空高蹈的莫须有先生再一次从语言和哲学之乡站在了现实之乡——他的故乡黄梅的土地上了。这也是废名自我认同的转折点。

1947年开始的《莫须有先生坐飞机以后》是废名因为抗日战争而滞留在故乡近九年(1937年12月—1946年9月)的产物，距《桥》《莫须有先生传》(均出版于1932年)的出版已有十五年。《莫须有先生坐飞机以后》是废名表示不再写小说(因为虚构)，只写散文(因为写实)后的再一部长篇小说。这部小说与先前的作品既有内在牵连，也有很大的不同：废名确乎越来越写实了。如果说《桥》是散文诗，《莫须有先生传》是对话录，那么《莫须有先生坐飞机以后》就像切切实实的散文，按作者的话说，是一部避难记。当然，和一般的“记录”不同，这里面充满了莫须有先生的议论(这点与《莫须有先生传》一脉相承，只是这些议论多从“事实”出发)和内心的意识流动(思想和情感分析)。因为前一点，卞之琳说它严格说算不得小说。[②] 但正是在这部不像小说的小说中，废名通过莫

---

① 见沈从文在《论冯文炳》中对此的批评，《沈从文选集》第5卷，四川人民出版社1983年版，第294—295页。即使这样，小说第12章叙述莫须有先生与鱼大姐的故事，以及第14章莫须有先生因北京西山住地的姑嫂们不懂他诗中的“杜鹃”为何物而感到“寂寞”，都透露出莫须有先生的乡愁。

② 卞之琳：《冯文炳选集·序》，《冯文炳选集》，人民文学出版社1985年版，第8页。

须有先生展示出他后期自我的核心层面和变化轨迹。

与现代乡土小说中常见的“离乡—还乡（短暂停留）—再黯然离去”的模式不同，《莫须有先生坐飞机以后》写的是“在家”的生活（虽然是避难生活），是“家园感”的获得，是对“故乡”的重新“发现”。

首先是对乡下人的发现。在《停前看会》一章中，作者写道：“莫须有先生在民国二十六年以前，完全不了解中国的民众，简直有点痛恨中国民众没出息，当时大家都是如此思想，为现在青年学生的崇拜的鲁迅正是如此，莫须有先生现在深知没出息是中国的读书人了，大多数的民众完全不负责任。”[①]对于鲁迅等启蒙文学家痛批的国人的奴隶性，莫须有先生有自己的看法：“中国地大民众，中国的民众求存之心急于一切，也善于求存，只要可以求存他们无所不用其极，他们没有做奴隶的意思，在求存之下无所谓奴隶，若说奴隶是奴隶于政府（无论这个政府是中国人还是夷狄），是士大夫的求荣，非老百姓的求存。故只有中国的士大夫向来是奴，中国的老百姓无所谓奴，是政府迫使他们为奴。”“中国的老百姓是奴隶于生存，奴隶于生存的是自己作自己的主人。”对日俄战争时期国人的表现（在战场上拾炮弹壳），莫须有先生也从骂其冷血到肯定其“拾炮弹壳的精神”（与鲁迅斥其为“麻木的看客”相反），称之为一种冷静、务实的建设精神。

因此，莫须有先生为逃避兵役的族人辩护：“他们不爱国，是因为他们不知有国，你们做官的人，你们士大夫，没有给‘国’他们看！换一句话说，你们不爱民。”老百姓千方百计逃避抽兵，“畏之如虎，

① 废名：《莫须有先生坐飞机以后》，《莫须有先生传》，广西师范大学出版社2003年版，第207页。以下文中引文均见此书。

并非认征兵制度为苛政，乃是征兵之政行得不公平，黑暗，于是苛政猛于虎了”(《关于征兵》)。国家只要国人奉献，却不考虑乡下人的后路(比如老人的赡养，家庭的维持问题)，所以难怪乡下人与这个国没有感情了。乡下人也从来没有爱国的快乐。莫须有先生从一家小铺子上贴的两行字“石灰出卖，日本必败”中看出卖石灰者其实并没有国家观念，却要挂上一个堂而皇之的幌子(《上回的事情没有说完》)。莫须有先生还从乡下人“跑反”(逃难)时的冷静与从容感得民族的悲哀与神圣(《这一章说到写春联》)。“悲哀”于国家政府不能使乡下人免于战乱，“神圣”于乡下人的辛勤于生活，“决不随便放弃责任，跑反便是为得牵猪牵牛！奴隶的‘三纲五常’观念与此民族精神相反”。这种恶劣境况下的求生精神是忠于生活的表现。这令人想起沈从文笔下为生存而努力的乡下人。对乡下人的生存态度和求生意志，他们都抱“同情的理解”和肯定。不同的是，此时的莫须有先生(亦是作者废名)身在其中，而沈从文却保持了一种距离。

家庭的价值也是莫须有先生的一个发现。按照“五四”以来一般知识分子的意见，家庭是万恶之首，是个人的束缚，是自由的对立面，是要打倒要挣脱开的枷锁。而莫须有先生举陶渊明为例子，“陶渊明那样不肯为五斗米折腰的人，换一句话说他瞧不起当时的国家社会政府官吏，而他那样讲求家庭关系，一面劝农，自己居于农人地位，一面敦族，‘悠悠我祖，爰自陶唐’，‘同源分流，人易世疏，慨然寤叹，念兹厥初’，在魏晋风流之下有谁像陶公是真正的儒家呢？因为他在伦常当中过日子”(《留客吃饭的事情》)。鲁迅在《二十四孝图》中抨击旧家庭“以不情为伦纪”，莫须有先生发现了家庭伦常的人情味。所以他说农人是社会的基础，农人生活是真实的生活基础，“中国的复兴向来是农民复兴的，因为，他们的社会始终没有动摇，他们始终是在那里做他们的农民的，他们始终是在那里过家庭生活的”（《上回的事情没有讲完》）。所以像三记这样的农人最终也只能在家庭中得到帮助，而不能指望政府。莫须有先生也是如此。他跑反时在乡下找房子、买米、安家、搬家，无一不是靠着家族的帮忙。家庭的一个主要作用还在于提供情感的庇护。所以莫须有先生得出结论：“国”（它建立在“忠”上面）与“家”（它建立在“孝”上面）决不冲突。冲突是因为“秉国者不忠，因而与忠冲突，并不是人民不该孝不该慈”，“秉国者不能使人民信，即是不能大公无私，于是人民自私其家了”（《关于征兵》）。“家”是“国”的基础，统治阶级和读书人若不认识这个基础而求改造，没有根据，不会成功。

与鲁迅、沈从文一样，莫须有先生对底层乡下人的肯定是与对读书人的批判同时进行的。换言之，莫须有先生的自我认同是通过批判否定读书人的方式来实现的。这批判首先是对自己的批判。莫须有先生无疑是以读书人自许的，爱之深，所以责之切。这“责”来自与乡下人的对照。由于亲历战争，莫须有先生才知道包括自己在内的知识分子都没有做过“国民”。他们不用交粮、纳税、抽丁，“做国民的痛苦，做国民的责任，做国民的义务，他们一概没有经验”。即使做了难民，也还是特殊阶级，非国民阶级。莫须有先生是后来成为家族的户长才领略（而非经验）了一般国民的痛苦的。而大多数的读书人瞧不起这些乡下人，认识不到他们才是中国民族精神的基础，却对于西方的知识如科学、进化论等“洋八股”一味相信，“先是羡慕人家，后是谄媚人家”，最初是无知，后来是无耻（《莫须有先生教英语》）（这让人想起鲁迅曾经批判过的“伪士”）。所以“中国之难治，因为读书人都成了小人”，中国的问题不是外患而是内忧。忧之根源在于担负着统治国家责任的读书人不了解中国,“他们与百姓太远了,与政府太近了”(《这一章说到写春联》)。

正是几年的避难经历使莫须有先生自觉与一般的读书人区别开来。他认为一个读书人应该是“穷则独善其身,达则兼善天下”。“善”表现为爱民,不多事。读书人应该爱国、爱乡、爱历史,这三者是一致的。他批评黄梅县的县政府将五祖寺征用办中学是有破坏无建设。五祖寺是故乡的历史精华,但现在只留下传说和故事,而无史料可稽。“人生如果不爱历史,人生是决无意义的,人生也决不能有幸福的。”正是在这里,莫须有先生对“进化论“提出了尖锐的批评。“历史又决不是动物的历史,是世道人心的历史,现代的进化论是一时的意见罢了,毫没有真理的根据的……”(《五祖寺》)进化论要否定历史,与过去决裂。“中国的几派人都是中了进化论的毒,其实大家都不是研究生物学,何以断章取义便认为是天经地义呢?这个天经地义便是说一切是进化的,后来的是对的。”进化论信奉弱肉强食的斗争学说,把人的同情心都毁掉了(《莫须有先生动手著论》)。

爱乡、爱历史最后必落实到对故乡某一具体事物和人物的爱。这些具体事物和人物构成了故乡的历史和风土人情。譬如五祖寺,莫须有先生记得的是父亲带回来的小木鱼,是寺中的竹林,花桥的鼓吹与歌唱。那是宗教、艺术、历史的具体体现,莫须有先生在其中寄托了自己的感情——对故乡的爱。正是这种乡土之爱使莫须有先生与那些两头不着地的读书人区别开来,使他从一般的难民心态中走出来,而找到“在家”的感觉。

因此,“避难”对于莫须有先生乃是一次“发现”和“归家”之旅。换言之,通过这次归家,莫须有先生原来作为都市知识者的多少有些封闭而空洞的自我被打破了,故乡成为新的自我认同的基础资源。经过这番经历，莫须有先生以一种新的眼光来看乡下人，来回顾故乡之历史，来思考国家与民族的精神，以及读书人的责任。莫须有先生虽然一向以一个心怀天下的读书人自许，但只有在他将自己的根扎在故乡的土地上，从这块土地吸取力量、生长感情之后，他才对读书人的位置和责任有切身理解。

认同最终体现为对故乡的情感和精神的归依，这种归依当然不始自《莫须有先生坐飞机以后》。之前的短篇小说如《去乡》《竹林的故事》《菱荡》等已满怀对故乡的依恋与赞美之情，但叙述人与故乡的距离仍然明显：这是一个都市的游子在怀念和书写故乡；《莫须有先生传》中也透露出乡思，但不是小说的主题；《桥》中美的世界当然奠基在故乡的土地上，但小林的审美想象多是从女儿之美和语言之美中寻得灵感和资源，直到《莫须有先生坐飞机以后》始落“实”到故乡之美。这美表现为风景之美、人情之美、风俗之美。石老爹、顺、王玉叔及其他乡下人带给莫须有先生和莫须有先生太太的是人情之美，使莫须有先生一家在避难时竟有归家的感觉。莫须有先生最希望的是他两个孩子慈与纯如何能够在离乱之时，在贫穷之中，活得不像一个难民，而能培养博大的感情和丰富的思想。莫须有先生自己小时虽深受私塾教育之苦，但童年仍保留下美好回忆，那是因为他从故乡的历史（五祖寺）、人物（四祖、五祖）和风俗（放猖、看戏、看会、看龙灯）中获得灵感和力量，从稻场和芋田获得丰富的感情，所以能从监狱似的教育中解脱。让莫须有先生欣慰的是，故乡的庙会并没有因战争而停止，乡下人也没有因为战乱而不去看会（沈从文《长河》中吕家坪的人们在时势动荡时也照常看戏）。两个孩子在数年之后也都不觉得自己是难民了，“一切都是本地风光，空气温暖了”（《停前看会》）。

从还乡探亲的“我”（《初恋》《柚子》《去乡》等）到归来的小林

(《桥》),从卜居北京西山的莫须有先生再到避难的莫须有先生,如果他们都可被视作废名的第二自我,那么坐飞机以后的这个自我与其他的自我不同。之前他(们)与故乡保持一种静观的距离,典型的一个游子归家,把故乡当作审美的对象。正如周作人说废名这些作品里的人物虽然互相亲近、互相和解,却都在悲哀的空气中行动,他指出这是因为废名的"隐逸性"占了上风的缘故。① 而《莫须有先生坐飞机以后》表明他与故乡渐行渐近了:从青春期的"低回"与"自怜"到参禅悟道,从隐逸、旁观到"抛头露面",作为家族的户长,主动融入故乡和乡人的日常生活。而莫须有先生一直思考着的儒家的"仁"、佛家的"真如""种子"及"阿赖耶识"等抽象的"道"与"理"似乎也在故乡的空气中"互相亲近、互相和解"了。②喜好谈禅论道的莫须有先生由于故乡的避难经历,最终"相信真善美三个字都是神。世界原不是虚空的"。可以说,废名的自我建构和自我认同之路,就是从故乡到"故乡"之路。这个加了引号的"故乡"不是建立在纯粹想象中的、封闭自足的桃花源,而是想象与现实互动的产物,它为废名提供了人生的价值和意义,成为其情感和精神的源头。

如前所述,以沈从文、废名为代表的"肯定型认同"路径希望"过去"成为"未来"有价值的部分,将自我建立在过去、现在、将来

---

① 周作人:《桃园·跋》,废名,《莫须有先生传》,广西师范大学出版社 2003 年版,第 404 页。

② 关于废名的佛学思想,可参考谢锡文《废名〈阿赖耶识论〉解读》,《黄冈师范学院学报》2008 年第 2 期。文章特别指出废名笃信的佛教思想不是故乡的禅宗,而是大乘佛教之唯识学思想。而作为废名本源意义上的"故乡"与"阿赖耶识"的内在关联仍值得讨论。

连续性的维度上，通过将自己融入自然、历史及家庭之中而使自我扩大、扩张，乃至突破。这一空间性的自我与被置于自然、宇宙等“他者”的对立面，在主体/客体、传统/现代等一系列二元对立框架中产生的现代西方自我明显不同。在废名创造的故乡世界中，看不到由于现代性的推进所带来的破坏、困惑和焦虑，读者也很少感觉到乡村/都市、传统/现代的二元对立所带给他的内在紧张（如在鲁迅、师陀甚至沈从文的创作中所凸显的）。这是否是因为故乡世界给废名提供了足够的资源，以其内在的元气和力量化解了现代性带来的危机，使得他能够将所谓“城市/乡村”“传统/现代”“中国/西方”等对立的因素融为一体，“中西合璧”，从而显得既“传统”又“现代”，既“保守”又“激进”？① 无论如何，废名的故乡书写演示了一条将自己重新置身于家乡的土壤，将家乡的“地气”转变为资源与力量的乡愁认同之路。这是他与属于同一路径的沈从文的不同之处，而与鲁迅的“‘希望’在故乡”内在相通。

---

① 关于废名和京派作家的“互动影响美学”，废名对诸如“新/旧”“传统/现代”“乡村/城市”等文化区分的二元对立和本质主义观念的颠覆，以及佛教“非二元性”思想对废名的影响，参见史书美：《现代的诱惑——书写半殖民地中国的现代主义（1917—1937）》，江苏人民出版社 2007 年版，第 216、226 页。因此用“反现代性”来概括废名依然没有摆脱“现代性/反现代性”二元对立式的框架。

第五章　师陀的乡愁认同之旅

第一节　还乡者师陀

“师陀”作为现代作家王长简的笔名，在文本中最早使用是在1946年柯灵主编的《万象》杂志上连载长篇小说《荒野》时[①]，在这之前，他除了用过君西、康了斋、韩孤、佩芳做笔名外，大部分作品都署名“芦焚”（《果园城记》中十八篇小说有十五篇用此笔名）。对于作家来说，更“芦焚”为“师陀”的主要原因是在抗战时期的汉奸报纸上，有人假冒“芦焚”写文章。这一看似偶然的更名却无意中将师陀的创作划分成两个时期：“芦焚时期”和“师陀时期”。两个时期的创作都围绕故乡进行，“怀乡”是一以贯之的创作主题和情感结构。差别在于故乡书写的侧重点不同，造成创作风格有异。而长期以来研究者都把师陀视为讽刺性和批判性的作家，并把他纳入以鲁迅为代表的致力于国民性批判的作家行列中，忽略在批判和讽刺之上，师陀的创作有更基本的维度，这就是弥漫在作品中

① 钱理群：《〈万象〉杂志中的师陀的长篇小说〈荒野〉》，《中国现代文学研究丛刊》2005年第3期。

的绵绵不绝的乡愁。乡愁是作家写作的动力，亦是写作的归宿。

一、还乡病患者

钱理群等在《中国现代文学三十年》中指出，鲁迅等乡土小说家的写作贯穿了一个模式：离乡—还乡—再离乡。[1] 小说的主人公为了生计或求变，自愿或被迫离开生养的土地，到异地（多半是进城，如北京、上海等）谋食。若干年后，已成了新式知识者的他抱着隐秘的期望回到故乡，发现物是人非，一切和他的想象不同，于是只能再度收拾行囊，踏上漂泊之路。师陀小说的主人公也大致遵循这一模式，不同的是，从还乡模式上看，它们更可细分为：在路上、回乡、离乡—回乡—再离乡三种子模式。

在路上：这一类作品有《过岭记》《人下人》《过客》《秋原》《一片土》《鸟》《江湖客》，如果考虑到师陀创作中小说、散文界限不分明的特点，可以把收在散文集中的《行脚人》《程耀先》《铁匠》等也算在里面。

回乡：作品有《巨人》《落日光》等。

离乡—回乡—再离乡：包括《果园城记》集中的《狩猎》《一吻》，之外的《寒食节》《宝库》《寻金者》。未完成的中篇小说《掠影记》和长篇小说《雪原》，从已知的情节也可以推知也是按“离去—归来—再离去”的模式来结构的。

收在《谷》中最后一篇的《人下人》，写的是忠实于主人的长工叉头的觉醒。这个凭最本能的生命力支撑的奴才在晚年却发现自己陷于被孤立之中，对主人一辈子的忠心换来的是村人的冷嘲热

---

① 钱理群等：《中国现代文学三十年》（修订本），北京大学出版社 1998 年版，第 42 页。

讽甚至陷害，一世忠心顷刻瓦解，他要重新做人。在原谅了众人的栽赃后，他踏上了离乡的路。小说结尾这样写道："叉头衔着烟袋，轻捷的向前走去，烟斗里冒出青烟，在四近袅袅卷舒，火星吹落在后面。这时，过往的世界远离了，而各种矛盾融合在一起，心跳跃着跳跃着，充满了活气，他胸脯饱张着，不再佝偻，他年青了。"①

对于叉头这个被土地束缚了大半辈子的乡下人来说，离乡似乎意味着重生。然而他能去哪里？《过客》中那个无名无姓奔波在外被风雪埋葬的老人，死在异乡还被异乡人视为晦气；《秋原》中流浪在外的汉子则被当作贼打死。叉头很快就会发现，自由是要付出代价的，他会发现，有一根无形的线始终在时紧时松地牵着他，这就是他生活了大半辈子的土地，他的家，虽然他的老婆早已死去，女儿也跟人跑了。他很可能像《一片土》中的"他"一样，口袋里装着家乡的泥土，却一辈子在寻找"安乐土"，也可能像《江湖客》中卖香荸的江湖老人，离家三十年，如丧家之犬，对自己的故乡绝口不提，却借酒浇愁。当然，更大的可能是，老叉头不堪忍受乡愁的煎熬，像《过岭记》中的老总和小茨儿一样，重新打起行囊，走在回家的路上。

而那些曾经漂泊的荡子，回乡之后又会遭遇什么呢？《巨人》中的抓，因为追求的爱人变成了二嫂，黯然离乡，二十年后悄然返乡，"青春换回来一个中年，一脖子邪性，一口'下边'话"。回家后做了故乡的客人，当了一名长工。然而尽管归乡的抓耽搁在充满生命与情爱的回忆中，世界却不曾刹住脚步等他。年青的故乡人远离他，孩子视他为古怪的老家伙。他只得像只独行的猫，与牛马猫狗为伍。正在干活的他会突然向主人说"不干了"，但第三天又悄悄回到废弃的荒园——他的家。最后，抓"立在流光的海里，人

① 《师陀全集》第1卷，河南大学出版社2004年版，第91页。

的海里。岁月逝去了，人也逝去了。他孤立着，他永远年青，让邻居们为着鸡、猫、狗的事去争打”。被乡愁击打过的抓懂得了“生命与爱的秘密”，化解了对故乡的怨恨，最终融入故乡的土地，超然于时间之外。

而《落日光》里的“他”却没有那么幸运。当年为了一场悲剧的恋爱悄悄离家，先后做过店小二、水手、马戏班的伙计，贩卖过私货，投进过强盗伙里，跟驼队商帮结伴跋涉沙漠。然后，日渐空虚的心里开始被家乡的小河、树林、草径、老屋缠住，还有一个叫青姐儿的姑娘——他青年时的恋人，像影子般挥之不去。于是，他回了家。在家里他沉迷于过去的岁月，呼唤已死去的恋人，不相信时光逝去，一切不再。住在城里的侄儿闻讯而来，打破了他所有的梦想。风雨中他追赶着青姐儿的幻影，跌落山涧而死。

回到家的游子似乎并不能找到最终的安宁，所以只能选择再一次的离开。收在《野鸟集》中的《宝库》(原名《归客》)和《寻金者》即是。当兵在外八年的杜振标怀着秘密回到家乡，“八年来他曾受过怎样的苦楚，他是怎样被‘用自己的手去弄弄泥土’这愿望煎熬着呀!”。然而，家里的现实给他泼了一盆冷水：坟地和地基被卖，连生活都成了问题。在不堪忍受老婆的羞辱和杜二爷——当地地主的欺压后，再一次悄然消失。

杜振标本质上依旧是农民，他的再次离开出于无奈。而《寻金者》的主人公朱珩却是为了所谓体面的爱情，离开又回来，回来又离开。渐渐地追求爱情被追逐金钱所代替。当他带着贵重的珠宝和黄金志得意满回乡时，他遇到的是可以想象得到的结局：环姑——他爱的姑娘已死去两年。“当我的钱将要用完的时候”，这位如今远遁他乡头发斑白的“施主”说：“我忽然明白过来了：魔鬼呀，该咒骂的原来正是我自己!”

思乡首先是一种由空间的距离所引发的情感，而对于还乡者来说，当空间的距离为零时，时间的阴影却凸现出来。“归客”杜振标和“寻金者”朱珩恰恰忘记了时间的存在，逝者如斯，他们却一厢情愿沉迷于过去。和时间较劲的结果必然是败下阵来，而且，他们所受到的伤害与他们对故乡的情感成正比。所以，聪明而有理性的还乡者知道适可而止。《狩猎》中的孟安卿和《一吻》中的大刘姐就是这样的人物。两人都曾在故乡留下刻骨铭心的情感记忆。一个出于对果园城多年不变的人生模式的拒绝而离乡，一个由于年轻高傲而随丈夫远走他乡。十二年或十年、十五年以后，他们回来了：孟安卿成了一名风景画家，而大刘姐已是衣着华贵而发福的中年妇人。熟人的相遇而不相识让孟安卿幡然醒悟：时光无情，一切难再。孟安卿不再叩开姨母和曾经的情人姨表妹家的门，悄然返回车站，重新踏上永无结束的漂泊之路。大刘姐也像孟安卿一样，还乡似乎只是为了了却一桩心愿。坐在三轮车上——拉车的是当年的锡匠的徒弟虎头鱼，她最初的爱慕者——大刘姐一一问起故乡的人物、塔和传说。昔日的爱慕者早已不认识她，他的师父则成了一个又老又脏的瞎子乞丐，向她伸手乞怜。物是人非，时间改变了一切。

二、乡愁的叙述者

与鲁迅和1920年代其他乡土小说家不同的是，师陀短篇小说中的离乡者和还乡者大多不是知识分子，他们的离乡既不是为了寻求新的知识和价值观，他们的回乡也不是为了启蒙大众，揭示故乡的愚昧与落后。正因为如此，才使得乡愁成为更具本真意义的原初情感。现代意义上的“乡愁”(nostalgia)一词源于两个希腊词根“nostos”(回家)和“algia”(痛苦)，指一种带来痛苦的强烈的思乡病，在英语中的另一个对应词是“homesickness”。西方的乡愁经历了一个从生理病症到心理情感再到文化情怀的转变过程。[①] 师陀小说中人物的乡愁更多是前二者的纠结。

"世上没有一样比最初种在我们心里的种子更难拔去的。"这种子总有一天会发芽、开花、结果。果实就是一种最朴实的本能的情感,一种强烈的、令人沉迷的情感,沉迷到有如患病。正如中年的大刘姐,没来由地来,没来由地走,"这个小城里还有什么是她忘不了的?",这是一个哑谜。谜底就在这个看不见、摸不着的情结之中。被这种深不可测的情感所裹挟的人们展示出最令人心碎的激情,像飞蛾扑火,即使毁灭也在所不惜,这使得他们的人生带上了某种悲剧美,同时也透露出乡愁的复杂性:它既是一种美好的念想,却又危险而神秘,对执迷其中而不自知的游子来说,甚至是致命的。就像孟季卿(《孟安卿的堂兄弟》),乡愁的力量不是通过思念和还乡,而是通过拒绝(二十年住在北京不回家)体现出来。这个被称为"安乐公",一辈子不提故乡的自我放逐者酒后感叹:"生来会流泪的人该多幸福?你想想?要是泪跟泉水一样……"他孤独地死在异乡,从反面证明了乡愁的力量与可怕。所以不管有无还乡之举,他们都是本真意义上的还乡病患者。

再看少数写知识者还乡的作品。主要包括几部未完成的中长篇小说:《掠影记》(1937 年)、《雪原》(1940 年)和《荒野》(1943 年)。从已展开的情节看,最具代表性的是《掠影记》。师陀在不止一处提到写了一个中篇小说《掠影记》,原计划写七章,但目前我们见到的只是前三章。[②] 主人公,城市知识者西方楚也是受乡愁的蛊惑回去的,却经历了一个从启蒙者到被故乡启蒙的转变过程(详见后述)。

---

① 赵静蓉:《作为一个美学问题的现代怀旧》,《福建论坛》2003 年第 1 期。
② 《师陀全集》第 5 卷,河南大学出版社 2004 年版,第 235 页。

以上我们分析了师陀小说中的人物被乡愁蛊惑和裹挟的诸种状况，那么在上述还乡模式之外的小说中情况又如何呢？在那些写生老病死于本乡本土的故乡人的作品中，我们仍然发现乡愁这个主旋律的时隐时现。这就是叙述人的叙述所传达给我们的信息。

师陀小说中的叙述人是师陀小说复杂性的主要来源之一，已引起研究者的关注。从视角看，其叙述人大致可分为以下几种情况：第一人称叙述人（代表作是《果园城记》）；全知叙述人；"全知叙述人＋有限叙述人"（存在于他的大部分小说中）。

以《果园城记》为例。作者在《序》中说："这本书的主人公是一个我想象中的小城，不是那位马叔敖先生——或是说那位'我'，我不知道他的身份、性格、作为，一句话，我不知道他是谁，他要到何处去。"但正是通过马叔敖——或"我"的叙述，果园城才能够在纸上建立起来。在首篇《果园城》中，我们得知，他熟悉这座小城，"这里的每粒沙都留着我的童年，我的青春，我的生命"。正因为果园城和他如此血肉相连，所以分别七年的"我"在故地的火车站下车时，宁可步行，也要用脚踩一踩这里的土地。接下来，我们跟着他去拜访小小的"混世家"葛天民，疲惫而无奈的贺文龙，令人心酸的徐立刚的父母，探寻水鬼阿嚏和城头上塔的传说。在有的篇目中他基本不露面，在大多数篇目中他不仅讲述，还以"我"或"我们"的名义发表议论和感慨。

不少论者将《果园城记》的基调定为整体性的批判和否定，把它纳入以鲁迅为代表的国民性批判主题中，将它显露的"温情"的一面解释为理智与情感的矛盾。① 但通过对叙述人的分析，我们

① 马俊江：《论师陀的"果园城世界"》，《中国现代文学研究丛刊》2003 第 1 期。马俊江：《师陀与鲁迅》，《鲁迅研究月刊》2004 年第 8 期。

发现情况不是那么简单。

首先，是叙述人态度的复杂性：其中有同情(《说书人》《桃红》)，有美好的怀想(《灯》《邮差先生》)和明亮的幽默(《阿嚏》)，有温和的嘲讽(对葛天民、贺文龙、“傲骨”和“善用夸大的言辞和天赋的想象力来满足他们自己”的果园城人)和尖锐的讽刺(《城主》《刘爷列传》)，也有控诉(《颜料盒》)。

其次，是叙述人所站立场的暧昧性：同情和感同身受中有婉讽；语带讥讽，却是温和善意的。对果园城的统治者和败坏者们一方面尖锐讽刺；另一方面又留有余地，对他们的一代不如一代的衰败甚至抱有某种哀婉。即使是在近似控诉的《颜料盒》中，叙述人的“悲愤”也不是针对导致油三妹自杀的具体的“凶手”，在痛苦和愤激之上仍是对生命无常的悲伤。这样在《果园城记》中，无论是诸篇之间还是一篇之内，都存在不同的声音。你会怀疑，《阿嚏》《灯》《邮差先生》中的果园城和《城主》《颜料盒》《塔》中的果园城如何能共存？对有些篇目，你难以确定叙述人的态度：《果园城》中“我”的絮絮叨叨到底想说什么？《傲骨》中的叙述人是中立的、同情的还是嘲讽的？总之，贯穿《果园城记》中的叙述人的声音不是一个，而是多音齐鸣，其中有驳诘与认同，有讽刺与幽默，有批判与怀想。

这不是纯粹的讽刺、批判或否定，而是现代意义上的反讽。布鲁克斯把反讽定义为“语境对一个陈述语的明显的歪曲”[1]。当叙述人在《狩猎》中忠告读者：“你不妨顺从你的志愿尽量往远处跑，当死来的时候，你倒下去任凭人家收拾；但记住一件，千万别再回

---

① 布鲁克斯：《反讽——一种结构原则》，赵毅衡编选，《新批评文集》，百花文艺出版社 2001 年版，第 379 页。

你先前出发的那个站头。”当他在《一吻》中借主人公大刘姐的口叹息“人无尽无休的吵着、嚷着、哭着、笑着，满腹机械的计划着，等到他们忽然睁开眼睛，发觉面临着那个铁面无私的时间，他们多么渺小、空虚、可怜，他们自己多么无力呀！”，并要她的子女“不学他们妈妈的样”的时候，我们很容易认为他是在讽刺这两个还乡者。但想想孟季卿的无家可归，孤独地客死异乡，孟安卿不是有福吗？而大刘姐的“情不自已”，不正是人之为人并据之以对抗时间的凭据吗？反讽的议论与感慨中已隐含自我否定的因素，但并不明显，易为一般读者忽略。而《果园城记》的魅力，很大部分就来自这种反讽叙事所带来的游移性和复杂性。

但《果园城记》并不止于反讽。或者说，反讽并不是叙述人的最终目的。他面临的终极困惑不是小城的日常变迁和人事纠纷，而是这背后的时间。站在时间的维度和高度，他感叹生命的寂寞和无常。这生命不论是美丽的（素姑、大刘姐、传说中老员外的三女儿），丑陋的（魁爷、大小刘爷），是革命者（徐立刚），还是老百姓（葛天民、贺文龙），他们都要面对时间的考验，在时间面前，生命是平等的。空间的乡愁还有可能实现，时间的乡愁则永无兑现之日。明乎此，我们就可进一步理解叙述人对那些“罪大恶极”的人物如魁爷、刘爷以及陈世德（《无望村的馆主》）似乎都手下留情，也许在他看来，这些曾经不可一世而在时间面前同样显得渺小的人物，相比那些无家可归或有家不愿、不能归的人们，能够死在家里毕竟还是一种福气。反讽于是有了悲悯的味道，悲悯的对象因此也不止于果园城、果园城人，而是中国所有的小城和居民，当然也包括那位叙述人自己。

三、还乡者师陀

那么叙述人和作者师陀又是什么关系？回到叙述人马叔敖。作家一开始说不知道他是谁，他要到何处去，后来又承认“他的观点和感情有一部分就是我的，安到他身上也许并不完全合适”[①]。叙述人与作家的相似绝不仅仅是一部分，他不仅与师陀其他小说中的全知或有限的叙述人在本质上相通，与作家本人在情感和价值观上也存在本质上的一致。他完全可以称为作家的“第二自我”[②]。

所以师陀选择这样一个“可信赖的叙述人”似乎不仅是出于叙事策略，更是因为马叔敖的生活就是作者熟悉的生活。从孟林太太、素姑到葛天民、贺文龙再到魁爷、刘爷，这些果园城的居民都是他或多或少熟悉的人物，他们是乡愁的对象，叙述（议论）中的温情首先来自这里。难怪同时代的王任叔批评师陀“沉醉于诗样的温馨里”，“将社会的实相涂上了幻想的烟云，以美丽代替了血腥”[③]。王瑶在《中国新文学史稿》中也批评《果园城记》“一种消沉感伤的情绪又流贯其间，仿佛以往的封建秩序倒是值得怀念的太平盛世似的”[④]。“消沉”我们不一定认同，但他们的确看出了叙述中的感伤、哀婉与所谓批判的不协调。

但马叔敖（及其他作品中全知和有限的叙述人）并不是作家本人。忽略了这一点就会忽略小说这种文体的本质特征，即虚构性。

---

① 《师陀全集》第5卷，河南大学出版社2004年版，第270页。

② W.C.布斯著，华明等译：《小说修辞学》，北京大学出版社1987年版，第80页。

③ 刘增杰编，《师陀研究资料》，知识产权出版社2010年版，第226页。

④ 刘增杰编，《师陀研究资料》，知识产权出版社2010年版，第309页。

也就是说，在作家—叙述人—人物之间，存在多重的观照和距离，作家即使对于与自己最一致的叙述人（如马叔敖），也保持一个反讽的视角。举《三个小人物》为例，小说的主题看起来是批判讽刺无疑，但结尾一句“我们的故事就到这里收场；我不写这个英雄排闼上楼，在历尽千辛万苦之后去救他的美人，因为这是不真实的”，暴露了叙事的虚构可能性，使批判的严肃性打了折扣，而小说的内涵亦更趋复杂。对虚构的这种自觉是师陀作为现代小说家的一个标志。

所以有必要讨论现实中师陀与他的故乡的关系。师陀的生养地是河南省杞县化寨村，他在那里读私塾，度过他的少年时期。十四岁到杞县县城读小学，后到开封上中学。虽然师陀的代表性作品《果园城记》的背景不是杞县，而是他的一个共产党员朋友赵伊坪的家乡——河南省郾城。但正如作者在《序》中所说：“这是我的《果园城》，其中的人物是我熟知的人物，事件是我熟知的事件，可又不尽是某人的写照或某事的拓本。”风景是郾城的，人事却是故乡的。“我不喜欢我的家乡，可是怀念那广大的原野。”这句论者喜欢引用的话其实出自他的小说《巨人》（1936 年），但确实道出了现实中作家对故乡的态度。1935 年春天作者回家乡杞县主持分家，又遭遇官司。种种原因使他很不舒服，自谓“倒了一点霉”，对故乡了无好感。这“倒霉”的结果是写了一篇小说《毒咒》（1935 年 5 月），作为首篇收在短篇小说集《里门拾记》中。这也是师陀小说中对故乡抨击最严厉的一篇。《里门拾记》中的大多数篇什表达的是对家乡的恶感。

到写作《落日光》（1937 年）时，情形有了变化。《题记》中充满童年的怀想，收在集子里的《落日光》《鸟》《一片土》《江湖客》等充满乡愁。《野鸟》（1938 年）集中的《宝库》和《寻金者》着重书写乡愁。1936 年作家从北京到上海，途中在郾城（果园城的原型）住了半个月，顺便回了杞县，却没有回自己的家里住。这一次的回乡引发了《果园城记》（1938—1946 年）的写作。再一次的回河南是在抗日战争胜利后。对比作者的经历和写作日历，我们发现，一方面作家过家门而不入，另一方面作品中的乡愁却有增无减。决绝与缠绵就这样纠结在一起。

理解这个悖论就会理解孟安卿的过家门而不入、《一片土》中的“这人”四处寻求灵魂的“安乐土”、江湖客的拒绝还乡，就会理解孟季卿固执的远离故地，客死异乡。可以说，这些人物身上都有作者的影子。他们都是漂泊在外的自我放逐者。由漂泊而致的乡愁不仅捕获了小说中的人物，还捕获了写作者。乡愁的书写因此成了写作者聊以解愁及自我拯救的方式。

师陀的这种写作姿态在现代文坛上并不是特例。鲁迅、萧红与师陀在这一点上无疑是相通的：他们均取一种背对故乡的姿态，而在疏离、拒绝的姿态背后是割舍不了的乡愁。这个悖论造成了写作的内在紧张，而这种张力似乎只有通过小说这种虚构性和建构性的文体才能曲折传达出来。对师陀来说，在批判、讽刺之上，有更终极更基本的东西，这就是对故乡念兹在兹而致的绵绵不绝的乡愁——空间的和时间的，以及对于生命流逝的哀婉。因此对于师陀，写作就是纸上和精神上的还乡，乡愁是写作的动力，也是写作的归宿。

也是在这里我们发现还乡者师陀与沈从文及其他京派作家内在的相通。[①] 早在《果园城记》写作之前，刘西渭在《读〈里门拾记〉》一文中就敏锐地指出：“诗是他的衣饰，讽刺是他的皮肉，而人

① 马俊江：《师陀与京派文学及北方左翼文化》，《河北学刊》2003 年第 1 期。

类的同情者,这基本的基本,才是他的心。”①并把师陀与艾芜、沈从文相提并论。“人类的同情者”固是一个宽泛的概括,但确点出了师陀与其他左翼作家的不同。师陀与沈从文这两个还乡者的不同在于,沈从文的乡愁书写隔着更远的距离,有更多想象的成分,更多停留在“过去”,更理想化,主要是“空间的乡愁”。而师陀,更现实,更写实,更关注时间留下的毁坏的痕迹,可谓之“时间的乡愁”。有论者视沈从文的写作为“批判的抒情”②,那么师陀的故乡书写是否可称为“抒情的批判”?批判其表,抒情其里,批判与抒情难分难解,或者说,对于师陀,批判是抒情的一种方式。

第二节　知识者还乡的另一种叙述
——《掠影记》

在《师陀自述》中,作者说:“抗日战争前曾应《文丛》主编之一的靳以之约,写过讽刺知识分子的中篇小说《掠影记》,每章独立,各安一个题目,共约写了七章,后因抗战爆发,《文丛》在上海停刊中止。”③今天我们看到的《掠影记》,是作为三篇独立的散文收在《师陀全集》第3卷(下)(散文、诗歌卷)的《上海三札续集》中。《上海三札续集》集名由师陀生前设想,编者所加,收入作家和编者长期搜觅得来的佚文二十三篇,三篇的题目分别是《灵异》《还乡》《苦役》,副标题则均题“掠影记”,共三万多字。

---

① 刘增杰编:《师陀研究资料》,知识产权出版社2010年版,第208页。

② 王德威:《现代中国小说十讲》,复旦大学出版社2003年版,第127—184页。

③ 师陀:《师陀自述》,刘增杰编,《师陀研究资料》,知识产权出版社2010年版,第33页。

从写作和发表时间来看,《掠影记》写作于1937年上半年,分别发表于1937年4月15日、5月15日、6月15日的《文丛》第1卷第2期、第3期、第4期(《全集》第3卷的《苦役》篇后注明发表于第1卷第1期,似有误)。[①] 这之前,短篇小说集《谷》《里门拾记》《落日光》《野鸟集》中绝大部分已发表(只有收在《野鸟集》中的《寻金者》一篇是写于1937年4月),之后是以抗战为题材的《无名氏》(1938年)以及《果园城记》(1938—1946年)。

也许由于是未竟之作又没有单独出版的原因,这篇小说一直没有得到关注。笔者迄今只看到金丁(汪金丁,作者的朋友)在1937年8月10日《光明》第3卷5期上《论芦焚的〈谷〉》一篇中提及《马兰》和《掠影记》,并抄下《掠影记》中的两段,批评作者一改"爱世界,爱人生"的热情,"却变得非常冰冷而且酷苛地憎恶他应当憎恶的人与物了"[②],但没有展开进一步的论述。

然而,如果把《掠影记》置于师陀的整个创作中,并进而把它与其他作家的乡土题材类作品进行比较,就会发现,这不是一篇应当忽略的作品,相反地,这是一篇应当引起我们足够重视的作品,在某种意义上说,我们甚至应当把它当作师陀的一部代表作,它延续了师陀创作的一贯主题,又在深度、广度上拓展了它,预示了师陀创作的一种可能性。

一、在乡土小说主题之外

从已展开的情节来看,《掠影记》遵循的无疑也是"离乡—还

---

① 《师陀全集》第3卷(下),河南大学出版社2004年版,第642页。

② 金丁:《论芦焚的〈谷〉》,刘增杰编,《师陀研究资料》,知识产权出版社2010年版,第221页。

乡—再离乡”的还乡模式。北方某大城(北京?)文坛的知名人物西方楚一日与情人罗士散步至火车站,突然想起“走”,一个“遥远而且生疏,却又是许久以来就梦想着的熟稔”的“去处”在召唤他。一念之下,他买了火车票,目的地是他的故乡。还乡之旅由此展开。

这“走”其实并不奇怪,它只是一种突然的爆发。在第一篇《灵异》中,通过西方楚与罗士的对话,我们发现,触动西方楚这位向往永恒人性、追求纯净美的都市知识者的乡愁的,是他在城市日渐感觉到的荒凉、悒郁的空虚,这引发他对都市生活的否定和批判,“都市里只有堕落和疯狂,在他看来,是戕害人性、腐蚀聪明、消沉意志的地方,是罪恶的渊薮”。而乡村则截然两样,“在那里,有动人的故事,有美的生命”,“人们恋爱了,那就乘着黑夜爬过墙,或相约溜进青空下的旷野”,所以,“他需要一场暴雨,一阵眼泪,还需要热情”。一句话,现实的匮乏与不满足引发了他的乡愁之思,他需要找到一种相反的力量和源泉滋养和拯救他。

然而,正如我们想象得到,也在大部分还乡题材的作品中所展示的,这种抱着美好遐想的还乡注定是一次失望的幻灭之旅。西方楚到家后,先后遇到马朋大爷,一个精明的说话像蜜一样的人,如今成了瘸子;和六十多岁的,曾给西方楚(那时他还叫楚官)吃过奶的老妇人,她瘦得只剩皮包骨,只打量着在别人的田地里偷点吃的;西方楚挂念的“饿死老头”确实被活活饿死了;他的小学同窗做了大盗,绰号“仇半天”;他遇到庚辰叔,那个走起路来像鹭鸶一样沉默寡言的人,也应是西方楚最想见到的人——庚辰叔是他的儿时情人素姐和童年伙伴京哥的父亲;京哥早就不辞而别,杳无音信,据说已死在外面,而素姐——他记忆犹新,自信不会褪色的梦中的女主角,嫁了一个愚笨的乡下人,不受婆婆喜欢,又受到小姑和妯娌的陷害,常常哭着回娘家。

在《苦役》中，心地纯良平和的庚辰叔让人想到鲁迅笔下的闰土。“从各方面讲，庚辰叔都是一个极平常的人物，自少年起帮着父母租种着丁家的田地，从来没有遭遇过大的风浪，也没有做过要作麦豆以外的大事的梦。随后父母都安然在床上死了，他娶了一个比自己年轻十岁的老婆。老婆很贤惠。然而不幸已在远远的开始跟着他了。”先是他生了一堆“赔钱货”的女儿，接着又是一串嗷嗷待哺的儿子，饥饿总是如影随形地追着他。以上的一切均让人想起1920年代乡土小说家所展示的乡村图景。但是小说并没有像鲁迅在《故乡》中揭示乡村破败的根源，将闰土的“苦得像木偶人”归之于“兵、匪、官、绅”，或像茅盾的农村小说一样着力去揭示其背后的政治经济原因，它关注的无疑是乡人本身的生存状况，以及它对还乡者造成的冲击。

二、从启蒙到被故乡启蒙

在现代文学的还乡题材中，知识者还乡是小说中很常见的情节，是因为写作者本人的身份就是知识者。他们很熟悉这类人，在作者和还乡的知识者之间，存在很大的重合和交叉面，许多还乡者堪称作家的“第二自我”①。同时，以知识者（他们一般住在大城市）这种外来视角来叙事，便于凸显一种今/昔、城/乡、传统/现代乃至先进/落后的对照，以达到或揭示落后、愚昧的启蒙或表达人事变迁的感慨的目的。

这些知识者多半是幼年或青年时期离乡，为求知或求生来到大城市，或进入现代的大学，或参加一些进步团体，受到“五四”以

① W. C. 布斯著，华明等译：《小说修辞学》，北京大学出版社1987年版，第80页。

来新的思想和价值观念的影响，其价值观、知识结构与情感表达方式均发生了很大变化。若干年后，他们因为探亲、奔丧、搬家等种种原因回到了家乡，首先体会到的就是物是人非之感，记忆中童年时期的遗迹不再，昔日的玩伴、情人、朋友已面目全非：时光无情，已改变了一切。还乡者感慨青春不再，惊觉到自己的改变。其次，他们很快会发现自己与家乡的距离。空间的距离一旦缩小为零，现实的矛盾就显露出来。还乡者发现，一方面是自己对故乡日趋浓厚的思念；另一方面身在故乡的他又发现自己已成为“局外人”和“多余人”，对眼前的一切感到陌生。故乡人也是儿童相见不相识，对自己只怀着新奇和羡慕。双重的错位揭示出乡愁的一厢情愿，使得还乡主题常常演变为一个“失乐园”的故事。有很多还乡者就是在这样一种幻灭和失落中重新踏上离乡之路。

而师陀的创作有所不同。他的还乡者多半是农人（《巨人》）、士兵（《宝库》《过岭记》）、小镇居民（《狩猎》《一吻》），写知识者还乡的作品除了中篇小说《无望村的馆主》和刚展开情节未完成的长篇小说《雪原》（1940年）外，就只有这部《掠影记》了。在《无望村的馆主》中，作为知识者的“我”主要是起叙述人的框架作用（尤其是在开明书店的初版中），主人公无疑是那位陈馆主。因此以知识者为主人公的《掠影记》就在师陀的创作中具有代表性。

《掠影记》中的西方楚也和其他还乡的知识者不同，他经历了一种对他来说至关重要的转变。一开始，家乡的每况愈下让这个还乡者深感不适，正如他在给罗士的信中所说：“命运的激起我的归心，也正如绑匪的欲绑富翁的儿子，先在街头为他买一包糖果，它把我领进悲惨的境地，而是以幸福做饵。是的，这里的景象是悲惨的，我几乎想说它们也怀着哀伤，而且用凄怨的眼望着行人。”

在西方楚看来，乡人们活着仅仅是为着不幸。“他很想分受她和他们的痛苦，结果却丝毫都不曾分到；他好像一个旁观者从此岸望着彼岸，所得到的只是漠不相关的烦躁和懊恼；假如不经别人的提起，他是还有着自己不知道有着而确实有着的悲哀，他倒自以为仅是惆怅。"而庚辰叔的忽然自杀——他一小时前还与西方楚说过话，先是让他感到奇怪，然后让他烦乱："可是我们在他决心去自杀之前曾残酷的审判着他。"他对自己说。所谓"审判"指的是西方楚和舅父对庚辰叔的一连串不幸的谈论。

> 渐渐的天色黑下来了。流萤正在幽幽的从河上飞过。在远处——夜色下面正炽旺的烧着野火。在那里，一定伸出着被火光照红着的脸，沉醉在梦境中的脸。他想起庚辰叔怎样担负着一家的生活，怎样向前挣扎，忽然他听见"就是……活不下……去了"。
>
> "活着在他是一种苦役……"他说。可是人家从死的安息中把他救出来，他不能不活下去，他不能不继续挨受着自己的苦役。①

小说到这里结束。"活着就是一种苦役"，显然这是针对庚辰叔的遭遇而发的，但是，西方楚此时的感慨无疑也指向了他自己。从失望、惆怅懊悔到悲伤、哀婉并感同身受，这就是西方楚还乡后的心路变化。从这里我们看到，西方楚与故乡的距离也在悄悄地发生微妙变化。如果说在踏上故乡的土地之前，西方楚对故乡充满了一厢情愿的美化，故乡乃是作为他梦想和激情的源泉，以及美好的过去（童年和爱情）的所在地，那么，在目睹了故乡一系列的变

① 《师陀全集》第2卷，河南大学出版社2004年版，第642页。

故和败象之后，想象中的故乡越来越远，现实中的故乡却越来越近了。而庚辰叔的自杀最终促成了他与故乡的亲密接触：他不再是一个旁观者和陌生人，他跟故乡有了血肉般的联系，开始切身感受到故乡的脉动和痛苦。西方楚没有在幻灭和失落中离乡，没有匆匆忙忙对故乡做出启蒙式的审视和批判，而是开始了自我反思，走上了自我启蒙之路。换句话说，主人公精神上的还乡之旅刚刚开始。

从这里我们看到，西方楚还乡的目的不是为了揭示故乡的落后和停滞，不是为了启蒙大众，批判国民性，或者唤起革命——这是启蒙乡土小说家和左翼作家的关注点，而是落脚到自我的重新定位，或者说，对西方楚来说，还乡的结果将是自我认同的重塑。“从想象到现实”是还乡题材的普遍展开模式，这种模式本身已暗含了批判，但对于师陀来说，批判不是终极的目的，书写的归宿是写作者的乡愁表达和纾解，乡愁亦成为认同的路径。

三、视角与距离

《掠影记》透露出的师陀还乡书写的复杂性与它的叙述密切相关。前面提到金丁引述《掠影记》中西方楚的两段话（分别见于《灵异》和《苦役》），并批评作家“变得非常冰冷而且酷苛地憎恶他应当憎恶的人与物了”，显然，在这里金丁将西方楚的言论等同于作家本人的言论了。但如前所述，在作家与叙述人、叙述人与人物之间存在各种距离，造成了师陀小说的复杂性。

先就叙述人与人物的关系来看。《掠影记》的叙述视角是“有限＋全知视角”。“有限”是指通过主人公西方楚去观察、描写、思索，“全知”是指全知叙述人对西方楚的视线不及之处进行补充。比如写到马朋大爷的精明，他如何获得族伯的信任，写庚辰叔的两个导致厄运的梦，都是全知叙述，早年离乡的西方楚不可能了解那么多、那么细。但贯穿全篇的是西方楚的有限视角。作为一个具备自我反思意识的知识者，他很胜任这个角色。随着叙述的展开，叙述的重心越来越从一种客观的观察转到西方楚的内心反应上，直至结尾的一个情感的升华。也就是说，叙述人对主人公有一个从温和的嘲讽到保持距离（中立）再到同情乃至认同的转变过程。

金丁引的第一段是西方楚关于“蛮干的青年人与疯狂的老年人”的议论，这段话体现出西方楚作为一个知识者的理性，如果就事论事，不能说他没有道理，可看出叙述人对此持一种中立态度；第二段关于“机会的偶然与爱捉弄人”的议论（见于西方楚写给罗士的信中）其实是主人公的自我解嘲：他的回乡经历已让他体会到什么是一厢情愿。话中透露出某种无奈和反讽意味，叙述人对此是基本予以认同的。总之从这两段议论中无论如何看不出“冰冷”和“酷苛地憎恶”。何况叙述人与西方楚还保持着距离（比如西方楚到最后仍旧不理解在庚辰叔自杀的家里，村民们从不知主人死活时的紧张到得知其活过来时突然的放松，“好像这里刚才进行着的不是自杀的命案，不是一个人渴望着死而又死不成功的悲剧，而仅仅是一件意外的喜事”），更不用说作家与叙述人之间也并非完全一致了。

总体上说，《掠影记》中的叙述人对他的叙述对象持一种平视的视角。他既对身处优越者地位的西方楚保持距离（当然前后有变化），又对贫困交加的乡下人取一种同情的理解。这“同情”并非居高临下的，也不渲染他们的“水深火热”，而只是平实地写出他们的困窘、隐忍、挣扎和梦想，写得最好的庚辰叔的形象是比闰土更加丰满的。

那么如何理解作家自己说的“讽刺知识分子”或“讽刺自命清

高者”的说法?[1] 首先我们要注意这种说法见之于20世纪的七八十年代。由于种种原因,作家1949年后的说法对1949年前的创作往往有一种突出其批判和讽刺的趋向(试比较《果园城记·序》和《果园城记·新版后记》),对作者的说法我们不能“照单全收”。另一种可能是,作家本来是想把小说写成讽刺性的,把西方楚写成一个自命清高的“负面典型”,但是写作途中发生了变化,对主人公认同的因素逐渐占据上风,讽刺渐渐消失了,转变为理解。第三种可能是在小说的未完部分直至结束,西方楚仍是作为讽刺的对象出现,讽刺成为小说的主要价值取向。从小说已展开的情节并结合师陀的整个创作来看,显然第二种可能性更大。

1. 西方楚一开始出现就是一位具有自我反省意识的知识者,叙述人对他即使有嘲讽,也是温和的,也就是说,作家一开始就不准备把他作为一个“负面形象”来写。

2. 西方楚是一个还乡者,被乡愁驱使回乡的还乡者。通观师陀的创作,这一类人在师陀笔下总是被罩上一层温情的光辉(《寒食节》中的三少是例外,因为他从根子上斩断了和故乡的牵连),他们即便受到嘲讽,也是在温和的底色上或在反讽的语境下进行(《果园城记》中的《狩猎》和《一吻》是代表),这与师陀乡土创作的整体基调相关:批判、讽刺的表面下是乡愁的抒情。其根源在于作家的“故乡情感”和“故乡意识”。[2] 这既是师陀与致力于讽刺的作家如张天翼的不同之处,也是他和沈从文的内在相通之处。虽然看起来他们的差异很明显,一个是田园视景的构建者,一个是田园视景的解构

① 《师陀全集》第5卷,河南大学出版社2004年版,第381页。

② 梁鸿:《论师陀作品的诗性思维——兼论中国现代乡土文学的两种诗性品格》,《中州学刊》2002年第4期。

者，但沈从文的构建中已隐含自我质疑的声音，而师陀的解构又何尝不是出于对乡愁的念念不忘，所以可以视为一种反向的认同。

如果按照这种解释，《掠影记》就再一次凸显了乡愁的力量，它使一个自命清高，其实是悬在半空的都市知识者落脚在故乡的土地上，重新思索自己与故乡、土地和人的关系，重新确定自我认同（让人想起废名笔下返乡的莫须有先生）。在这一点上，作者师陀无疑和这位主人公有感同身受之处（正如他与《果园城记》中的叙述人马叔敖一样）。也正是在这个意义上，《掠影记》才显示出它的重要性，对于师陀整个创作的重要性，对于现代乡土小说创作的重要性。它表明，把师陀归入以鲁迅为代表的国民性批判的作家行列是仅仅看到和突出了他的一个方面，他的创作中更基本、更中心的层面，即乡愁的认同反而被有意无意遮蔽了。

第三节　现代杞人的“认同之旅”

——《夏侯杞》

一、关于《夏侯杞》

在写于1980年的《芦焚散文选集·序言》中，师陀提到《夏侯杞》的写作，“《夏侯杞》用康了斋这个笔名，最初陆续发表于《文汇报》副刊《世纪风》”（时间是1938年秋天至1939年4月间），到最末一篇《苦柳》写完，距最初的写作已近十年，“因为今天已无重印的必要”，所以在《芦焚散文选集》中只选了《夏侯杞》中的十七篇。① 2004年出版的《师陀全集》将《夏侯杞》作为散文诗收在第3

① 《师陀全集》第3卷（下），河南大学出版社2004年版，第488页。

卷(下)(散文、诗歌)中,共收入散文诗二十八篇,由师陀生前编定。

查《师陀全集》第5卷中的《师陀著作年表》,提及《夏侯杞》的篇目二十二篇。其中,注明出版日期和刊物的有十二篇,分别是1939年春《文汇报》的《夏侯杞》,1944年3月1日《万象》(第3年第9期)上的《夏侯杞》(包括四个单篇《善恶》《童心》《戒言》《一个自私的人》),1944年8月1日《万象》(第4年第2期)上的《夏侯杞》(包括《坟》《座右铭》《爱》《老营》《完了》,即《哀荣》五个单篇),1945年6月1日发表于《文艺春秋》丛刊之四《朝雾》的《夏侯杞》之《笑与泪》《慈善家》两篇。仅注明写作日期的有《纸花》(1940年10月12日),《投机家》(1941年8月23日),《作家先生》(1941年8月24日),《镜子》(1941年8月30日),《笔录》(1941年8月30日),《灯下》(1945年9月15日),《那本老书》(1945年),《天鹅》(约1945年)①,《苦柳》(1947年)。《年表》中没有提及的七篇是《健全》、《作家第二章》(1941年8月24日)、《生命》(1941年8月30日)、《人性》、《惆怅》、《卑下的人》、《死》(根据推算,此七篇中应有两篇划归到《文汇报》上发表的《夏侯杞》题下)。

从篇后注明的情况看,除了用"康了斋"署名,也用过"君西"(《天鹅》)的笔名。作者还提及《那本老书》用的笔名是韩孤,并提到《万象》杂志刊登过两则《夏侯杞》,其中之一是《灯下》。② 但笔者查1941—1944年上半年的《万象》,没有发现《灯下》,钱理群先生在《〈万象〉杂志中的师陀的长篇小说〈荒野〉》一文中列举1943—1945年《万象》杂志上师陀的创作时也没有《灯下》,所以可

① 据胡斌考证,《天鹅》的写作时间属于作者误记,而且它不属于散文诗集《夏侯杞》。见胡斌:《师陀〈夏侯杞〉考——师陀史料考辨之一》,《南京师范大学文学院学报》2014年第4期。

② 《师陀全集》第3卷(下),河南大学出版社2004年版,第488页。

能是作者将《灯》误记为《灯下》之故(他提到的“两则”之另一则可能是《邮差先生》)。钱理群在同文中也指出《灯》和《邮差先生》(包括两次刊出的《夏侯杞》九章)在《万象》上都是以“散文”的名义发表的。① 它们分别载于《万象》第3年第1期(署名韩孤)和第7期(署名芦焚,目录中误为高岑),后收入短篇小说集《果园城记》。

从以上的情况可以看出,《夏侯杞》的写作跨度长,笔名不一,发表刊物不一,可以说是断断续续写成的,带有某种随笔的味道,很难说作家一开始就是抱着一个特定的主题去构思的,也可能是后来的写作并没有按照最初的设想来进行。根据现在的了解,二十八篇中,真正列在《夏侯杞》题下的最多十三篇,把二十八篇归结到一个总题下是作者事后的编辑,从这里我们可以提出的问题是,师陀为什么将这二十八篇散文诗归结到《夏侯杞》的名下,并且没有按照写作的先后顺序来编排?

也许是由于上述原因,加上没有单独结集出版,《夏侯杞》在当时并没有引起关注,1949年后师陀散文的研究者也几乎不提这部作品。就笔者所见,只看到《新文学史料》2005年第2期上海天野的一篇《师陀的诗与诗论》中,用四千字左右的篇幅专门论述《夏侯杞》。文章解读了《夏侯杞》几个单篇的主题,称夏侯杞是贯穿性的抒情主人公,作品“采用第一人称的对话与独语的体式”,“善于设喻”,“诗作融抒情性、议论性与描述性于一体,既有散文的舒展,又有诗的凝练……”,“包含着师陀丰富的生命信息”。结论是,“这部散文诗的文学史价值是不应低估的”。

在笔者看来,这部《夏侯杞》之于师陀,正如《野草》之于鲁迅,

---

① 钱理群:《〈万象〉杂志中的师陀的长篇小说〈荒野〉》,《中国现代文学研究丛刊》2005年第3期。

《空山灵雨》之于许地山，《画梦录》之于何其芳，《烛虚》之于沈从文。作为一个现代作家，师陀是较少谈论自己和自己的创作的，所以作家内在的精神世界让我们难于把握，而夏侯杞——这位现代杞人（师陀的故乡是河南杞县）正是在《夏侯杞》中袒露出自己复杂的内心世界，我们相信这也是作家的内心世界。其次，是这部作品的形式的创新。在这之前，我们有鲁迅的“独语体”，周作人、林语堂为代表的“闲话风”，何其芳为代表的“独语”，同时期则有张爱玲的“私语”，沈从文的“沉思”。把《夏侯杞》放在这个网络中，仍可看出它的独特性。

二、独白与对话

《夏侯杞》的独特首先来自它的叙述形式。夏侯杞是叙述人和人物“我”，又是被叙述对象（“你”和“他”）。可以把《夏侯杞》中的叙述分为三种类型：我—他（他们）；我—你；叙述人—他（夏侯杞）。

我—他（他们）型：包括《健全》《那本老书》《卑下的人》《善恶》《慈善家》诸篇。这个“我”有时候以“我们”的名义出现，“他”则是我之外的“他者”。

《那本老书》从住我对面某家的两个小孩先念英文后念日文，家里来的年轻客人先唱日本歌，后唱（抗战）胜利歌的现象，讽刺那些没有节操，只以一己之私为进退的人。结尾说：“我们这个民族几时才能放弃那本老书，改个调子唱唱？”《卑下的人》从“吃面包没有白塔油还成？”推断出一类人的存在，他们认定：“一个人活着必须做官、刮钱、睡觉、生孩子、讨姨太太；穿袍子必须穿马褂；穿西装必须打领带；旅行必须坐飞机；看戏只有看谭叫天；赵匡胤是生成的皇帝；满洲人注定该统治全中国近三百年；墨索里尼是天生的黑衣宰相;洋车夫活该吃'外国火腿';强盗根本就是贼种! 你怎么能让他知道世界上还有别的? 你怎么能让他知道人生在世需要工作、正义、理想?"①

《善恶》《慈善家》则把讽刺的矛头对准那些高高在上的施舍者,一针见血指出他们"做好事"是假,借"好事"之名装点自己,放一笔债,将来好收加倍的利是真;《慈善家》中那位被媳妇、孙女、孙媳妇簇拥的老太太像喂猴子一样丢给流落在外的孩子一块糖,可这猴子既没有欢欣雀跃,也没有俯首道谢,使施主们的期待落了空。"这是一件平常事。我不十分明白是怎样来的感情,可是许多年来,每逢想起那位老太太像看一只初生的小狗似的说不尽的有趣神情,我总忍不住心头的厌恶。幸喜,谢天谢地! 她老人家不是作家,要不然她也许会写成文章拿去换稿费的。"这一类型中的"我"多以批判者、讽刺者的面目出现,批判讽刺的对象是那些都市人:大人、先生、小姐、太太和有钱人。在"我"看来,他们是摆在桌子上、窗台上、炉顶上,没有生命,没有香味,没有色泽,没有见过阳光,没有经过风霜雨露的纸花(《纸花》)。作为"他者"出现的都市人成为批判警示的对象,从反面凸显出"我"的存在和价值观。

我—你型:这个"你"除了在《投机家》和《一个自私的人》中是被讽刺的"他者"外,大多是作为叙述人"我"的另一半出现。在这种"我对你说"的方式中,有嘲讽:对那些自以为有恩于人,斤斤计较别人回报的"恩主"(《一个自私的人》);有自勉:如《座右铭》中借"一个声音"提醒自己"你活着要为你自己负责,好生记住——你为你的生命负责。然后你才知道培养你自己,爱惜你自己,善用你自己;你为你的人格负责,然后你才会督励你自己,尊重你自己,反

① 《师陀全集》第3卷(下),河南大学出版社2004年版,第689页。

抗世上的一切罪恶，使自己不为不善”。有自我审视：在《作家先生》和《作家第二章》中，夏侯杞向他的作家朋友进言：“你活着的时候争取正义，追求理想，手里拿着笔你随意安排，就像你是一位总督——尽由你！等到一只手将你的眼睛蒙起来，你便遇着一个大悲剧。”这只手就是时间之手，这历史上的永久胜利者，不管你是作家，还是投机家，都难逃它的大网，所以不要视自己的写作为全世界。“你写，你解释，自以为在世界之外创造一个世界，你写英雄写的有声有色，写贞静的处女像玉簪花，可是你真懂什么是生命吗?”这是对包括自己在内的生命之渺小与卑微的感叹，也是对写作的反省。所以“平凡人应该选择一条平凡道路，我们应该知道的是馒头的味道同蔬果的味道，我们的责任是让生命穿过乱石、树林，并流过田野。如果我们的地位使我们感到不舒服，我们就将这地位改变”(《笔录》)。平凡的生命亦自有其美丽与庄严处，我们要做的是将生命诚实地度过，远离那些骄傲或自命不凡者(《戒言》)。一种自审和辩难意识贯穿在自言自语式的独白中。

叙述人—他(夏侯杞)型：包括《灯下》《童心》《爱》《惆怅》《坟》《哀荣》《老营》等篇。焦点在夏侯杞的生与死的体验，对爱与童心的感悟上。从《灯下》到《老营》，记录了夏侯杞从生到死的一个人生轮回。对于夏侯杞，童年的时光是一个美好的梦。“外面是寒冷的，灯光照着他睡熟了的脸，他母亲坐在他身旁，屋子里却充满了希望、幻象和温暖……可是这梦真长，当他一觉醒来，他已经一个人被留在这个冷的满目苍凉的世界上了。”《坟》则借一个风水先生之口，预言夏侯杞的漂泊命运：“他将因此历尽风尘，受尽苦楚。”终于，流落四方的夏侯杞，像那位被人嘲笑的西班牙穷骑士堂吉诃德，回到他的老营——他的故土，在那里他回忆他的如梦人生：“在我们追寻的时候，一切虚构的幻象都是真实的，不能更可靠的。而夏侯杞却回到了他生活过的故土。他寻觅的是他小时候曾经在里面洗澡的水塘，他端午节曾经采过百草的土坡，他曾爬上去过的老弯腰树，他在后园里栽的小树……还有什么比这些更真实？可是又有什么比这真实更空虚，更增人惆怅？”在这漫长的梦中，最经常忆起的仍旧是童年。《惆怅》从夹在书中的一张记录着童心痕迹的枯黄纸片，感叹童年的失落；成年的夏侯杞因童心未泯扮演起小甲虫的牧人，随即又因这小孩子的游戏被窥破而害羞（《童心》）。失落童心的夏侯杞成为世界上的孤独者，在这个“蝴蝶与金盏花相戏，蚂蚁同青甲虫争攘，名生其生乐其乐”的世界上，“夏侯杞却是谁也不关心的孤独一个人”（《爱》）。

这个叙述人一方面站在一个全知的上帝般的高度观照夏侯杞的前世今生，展示出他复杂的内心世界；另一方面从叙述中充满的温情、怜惜和感叹中我们又不难发现他与夏侯杞之间的重合面：同是芸芸众生中的一员，都要面对时间的折磨，体验漂泊、失落和孤独的滋味。

三、“夏侯杞”是谁？

虽然采取了不同的叙述形式，但它们围绕的中心却只有一个：夏侯杞（或“我”“你”“他”）。《夏侯杞》的主人公就是夏侯杞，他既是主人公又是叙述人，也是被叙述对象，还是对话者和听众。每一种角色都只呈现了夏侯杞的一个内在方面，一个精神的和情感的侧面，不同的角度结合起来，我们就可以大致窥见一个较立体的夏侯杞了：

这是一个漂泊者和怀乡病患者。第一篇《灯下》就预告了夏侯杞的命运：“一个人被留在这个冷的满目苍凉的世界上了。”《坟》更宣告了夏侯杞“历尽风尘、受尽苦楚”的命运。从此这个无家可归者就走在寻觅家园的路上。他漂泊到都市，却不把都市当作自己的家。他瞧不起苍白、虚伪的都市人（《纸花》），厌恶都市人的伪善（《善恶》《慈善家》）、愚蠢（《卑下的人》）、自私（《一个自私的人》《投机家》）和无节操（《那本老书》）。在他看来，“他们没有信仰”，是正牌的“现实主义者”，“如果对自己有利，他们便以杀父的人为父，以欺嫂的人为兄”，他们“拿徽章规定人的高下，犹之乎军队以肩章分别等级”（《苦柳》）。这是一座罪恶之城，对于这城他永远是异乡人。因此他念念不忘他的起源地和童年（《童心》《惆怅》），死也要死于故土（《老营》《哀荣》），并把死视为回到外祖母的家。

这是一个生命的热爱者、体验者和悲悯者。爱首先根于对人性的理解。《人性》一篇借我的朋友的遭遇指出那些简单愚昧的人，“即使他们骂了你，即使他们做了许多错事和蠢事，有时候你也觉得他们比精明人可爱”。他们也许粗丑、愚笨，但往往因为简单原始而显得本色真实。而埋首书斋，两耳不闻窗外事的作家却往往和生活脱了节，就像《掠影记》中的那个都市知识者西方楚，一方面追求所谓永恒的人性，一方面却往往忽略了身边最真实的生命。因此真正值得重视的是生活与生命。这生命不是英雄伟人的高贵形态，而是凡夫俗子的生活状态。“每经过一次危险，你等于白拾一个，譬如别人活了一生，你却活了无数生；倘使它碎了，你曾真正活过，于你并没有损失。”而所谓的“爱”，就是一种基于人性理解之上的博爱，“我”并非基督徒，并不妨碍我理解“爱在神即在”这句基督箴言（《爱》）。因为有包容性的爱，夏侯杞头发已白而童心未泯（《童心》《惆怅》），并快乐着别人的快乐；因为明了人性的不完善，深味人性的复杂和生命的多方，所以他能身体力行，承担起生活的苦役，而呈给别人以笑脸（《笑与泪》）。这样当生命临近终点，“人生所有的香味业已全在我们心里”，我们才会视死如归，“我们快乐的等待着，犹之乎我们小时候准备到外祖母家去,快乐的等着穿上新衣”(《死》)。

一个先知和预言者。夏侯杞站在芸芸众生中,审视自己的渺小与盲视,警醒自己不要脱离众生,远离生活,是一个自我反思者。但他有时又超越众人之上,扮演一个先知和预言者的角色。他从小青虫的命悬一丝悟出我们的深渊处境,而“好就好在我们看不见我们所处的地位”(《生命》);在《镜子》中,他指出我们永远只愿看见自己的优点,所以“上天降福我们,我们少生一只能够看见自己的眼”,让我们感觉良好;在《醉语》中,他鼓舌如簧。“全世界的人,尤其你们——东方人,”他叫喊,“当你们说‘古时候’,你是想什么都不做;当你们说‘我们那时候’,你是像一个债主希望从你们的子孙得到加倍的利息。”

由此可见,《夏侯杞》以《灯下》主人公被孤零零抛在世界上始,叙述了夏侯杞——一个现代游子从生到死的一生,却没有止于他的死,而以又一次的返回到童年作结,暗示生命的再次循环,夏侯杞只是这循环中的一链。这里我们看到作者师陀和这位现代杞人的一致之处,或者说师陀就是夏侯杞:一个漂泊的异乡人,一个还乡病患者,一个生命的体验者和以自我为对象的写作者。但夏侯杞又是《夏侯杞》的主人公,作家师陀笔下的一个人物,这就使得作家能站在一定的距离之外来描述和反思这个“我”。

在这个意义上,我们应把《夏侯杞》理解为一个质疑自我、探寻自我和建构认同的文本。它涉及生命、爱、童年、家园、人性等与自我认同密切相关的话题①,这些话题似乎与写作的战争年代没有

① 耐人寻味的是,1981年江苏人民出版社出版的《芦焚散文选集》中,收入的《夏侯杞》十七篇集中展示的是一个批判性和讽刺性的主人公,落选的那些篇目如《作家第二章》《生命》《童心》《爱》《人性》《死》《老营》则显示出主人公精神和情感世界中远为复杂和深邃的一面。

直接的关联(《那本老书》除外①),它专注于一己之内心世界,尝试在动荡的年代为自身定位。而正是这种距离感带给散文诗一种沉思的气质,它沉思的对象不是抽象的美和生命形式(这是沈从文《烛虚》的关注点),而是自身的人生轨迹和思想、情感片段。

而这一切又是通过叙事和抒情这种“话语形式”来实现的。其中既有辩论性的“自言自语”,又有内省式的“私语”和沉思式的“独语”。只是在《夏侯杞》中,自语、私语和独语都是对话,是“我”与“我”与“你”与“他(他们)”的对话的一种方式。这是它与《画梦录》的“独语”的区别所在。《画梦录》建构的是一个自足的、自我指涉性的封闭世界,而《夏侯杞》的对话性使得“我”的世界呈现出一种开放性,对话中有自我认同,更有自我质疑与驳诘,显示出这个“自我”的内在矛盾性和复杂性:既追求快乐又天生忧患,既冷静犀利又多愁善感,既想融入众生却又自我疏离。最大的矛盾也许在于,“我”深知写作的虚妄与耗费生命,却又不能不勉力为之——“我”正是通过写作才得以建构起来。而散文诗这种最属己的、片断式的文体,其跨边界的模糊性(既是叙事的散文,又是抒情的诗)无疑为不确定的自我认同提供了一条很好的路径。这种非连续性的表达方式与未完成的、断裂的现代自我形成一种同构关系,凸显了现代中国认同的复杂性和丰富性,使得它与鲁迅的《野草》有着更多本质性的相似。因此,作为一个实验性的文本,《夏侯杞》不仅对于师陀,而且对于中国作家的自我认同探索都具有独特的价值和意义。

---

① 胡斌认为,《那本老书》与《天鹅》都应该被《夏侯杞》排除在外,参见胡斌:《师陀〈夏侯杞〉考——师陀史料考辨之一》,《南京师范大学文学院学报》2014 年第 4 期。而李永东则强调《夏侯杞》的战时孤岛语境与民族观念表达,参见李永东:《孤岛语境、民族观念与杞人之忧——解读师陀的散文诗集〈夏侯杞〉》,《中国现代文学研究丛刊》2012 年第 2 期。

第六章　萧红的情感与女性认同

"故乡"能否成为现代个体的开端与起源，与还乡者如何想象故乡、叙述故乡，能否确立与故乡的内在关联，即能否最终建构故乡有直接关系。萧红无疑是中国现代作家中极少数在"故乡"与"自我"间建立深层关联的作者之一，她的自我认同之路就是对故乡的回溯与建构之路。这是一条不同于前述男性作家的，集中体现了现代女性作家自我认同之痛苦与悖论的还乡路。

第一节　从"寂寞"到"荒凉"

提及萧红其人其文，人们经常想到的一个词是"寂寞"。这是茅盾在写于1946年的《呼兰河传·序》中的一个重复多次的关键词(有论者数出了二十七个"寂寞")。茅盾的"寂寞说"于是成为人们评析萧红创作的一个必要的指导和参考。

茅盾是站在主流的男性批评家的立场来解读萧红及《呼兰河传》的，他不可能与作为女性的萧红感同身受，不可能给予萧红的写作非常积极的评价。茅盾把萧红"寂寞"的原因归之为一方面陈义太高；另一方面又不能投身到农工劳苦大众的群中，把生活彻底改变一下(丁玲就是这样走过来的)。显然在茅盾眼里,“寂寞”是一种“女性化”“封闭”的情感。①

但是并不能因此而否定茅盾的评价,也不能因此对“寂寞”一词敬而远之。应该改变的是我们对“寂寞”的理解。“寂寞”确实是萧红情感词典中的关键词(事实上,“寂寞”也是在鲁迅、师陀和沈从文的文字中经常出现的词语),但不是一个负面的、消极的词。对于萧红,这既是一种情绪,也是一种自我认识,一种个人立场,一种抵制和固守,也是写作的动机和动力。

寂寞与孤独源自与故乡的隔绝,源自长期漂泊不定的生活。在1927至1942年这段萧红最美好的时间里,她有过十五次以上的迁移经历,平均下来,她在每个地方住的时间不超过一年。事实上,萧红没有在一个地方住过两年以上。在上海的不到两年的时间里,就换了七八个住处。

萧红成了一个名副其实的生活在路上的女人。而这种漂泊毫无浪漫可言,又使她失去了与根——她的故乡的联系。当然,萧红是主动逃离故乡的,是为了反抗婚姻和个人的自由,但逃离时候的她一定不会想到付出的代价是如此之大。“寂寞”如影随形跟着她,使她在任何一个地方都找不到家的感觉。她仿佛穿上了传说中的红舞鞋,难以让自己停下来。

萧红的寂寞当然也和她的情感经历有关。作为一个女人,她经历了太多作为女人的痛苦,这点哪怕是最亲密的人都是无法体验和理解的。但萧红的寂寞也不是某个理解她的人所能消除的,它也是一种更深层的文学理想和精神上不能沟通的反映。正是这种形而上意义上的孤单,使她感叹:“我总是一个人走路,从前在东

---

① 茅盾:《呼兰河传·序》,《萧红全集》,哈尔滨出版社1991年版,第99页。

北，到了上海后去日本，从日本回来，现在的到重庆，都是我自己一个人走路，我好像命定一个人走路似的……”①

对于渴望爱情及想有所归依的萧红来说，一个人走路带给她无边的寂寞和痛苦。但萧红并没有被寂寞和痛苦所压倒。她拿起了笔，记录下自己的生活和生命历程，写作也因此成为排解寂寞和痛苦的方式。但即使在最早写作的《跋涉》中，萧红也没有把写作仅停留在发泄痛苦的阶段（她的作品中很少有像郁达夫或沈从文前期作品中的无节制的感伤）。她对自己的生活一开始就抱着一种审视的态度，将其客观化了，这表明萧红写作伊始就显露了作为作家的自觉。

哈尔滨、北京、青岛、上海、东京、香港……萧红与故乡渐行渐远。但对“家”的渴望却丝毫未减。《商市街》里的体验除了饥饿就是“家”的寂寞的体验。“多么无趣，多么寂寞的家呀！我好像落下井的鸭子一般寂寞并且隔绝。肚痛，寒冷和饥饿伴着我……什么家？简直是夜的广场，没有阳光，没有暖。”②这落下井的鸭子曾经是童年萧红的口中美味（祖父烧给她吃），如今她却与它感同身受。“玻璃生满了厚厚的和绒毛一般的霜雪，这就是‘家’，没有阳光，没有暖，没有声，没有色，寂寞的家，穷的家，不生茅草的荒凉的广场。”③可是这样不像“家”的家，要走的时候还是恋恋不舍。

寂寞是萧红的主导情绪，也是她的创作完成的空间氛围。是寂寞让她得以静下心来开展个人性的写作，是寂寞使她与时代大潮保持一定的距离，是寂寞使她意识到自我的存在，而没有随波逐

---

① 梅林：《忆萧红》，《萧红全集》，哈尔滨出版社 1991 年版，第 1330 页。
② 萧红：《搬家》，《萧红全集》，哈尔滨出版社 1991 年版，第 580 页。
③ 萧红：《他的上唇挂霜了》，《萧红全集》，哈尔滨出版社 1991 年版，第 591 页。

流，将自己融入一个时代的合唱中。可以说，寂寞成就了萧红的写作。她在为寂寞付出代价的同时，亦收获了它的回报。[①] 沈从文说寂寞是可以生长东西的，萧红是又一个例子。

但正如前述，萧红的创作不仅仅是为了排除寂寞。寂寞只是她作品的主导情感之一，不是其抒情内涵的全部。萧红的创作，立足个人的琐碎的、情绪的、寂寞的日常生活，却又提升了它们。她有更深更远的关怀。如果说萧红的全部创作都是离开的产物，那么她创作的一个深层主题就是回去，回到后花园，回到故乡。当然这"家"与"故乡"已非现实中她要逃离的所在，而是经过回忆的构建而成的情感与精神的归属地。

1941 年 9 月，在她的绝笔《九一八致弟弟书》中，萧红说到自己回弟弟信的时候，"总是愿意说一些空话，问一问家里的樱桃树这几年结樱桃多少？红玫瑰依旧开花否？或者是看门的大白狗怎样了？关于你的回信，说祖父的坟头上长了一棵小树。在这样的话里，我才体味到这信是弟弟写给我的"。这段话让人想到《呼兰河传》的"尾声"。故乡的后花园和慈爱的祖父成为她与弟弟之间亲情的媒介和证明，这是他们的共同记忆。即使是主动逃离的家，依然不仅是写作中的牵挂，也是现实中的牵挂。

"她所渴望的，也是她深深恐惧的；她想靠近的，也是她曾坚决拒斥的；她已放弃的，其实一直深深纠缠；她勇往直前，却只为叶落

---

① 对萧红之"寂寞"的理解与争论，参见王科：《"寂寞"论：不该再继续的"经典"误读——以萧红〈呼兰河传〉为个案》，《文学评论》2004 年第 4 期。陈桂良：《"寂寞"论果真是对萧红作品的"经典误读"？——也谈茅盾评〈呼兰河传〉并与王科先生商榷》，《文艺争鸣》2005 年第 3 期。卢建红：《寂寞萧红以及萧红的"寂寞"》，《名作欣赏》2008 年第 8 期。

归根。”[1]离开是为了回来，这是她离开时绝未想到的。虽然肉身不能回到故乡，但她的写作尤其是1940年代的写作无不是朝着回家的目标行进，包括《呼兰河传》（1940年12月完稿）、《北中国》（1940年3月）、《后花园》（1940年4月）、《小城三月》（1941年7月）和由萧红口述、骆宾基整理的《红玻璃的故事》（口述于日军进攻香港之时）。这些作品的一个共同点就是：都萦绕着故乡衰败的气息，贯穿一种悲凉的调子，共享一种荒凉的结局。

《北中国》写的是耿家这个一直受尊敬的大家族衰败的过程。直接原因是大儿子的出走，据说是要去打日本，最后却死于内战。小说表现的与其说是对日军和国民党的抗议，不如说是对“家”之衰败的哀婉。

死的阴影也出现在《小城三月》和《红玻璃的故事》中。《小城三月》中的翠姨因为受到了我们这些在外读书的人的启发而感觉到了自身的不足。但她对于自己被规定的命运只能采取一种消极的或者说是自杀性的抵抗方式，在悒郁中死去。春天降临的时候，“翠姨坟头的草籽已经发芽了，一掀一掀地和土粘成了一片，坟头显出淡淡的青色，常常会有白色的山羊跑过”。“年轻的姑娘们，他们三两成双，坐着马车，去选择衣料去了，因为就要换春装了。”“不久春装换起来了，只是不见载着翠姨的马车来。”小说戛然而止，留下挥之不去的落寞与哀伤。

象征着衰败与死亡的坟——这萧红故乡书写中的最后意象，还有她留在作品中的最后的声音——落寞的、悲凉的声音也回荡在《呼兰河传》的“尾声”里：

---

① 宋晓萍：《萧红的地：封锁和游离——关于〈呼兰河传〉及其女性空间》，《天津社会科学》1999年第4期。

> 呼兰河这小城里边,以前住着我的祖父,现在埋着我的祖父。
>
> 我生的时候,祖父已经六十多岁了,我长到四五岁,祖父就快七十了。我还没有长到二十岁,祖父就七八十岁了。祖父一过了八十,祖父就死了。
>
> ……
>
> 听说有二伯死了。
>
> 老厨子就是活着年纪也不小了。
>
> 东邻西舍也都不知怎样了。
>
> 至于那磨房里的磨倌,至今究竟如何,则完全不晓得了。
>
> ……①

依然是童稚的声音,可是成年的沧桑和悲凉感已不可避免地显露进来。短短四百字的尾声中,出现了十几个"了"字。"了"意味着过去,一切曾经美好的、热闹的、温情的抑或痛苦的,都已经过去了,回忆也许可以使之重现,但不可能把它们保留在现实中;"了"也意味着了断。回忆与叙述的进程与离家的进程逆向而行,证明文字上的还乡只是叙述了一个最终梦醒的过程。叙述人沉浸越深,梦醒后的丧失感就越强。

从这里我们发现萧红的故乡书写中潜在的对照结构:与童年的天真、纯洁的视角对照的是成人世界的残忍与不仁;与生命的热闹生机对照的是最终的荒芜、衰败;与童年的活泼、顽皮对照的是成人叙述者的寂寞与孤独;与曾经温暖、留恋的家对照的是死亡气

---

①《萧红全集》,哈尔滨出版社 1991 年版,第 274—275 页。

息的最后降临。与其说萧红的故乡书写是为了在文字中能重返家园，叶落归根，不如说是为了告别而书写。对故乡的记忆在心中压抑太久，已成梦魇，不将它们写出来灵魂就不得安宁。

明乎此，就可以理解《呼兰河传》中的“热闹”和“繁华”。这“热闹”和“繁华”是由女童的絮絮叨叨的叙述铺垫出来的。女童尤其注重细节，而且不避重复和反复。如第二章写到送神回山时的鼓声：“那鼓声就好像故意招惹那般不幸的人，打得有急有慢，好像一个迷路的人在夜里诉说着他的迷惘，又好像不幸的老人在回想着他幸福的短短的幼年，又好像慈爱的母亲送着她的儿子远行。又好像是生离死别，万分地难舍。”重复既表现出儿童的丰富联想力，也是为了填满叙述的空隙，让叙述显得热闹而充实。但接着的一句“人生为了什么，才有这样凄凉的夜”和稍前的一句“满天星光，满屋月亮，人生何如，为什么这么悲凉？”却将“热闹”背后的“悲凉/荒凉”凸显出来。似乎萧红孜孜铺垫前面的繁华与热闹，只是为了这最后的悲凉一瞥。

通观《呼兰河传》，这成年叙述人的声音如影随形，时不时浮出水面。儿童叙述的声音越投入，越热闹，越显出成年人叙述人声音的寂寞与悲凉。因此随着叙述的进展，随着童年叙述者与成人的逐渐靠近，时间毁坏的阴影就不可避免地显示出来，读者的担心和预感也越来越被证实：这是一个失乐园的故事。在文字中建构起来的“童年”与“家”，又在文字中走向衰败。萧红悲凉的叙述声音一直延续到她去世。寂寞与悲凉是萧红的人生和写作中难以分开的两个关键词。而从“寂寞”到“悲凉”的历程就是作者在现实中与故乡渐行渐远的过程。

第二节　性别差异与女性认同

关于《生死场》，人们长期以来一直争论的话题是它的主题：是抗日、改造国民性还是性别叙事？也有人持双重主题说，认为它的两个主题是两性关系/性别意识与民族国家文化历史。① 而生死场上人的自然、原始、麻木状态也很容易与鲁迅的批判改造国民性主题联系起来。但实际上，这三个主题是交缠在一起的，难以截然分开。三个主题之间又并非弥合无间，而是存在内在的矛盾乃至冲突。这从前面大半篇幅写生死场上的生与死，后来凸显抗日主题，但性别视角仍一以贯之可看出。但作者对三个主题并非平均用力。贯穿性的主题应是：乡村（尤其是乡村女性）的生存状态。小说通过女人的动物一般的生活、生育与死亡的描写，展示了生死场中女人的地位和处境。虽然男人同样是动物一般的生与死，但他们之于女人，又是自然暴力之后的另一个压迫者（两脚兽）。由于外部敌人入侵，男人与女人暂时联合起来，但性别的鸿沟依然，并且似乎看不到有改变的迹象。② 显然《生死场》的叙述人已然具备了性别意识，并对自己的位置有清醒的自觉。

但小说后半部分性别视角似乎逐渐让位于抗日的主题。这使得小说中的后半部分与前半部分不协调。主题的纠结反映出叙述人内心的困惑：在女性的立场与男性抗日（不过，在小说中抗日并

---

① 林幸谦：《萧红小说的女体符号与乡土叙述——〈呼兰河传〉和〈生死场〉的性别论述》，《南开学报》2004年第2期。

② 刘禾关于"女性身体与民族主义话语"的论述，参见刘禾著，宋伟杰等译：《跨语际实践——文学，民族文化与被译介的现代性（中国，1900—1937）》，生活·读书·新知三联书店2002年版，第285—303页。

不仅是男人的事，第一声呐喊还是由寡妇们喊出来的）事业之间，叙述人显出犹豫不决的姿态。这其实表明萧红并非一个我们当下意义上的“女性主义者”。她的女性主体意识有一个发展的过程。

小时候的萧红已感受到性别的区别。最崇拜的伯伯叫她不要夸口，衣服要穿素色的，保持本来面目。说女孩子不用上学，因为“女学生们靠不住，交男朋友啦！恋爱啦！我看不惯这些”。这个伯伯也夸奖她比男孩子还强，还聪明，使得她的哥哥弟弟们十分不平，要打她。在伯伯和男孩子的眼里，女孩子天生是弱者，女孩子有女孩子的规矩，有她的性别特征，应该待在家里。“我”和伯伯的疏远未尝不和萧红后来意识到这种“性别设限”有关系。

如前所述，儿童视角是乡愁书写中常用的叙事策略，在萧红这里，对性别差异的敏感和认识表现在创作中就是女童声调和女童视角的运用，《呼兰河传》是其代表。

小说第一章是全知叙事，似乎看不出叙述人的性别，只发现童稚的声音和语调。第二章写小城的盛举，女性的视角浮现出来。尤其跳大神突出女大神的威风，虽然语含反讽，但女大神的地位毕竟得到凸显；放河灯写七月十五生的女孩很难出嫁，除非她家有钱；野台子戏是女儿和母亲们的节日。在这里叙述人投入了温情，但仍然不忘指出指腹为亲的乡俗中男、女的不平等地位：男家不要家道中落的女家，女家没有办法，而女家不嫁家道中落的男家，则姑娘的名誉会很坏，被称作“望门妨”。后来即使嫁过去，也要受到妯娌的侮辱和公婆的虐待。不堪忍受命运的女子往往演出跳井、上吊的悲剧。

> 古语说：“女子上不了战场。”
> 其实不对的，这井多么深，平白地你问一个男子，问他这

井敢跳不敢跳，怕他不敢的。而一个年轻的女子竟敢了，上战场不一定死，也许回来闹个一官半职。可是跳井就很难不死，一跳就多半跳死了。

那么节妇坊上为什么没写着赞美女子跳井跳河的赞词？那是修节妇坊的人故意删去的。因为修节妇坊的多半是男人，他家里也有一个女人。他怕是写上了，将来他打他女人的时候，他的女人也去跳井。女人也跳下井，留下来一大群孩子可怎么办？于是一律不写。只写，温文尔雅，孝顺公婆……①

这几段文字中的讽刺之意很容易读出来。然而由于是由一个童稚的声调说出来就平添了一重幽默感和戏谑的味道。但这沉重中的幽默没有消解话题的沉重，反而让它更深化和复杂了。

类似的声调也用在那些故作正经的绅士身上，用在娘娘庙、老爷庙中娘娘和老爷形象的比较上（一个低眉顺眼，一个横眉竖眼）。“至于塑像的人塑起女子来为什么要那么温顺，那就告诉人，温顺的就是老实的，老实的就是好欺侮的，告诉人快来欺侮她们吧。”“可见男人打女人是天理应该，神鬼齐一。怪不得那娘娘庙里的娘娘特别温顺，原来是常常挨打的缘故。可见温顺也不是怎么优良的天性，而是被打的结果，甚至是招打的原由。”②

第三章起，女童“我”正式出场，讲述“我”与祖父的故事，小团圆媳妇、有二伯、冯歪嘴子的故事。在小团圆媳妇的第五章，女童的无辜、好奇而天真的眼光与成人世界的愚昧与残忍形成尖锐的

① 《萧红全集》，哈尔滨出版社 1991 年版，第 148 页。
② 《萧红全集》，哈尔滨出版社 1991 年版，第 155 页。

对照。这双“不谙世事”的童稚的眼光后面其实是成熟的女性的目光：一个女性主体在对故乡的追忆中显形。

但文本中女性主体的建构之路最终停留在童年和幼年。小说中的女童没有变化，没有显露出成长的轨迹，只停留在七八岁。然后是祖父的死。祖父死前的十多年在小说中没有得到描述。① 这是女童成长的十年，也是对作者的自我形成最重要的十年。停留意味着中断。虽然我们在散文《镀金的学说》《祖父死了的时候》《永久的憧憬和追求》和小说《小城三月》中看到这个“我”的身影，但只是一些片段，不是连续性的了，很难将其拼成一个成长中的“我”。对于叙述人的成长历程来说，关键性的事件是祖父的死。祖父不仅是童年、幼年和少年时代最亲密的人，也是一个符号，代表着“爱”与“温暖”的符号。祖父之死对于叙述人意味着一种断裂，意味着对“爱与温暖”之匮乏和缺失的“觉悟”，同时也意味着书写者自我认同之路的开启。

因此，萧红的自我认同之路不是通过母亲，也不是在与男性完全对立的框架中展开的。这一方面使得她的女性自我认同有着一种“激进性”，另一方面也让她没有走向男/女二元对立的简单化和极端化。

“激进性”表现在《小城三月》的主人公翠姨身上。翠姨是一个旧式家庭的少女，叙述人“我”——一个正在读书的女学生不知道翠姨是何时“爱”上自己的堂哥的，因为连翠姨自己也不能把握那种感情——称它为爱情也许不一定合适，她甚至从未将它表白出来。翠姨本来生活平静，只是因为接触了我们这些受过教育的“新

① 祖父死时萧红十八岁。如果萧红不早逝，这段成长岁月在她自谓的“半部‘红楼’”（即《呼兰河传》第二部）中应该会得到描述。

人”之后,才对一种新的情愫有了朦胧的憧憬。但正是这种异样的情感在翠姨心中的萌动将她推向死地——一半是不甘心,一半是自愿。翠姨没有或没法去改变和实现什么,而采取了一种消极的或者说是自杀性的方式,在悒郁中死去。

这让人想到《红楼梦》中的林黛玉。两人都是殉“情”而死。但这“情”并非泛泛的男女相悦之情,而关涉自我与认同。临死的翠姨说,“我并不像她想的那么苦,我也很快乐”,“我的心里安静,而且我求的我都得到了”。翠姨的要求本来就卑微,可以推测她不敢奢望与表哥发生恋爱(在她看来那是“新式”的人们才有资格发生的事)。但她心里毕竟有了另一种眼光和标准,因此翠姨后来的“心高气傲”的表现就成为她维护自我尊严的一种方式。自尊的背后是深深的自卑。自卑一是因为自己是寡妇的女儿,“命不好”;二是相对于“我们”这些受过教育的人,自己“一字不识”。不同于林黛玉尚有一个同声相应的对象(宝玉)的是,在翠姨这里,“情”肇自内心,又返回到内心,甚至可以不要求“情”的对象(“我”的哥哥)的呼应。与林黛玉相通的是,面对一个强大的异质的世界,她们都只能采取一种不合作的态度,虽然不能(或者不愿)公开的反抗,但至少也能付之以内心的决绝,甚至主动弃绝性命。正如翠姨自己所说,这不是任性,也不是脾气所能解释的。可以说,翠姨最终以身体自弃的方式凸显了自己确立情感主体地位的努力。① 这使她不仅与废名、沈从文笔下代表着故乡理想的天真、纯洁的乡村少女不同,也与师陀《果园城记》中“在空闺里憔悴”的素姑不同。

---

① 参见李海燕:《〈红楼梦〉中的“情”与自我建构》,宋耕编著,《重读传统:跨文化阅读新视野》,外语教学与研究出版社 2005 年版,第 272 页。

尽管如此，小说无意渲染翠姨的“反抗”，也不着意突出女主人公命运的悲剧性，而是聚焦于一个卑微的女性自我意识的萌发和中断的过程。翠姨的身上可以看到现实中萧红的影子：同处被规定的女性位置，都对“情”及其被压抑有着超常的敏感，都试图通过对“情”的追寻来凸显自我和主体的存在。不同的是，小说中的翠姨以隐忍和自弃为反抗，而现实中的小说作者则付之以公开的对抗。

翠姨的情感认同的尝试可以说改写了男性社会对“情感”的定义：与男性社会视“情”为脆弱、多愁善感、自艾自怜的表现不同，翠姨的情感追求以及对“宁为玉碎，不为瓦全”式“情”的维护，使情感转化成自我认同的资源和主体建构的潜力。从这里也可以看到，在萧红的书写中，“情感”和“性别”总是结合在一起，共同发挥自我认同建构的作用。

正如萧红作品中的其他女性，翠姨最终亦未能完成女性自我。而这一女性自我被压抑、中断的故事到《红玻璃的故事》中更变成一个放弃生命的故事。王大妈从外甥女玩的红玻璃花筒中看到了老一代的悲剧全在第三代的身上轮回。这一发现使她的生活世界顷刻崩溃。一瞬间她洞见了自己的孤独，洞见了生活的可怕，她失去了继续生活下去的勇气，只求早日解脱。

萧红的还乡书写和自我认同以这样一个故事结束耐人寻味。如果说作品中人物自我确立的故事与作品外作家寻求自我认同的过程是一种同构（虽不一定是同步）关系，那么通过叙述故乡女性人物自我建构一再中断和失败的故事，萧红展示的是女性书写者自我认同的艰难和困境。所以虽不能说萧红是一个自觉的女性主义者，她在直觉中却把握了男、女性别差异的核心质素：“家”对于男人、女人的意味和意义是不同的。男人似乎天生就是“家长”，而女人却很难找到作为归宿的“家”。这是“家/故乡”的性别之维。

在写于1937年的散文《失眠之夜》中，萧红和三郎（萧军）谈起了“家”和“家乡”。在想象中，三郎意兴盎然张罗着带“我”回家——不是呼兰小城，是三郎的家。

> 而我，我想：
>
> “你们家对于外来的所谓‘媳妇’也一样吗？”我想着这样说了。
>
> 这失眠大概也许不是因为这个。但买驴子的买驴子，吃咸盐豆的吃咸盐豆，而我呢？所去的仍是生疏的地方，我停着的仍然是别人的家乡。
>
> 家乡这个观念，在我本不甚切的，但当别人说起来的时候，我也就心慌了！虽然那块土地在没有成为日本的之前，“家”在我就等于没有了。①

这是对“女人无乡”的经典注释。而正是通过这种“寻找家园”的写作，我们看到一个现代女性自我认同的艰难历程。

第三节　底层男性与底层认同

如上所述，萧红并不是一个男/女二元对立意义上的女性主义者，在她眼里，男人/女人并不处在截然对立的位置。正如萧红的情感认同对象祖父是一个男性，而《呼兰河传》中小团圆媳妇的直接迫害者是一个女人——她的婆婆，萧红的关怀，不止于女性，在

① 《萧红全集》，哈尔滨出版社1991年版，第1185页。

性别视野之上，是更广大的生存和人性观照，它往往落实到底层男性身上。萧红最重要的小说《后花园》（1940 年 4 月）写的就是一个底层男人自我觉醒的故事。

茅盾说《呼兰河传》中的人物都像最低级的植物，只要极少的水分、土壤、阳光就能够生存。而冯歪嘴子是他们中生命力最强的一个，“强的使人不禁想赞美他”①。这是一种原始性的顽强。虽然小说中的女童叙述者是抱着同情的目光去看他，与周围的蔑视他的人取相反的看法，但叙述人毕竟没有进入人物的内心，不能呈现他的内心世界。

而《后花园》中的冯二成子虽仍然保留了“植物性”，但已和冯歪嘴子有本质不同。在全知叙述人的细描下，冯二成子开始展示出内心世界的存在与变化。是对邻家赵老太太的女儿的爱情让他对不同于自然的人的生命有了第一次自觉，他回想起童年、母亲，感受到“空虚”和“软弱”。送走赵老太太回来路上的大段内心独白标志着冯二成子获得了生命的第二次觉醒：他开始思考“为什么活着”——这对绝大部分呼兰河人不成为问题的问题。他对周围人和自己的生存状态有了批评的眼光，提出一连串问题而得不到答案，表明冯二成子已脱离呼兰河人的原始性生存状态，进入到有自我意识的主体的“人”的世界。而正是主体意识的萌生使他再次敲开了王寡妇家的门，两个同病相怜的人结合了，“庄严得很”。小说的结尾虽依然免不了“死亡”和“荒凉”，但冯二成子的人生与呼

---

① 茅盾：《呼兰河传·序》，《萧红全集》，哈尔滨出版社 1991 年版，第 108 页。在萧红的词典中，“植物性”不是一个贬义词，有别于《生死场》中的“动物性”。但“动物性”受到批判不是由于它的“自然性”，而是作为人的自我意识未觉醒的蒙昧状态。这与沈从文对故乡人物的“自然性生存”抱肯定和欣赏态度不同。

兰河人已有了本质不同。我们知道,在那照样摇着风车的冯二成子心里,在同样打着瞌睡的冯二成子的梦里,一定会出现孩子的妈妈和孩子的笑声。由于自我意识的觉醒,冯二成子的看起来是轮回的人生已经被照亮并被撕开了一道裂口。

另一个与冯二成子对应的底层男人是"家族以外的人"有二伯。他在小说《呼兰河传》和散文《家族以外的人》中出现,其主要行状是骂骂咧咧、自言自语、居无定所、不吃羊肉,以及偷东西。在《呼兰河传》中,有二伯基本上是作为童年的我的观察对象而存在的,他留给"我"的主要印象是"古怪"和"不懂"。而在散文中,正如标题所示,突出的是有二伯与"家(族)"的关联。在小说中没有的一个场景是有二伯带着大白狗的"搬家"。"这儿不是你有二伯的家,你二伯别处也没有家。"少小失怙、寄人篱下的有二伯虽然有时被称呼"有二爷""有二掌柜的",但其实与无家可归的小团圆媳妇处境一样,而同样无家可归的成年叙述人一定在他们身上引发了共鸣:在有二伯的哭声和"我"被烟熏出的泪水中,有着共通性的东西。因此依然"天真"的叙述中已隐含了尖锐的对照:童年"有家"的"我"与"无家"的有二伯的对照,漂泊的成年叙述人与居有定所的童年"我"的对照。所以,与其说有二伯像阿 Q,不如说他更像孔乙己。与鲁迅通过孔乙己"描写社会对于苦人的凉薄"①不同,萧红在有二伯身上发现了自己的相似处境。通过叙述一个沉默失语的磨倌获得自我意识的故事,通过叙述一个寄人篱下、无家可归者的悲哀,萧红把自我认同置于与故乡底层男人的切身关联中。

萧红笔下的底层人还包括王阿嫂(《王阿嫂的死》),黄良子

① 孙伏园:《孔乙己》,孙伏园等著,《鲁迅先生二三事:前期弟子忆鲁迅》,河北教育出版社 2000 年版,第 58 页。

(《桥》),李妈(《朦胧的期待》),陈公公、陈姑妈等(《旷野的呼喊》):他们都是家破人亡者或“家”的期盼者,在情感和精神归宿的意义上可以说萧红与他们心心相通。这可以理解为什么萧红对其笔下的底层人物似乎有着某种“原罪意识”,见出萧红和乃师鲁迅的深层相通。① 但与鲁迅对底层的描写往往通向一个更大的目标——国民性改造不同的是,萧红的底层书写更多关乎自我:这不是作为启蒙对象的“底层”,而是与书写者有着切身关联,自己亦是其中一分子的“底层”。对此萧红有着清醒的自觉。她说:“鲁迅以一个自觉的知识分子,从高处去悲悯他的人物。……我开始也悲悯我的人物,他们都是自然的奴隶,一切主子的奴隶。但写来写去,我的感觉变了。我觉得我不配悲悯他们,恐怕他们倒应该悲悯我呢!悲悯只能从上到下,不能从下到上,也不能施之于同辈之间。我的人物比我高。”②

在底层人和底层生活逐渐成为“五四”以来从“乡土文学”到左翼文学的中心人物和题材的时候,萧红却有意识地与当时的主流写作保持距离,呈现了另一个底层世界。这一世界不是作为启蒙对象或革命的原动力出现,而是代表了善良、隐忍、正义以及“爱和温暖”。对于萧红,情感的、性别的认同最终在底层认同中结合起来了。从某种意义上说,底层所代表的价值就是萧红“故乡”的真正内涵。

在《呼兰河传·序》中,茅盾把导致萧红“寂寞”的主导原因之

---

① 林贤治在《萧红和她的弱势文学》(《新文学史料》2008 年第 2 期)中指出萧红作品中有女性和穷人的双重视角。值得一提的是,离家前的萧红并非穷人,而是“有钱的孩子”,但可能正是“有钱”“不受气”才促发了她日后的“罪的意识”吧。

② 聂绀弩:《回忆我和萧红的一次谈话》,《新文学史料》1981 年第 1 期。

一归之为不能投身农工劳苦大众的群中，把生活彻底改变一下①，这与胡风对《生死场》的评价中隐含的男性和民族国家的立场是一致的。萧红没有去延安而去了香港，不仅是现实中的抉择，也意味着一种写作立场和姿态的选择。她不是把自我置身于一个更大的目标之下（如启蒙、革命或民族/国家②），而是置于“家”与“故乡”的关联中追寻与建构，然而悖论的是，这一伴随着个体身体和精神痛苦追寻的结局指向的却是“爱”与“温暖”的缺失。这使得萧红的自我认同只能以一种否定和破碎的形式进行，其自我呈现为情感纠结、性别纠缠的场域，而非连续和完整的世界。所以，正如《呼兰河传》中小团圆媳妇亡灵所化身的那只找不到归宿的大白兔，现实中的萧红一直到死去也未能找到肉身和精神的永久停泊地，她的自我认同行程，也定格在对故乡一再回眸的姿态和永远漂泊的身影中。与此同时，正是在对故乡的迂回而坚韧的“回忆/书写”中，作为情感和精神空间的“故乡”才得以呈现，“故乡”的本源意义才得到揭示。这正是萧红这一“弱势”的女性自我能够具有稀有品质和内在力量的原因。③

---

① 茅盾：《呼兰河传·序》，《萧红全集》，哈尔滨出版社 1991 年版，第 99 页。

② 萧红对此非常自觉。在《九一八致弟弟书》中，她对于弟弟成为抗日的战士“他们”中的一员，感到高兴和放心，“胜利一定属于你们的”。这里的萧红明确意识到自己与弟弟的不同。

③ 这里是借用林贤治的关于萧红“弱势文学”的论述。参见林贤治：《萧红和她的弱势文学》，《新文学史料》2008 年第 2 期。

第七章　乡愁认同书写的嬗变

——以莫言、徐则臣和甫跃辉为中心

如前所述,《故乡》作为乡愁认同之“开端”的意义体现在三个层面:首先,对于作者鲁迅来说,《故乡》演绎了通过书写乡愁,将故乡建构为“故乡”的“开端”,并赋予其起源意义的过程。其次,对于读者以及后来的现代汉语文学写作来说,通过不断地回到“故乡”这一开端,其作为个体,及共同体——民族/国家/家园——的起源意义,被不断再生产。鲁迅之后的乡愁认同书写,都可视为对《故乡》这一“开端”的回应。再次,《故乡》充分揭示了乡愁及乡愁认同的复杂性与丰富性。小说最吊诡的地方在于:它是一个将故乡叙述为“他乡”的故事,又是一个将他乡(闰土的海边)叙述为“(我的美丽)故乡”的故事。“我”的“故乡”不是源自我居住的城镇,而是一个我从来没有去过的地方,质疑了“(地理)故乡”作为人生意义之“开端”的“真实性”和“本质性”,表明《故乡》的“开端”意义并非自明和固定不变,也提示了后来者的“回应”,可以是接着讲、顺着讲,或者逆着讲。

第一节　莫言的消解与重建

鲁迅之后的故乡书写者，或是从正面（沈从文、废名）或是从反面（师陀、萧红）书写故乡，形成了不同的乡愁认同路径，却都与鲁迅的《故乡》保持着内在关联。接下来的三四十年，是个体的"故乡"被更大的"共同体"——国家所取代，因此是个体的乡愁消失了的时期。到 1980 年代，随着改革开放而来的城/乡二元结构松动，国内人口流动与海外移民的出现，以及政治与社会生活中"革命"话语的淡出，乡愁重新在当代文学中蔓延开来，并愈演愈烈，出现了一批像莫言、张炜、贾平凹、刘震云、阎连科等乡愁书写者，而莫言无疑是其中最醒目的一位。

对于莫言的故乡书写，创作于 1985 年的短篇小说《白狗秋千架》有着开端意义。如作者所说，"这部小说里，我第一次战战兢兢地打起了'高密东北乡'的旗号，从此便开始了'啸聚山林'打家劫舍的文学生涯……"①。不止一个研究者指出它与鲁迅《故乡》的差异性，直至对后者的颠覆。

两作的差异性确实明显：当《白狗秋千架》中还乡的大学教师"我"向青梅竹马的伙伴（亦是其初恋）暖诉说乡愁时，被暖一盆冷水浇下来："有什么好想的，这破地方。想这破桥？高粱地里像他妈×的蒸笼一样，快把人蒸熟了。"王德威指出，在"当代文学里，再

---

① 莫言：《超越故乡》，《莫言散文新编》，文化艺术出版社 2010 年版，第 6 页。在《白狗秋千架》发表之后莫言曾感慨："这简直就像打开了一道记忆的闸门，童年的生活全被激活了。"关于这部作品的"自传性"，参见宋学清、张丽军：《论莫言"高密东北乡"的方志体叙事策略》，《当代作家评论》2015 年第 6 期。

没有比这场狭路相逢的好戏更露骨地亵渎传统原乡情怀，或更不留情地暴露原乡作品中时空错乱的症结”①。程光炜指出“负疚”与“忏悔”是《白狗秋千架》的基本旋律，也是中国现代文学以来几乎所有农村题材小说的基本旋律，而莫言与鲁迅和沈从文的不同“就在他（指莫言）完全是‘本地人’身份，他对农活的细切手感和身体感觉，以及农活知识是非常内行的，一看小说就知道这是一个地地道道的本地人”②。有论者进一步从“作为老百姓的写作”（民间写作）与“为老百姓写作”（知识分子写作）的角度指出莫言与鲁迅的差异。“作为老百姓的写作”的《白狗秋千架》是以反叛“为老百姓写作”为指向的，因此《白狗秋千架》是对《故乡》创作立场和态度的反叛与转化，标志着现代知识分子创作立场已出现了向民间创作立场的转化。③ 日本研究者藤井省三在《鲁迅与莫言之间的归乡故事系谱——以托尔斯泰〈安娜・卡列尼娜〉为辅助线（下）》文中也从让叙述对象发声的角度指出，让农村妇女对男性叙事者讲她自己的经历和心理来揭露中国农民的苦难史——在这一点，莫言可能超过了鲁迅。

那么该如何看待这些“差异乃至颠覆”呢？无疑它们最集中地体现在两篇小说的结尾。在《白狗秋千架》的结尾，一方面暖的祈求——让“我”与她野合，生一个会说话的孩子，之前她与哑巴丈夫生的两个孩子都是哑巴——完全出乎“我”的意料，它对“我”造成

① 王德威：《想像中国的方法——历史・小说・叙事》，生活・读书・新知三联书店 1998 年版，第 241 页。

② 程光炜：《小说的读法——莫言的〈白狗秋千架〉》，《文艺争鸣》2012 年第 8 期。

③ 彭秀坤：《鲁迅〈故乡〉与莫言〈白狗秋千架〉的互文性》，《鲁迅研究月刊》2013 年第 10 期。

的震惊可能只有闰土的一声"老爷"可比，都瞬间对一厢情愿的还乡者造成沉重打击；另一方面，莫言的小说在这里戛然而止，留给"我"及读者的是一种夹杂着黑色幽默式的绝望。而《故乡》中的"我"则以对"希望"的憧憬结束。两个不同的"结尾"昭示着两种不同的"开端"，莫言的"开端"对于鲁迅的"开端"即使不是有意的"颠覆"，也是一种戏拟与解构。

但"从农民中走出来的知识者(莫言)"和"只接触过农民的知识者(鲁迅)"，或者作者立场的差异，是否就是问题的根源呢？还有，仅从让叙述对象发声是否就意味着(对鲁迅的)"超越"呢？研究者喜欢引用莫言关于"作为老百姓写作/为老百姓写作"的话来进行论证。莫言自己将"作为老百姓的写作"(或者说"民间写作")与"为老百姓写作"(或者说"知识分子写作")两者对立起来，源自他对鲁迅、沈从文的理解。他认为鲁迅之后的大多数乡土作家都选择了居高临下的启蒙者视角，而沈从文的早期写作是一种民间写作。从这里可看出莫言对鲁迅反思与批判启蒙意图的相对隔膜。[①] 在《故乡》中，体现为还乡的"我"被中年闰土的一声"老爷"所打击，与《白狗秋千架》结尾时暖对"我"的打击是一样的，甚至较之后者更加致命。因为《故乡》中的"我"是一个还乡的启蒙知识分子，少年闰土是作为"我"的故乡想象的支点，承载的不仅是"我的美丽的故乡"，也是与民族国家同构的"故乡/中国"。一声"老爷"不仅让"我"的"故乡"顷刻土崩瓦解，也瞬时凸显出传统中国的危机。而《白狗秋千架》中的"我"，只是一个普通的返乡者，虽然身为

---

① 鲁迅终生批判的对象之一就是"伪士"——某种扮演启蒙者角色，内心却无所信的现代知识者。参见汪晖：《声之善恶》，生活・读书・新知三联书店2013年版，第76页。

知识者（大学教师），却并没有启蒙意识（不是现代意义上的“知识分子”），也没有从故乡希冀太多，因此其“丧失感”就不那么严重（他更多是无所适从的尴尬和幻灭感）。①

莫言也没有特别关注沈从文与鲁迅的内在相通：对于“故乡”，两人都既身在其中，又在其外。换言之，他们都不得不立足都市，作为“异乡人”来书写故乡，都是将主体置于“故乡”与民族国家的关联中来建构的，都体现出对民族国家之未来的关注。在这里可以看出早期莫言与鲁迅、沈从文的差异。所以当莫言一再表明自己的“老百姓立场”（以与鲁迅的知识分子启蒙立场相区别）时，这一“撤退”其实透露出其主体意识的模棱两可，同时也表明，1980年代的“故乡”“中国”以及两者之间的关联尚没有像在今天一样成为问题与话题，所以不在莫言的关注之中。

但是将《白狗秋千架》放在莫言的整个创作中，那么它依然是一个重要的“开端”，是莫言乡愁认同的开端，只是它聚焦的仅是“故乡丧失”的一面。莫言后来的整个创作则贯穿了一条“故乡的寻找/发现”的主线。在一年后出版的《红高粱》中，莫言塑造了另一个故乡，一个如红高粱一样有着旺盛生命力和百折不挠精神的故乡，凭此“故乡”得以生生不息，对抗异族侵略者。虽然《红高粱》的主要立足点仍然不是民族国家的（即使讲的是“抗日”的故事），但“民间”与“庙堂”在其中并不对立，都在故乡的空间中有立足之地。经过像《丰乳肥臀》那样的对“故乡/母性/大地”的礼赞，在获

① 这里可资比较的还有鲁迅小说《祝福》中的“狭路相逢”场景：回乡的“我”被祥林嫂拦住，问关于“灵魂有无”的问题，让“我”如芒刺在背。值得注意的是，祥林嫂既是“我”的故乡人，又是被故乡所驱逐，并注定会成为“孤魂野鬼”的人（这一点与自我放逐于故乡的“我”有本质区别）。还乡的知识者这种与故乡关系的复杂性超出了《白狗秋千架》。

诺奖之作的《蛙》中，故乡意识又再次被突出，并被赋予更深广的内涵，表明莫言正是鲁迅以来乡愁认同的接续者和重建者。正如论者指出的，莫言“以《蛙》中叙述人的独特身份表明，他再不是那个庆幸逃离的‘回故乡者’，他和他的父老乡亲在一起，受苦在一起，疼痛在一起，反省在一起，赎罪在一起，受罚也在一起”①。不过，即使如此也并不意味着莫言与“故乡”的合二为一。作为一个现代知识分子与故乡之间的媒介者、沟通者，莫言就像鲁迅一样，以故乡为基地，又致力于“超越故乡”。

莫言自谓的“超越故乡”不仅意味着写作不囿于故乡的地理空间，更意指从关于故乡的创伤书写中超越，使之成为主体“赎罪”和“希望”的源泉与心灵归属的“故乡/家园”。如莫言十分认同的大江健三郎(他也是鲁迅的推崇者)所说：“文学应该从人类的暗部去发现光明的一面，给人以力量。”“文学是对人类的希望，同时也是让人更坚信，人是最值得庆幸的存在。”②21世纪初的莫言对此已非常自觉。他谈及自己的故乡——高密东北乡时说：“我努力地要使它成为中国的缩影，我努力地想使那里的痛苦和欢乐，与全人类的痛苦和欢乐保持一致，我努力地想使我的高密东北乡故事能够打动各个国家的读者，这将是我终生的奋斗目标。”③这里的全球意识很明确。换言之，如何在全球化的“世界”中书写“故乡”这一“地方”，如何从故乡发现/发掘具普世性价值的“光明”与“希望”，这可能是莫言今后乡愁认同书写的方向。

---

① 张莉：《唯一一个报信人——论莫言书写故乡的方法》，《文学评论》2014年第2期。

② 毛丹青：《文学应该给人光明——大江健三郎与莫言对话录》，《南方周末》2002年2月28日。

③ 莫言：《小说的气味》，春风文艺出版社2003年版，第42页。

第二节　徐则臣的“故乡”与“世界”

莫言的乡愁书写表明，“故乡”不仅是“个体”的源头，作为一种“共同体”，它处在“个体”与“中国/人类”的中间。后者相对于个体的出生成长地（故乡）而言，是一个更大的“世界”。在鲁迅的时代，“故乡”之所以成为问题，就是故乡与故乡之外的“世界”对照或者对立的结果。鲁迅的“世界”，既是与故乡对照/对立的都市（北京），也是与中国对照/对立的“西方/日本”，所以读者不仅将它与鲁迅个人的故乡——绍兴相对应，也理所当然地关联起“中国”。早期莫言的“世界”则比较小，多指故乡之外的中国城市（在晚近的《蛙》中则引入了外来的“日本”视角）。与“故乡”相异的“世界”的或隐或显的存在，是作者/叙述人的立足点，也是故乡成为“故乡”，乡愁得以生成与展开的前提，乡愁认同正是在“故乡”与“世界”的距离与互动中动态地形成的，是一个不会终结的过程。

“70后”世代的故乡书写者徐则臣，对“故乡”与“世界”有这样的自述：“我总觉得我们这代人的乡愁，跟别的代真不太一样。‘50后’‘60后’的故乡也在发生变化，但是占据他们内心深处的那种根的东西，不会变。而对我们来说，与故乡的那片土地的信任尚未充分建立，它就被摧毁了！我经常觉得自己在故乡是个异乡人、局外人。”①其实如前所述，在“50后”的莫言那里，“根/故乡”也不是一开始被显露，被固定，而是一直在“发现”之中。正如我们在鲁迅和莫言的故乡书写中看到的，发现“世界”中的自己成了故乡的“异

① 徐则臣：《〈耶路撒冷〉访谈：有些问题确实从“70后”开始》，《北京晚报》2014年7月12日。

乡人”是乡愁认同的开端。在徐则臣早期的创作，如“花街”“京漂”系列中，个体被放逐，或自我放逐于故乡，进而寻找“故乡”已经成为一条主线，到了长篇小说《耶路撒冷》中，则是一个总结，是其乡愁表达与认同建构最集中的体现，被赞为“一代人的心灵史”。它与其之前创作的一个重要不同表现在：通过“罪/罪感”观念的引入，重新思考“故乡”与“世界”的关系，重新勘探自己与“故乡”间的距离与关联。

有人在论及“70后”一代的创作时指出：“对故乡之外的想象和向往成为‘70后’一代的集体无意识，他们总是试图虚拟和想象一个寓言性的‘去地方化’的现代空间，把自己的青春经验、未来设想和精神趋向放置在这一空间中展开。”①而《耶路撒冷》的不同在于，他是将故乡（淮海）“再地方化”（以“花街”和“石码头”为中心）；其次，在将故乡与个体的精神安顿关联起来时，引入“罪/罪感”这一源自西方基督教的概念（这意味着一个完全异质性的“世界”），并试图将其植入故乡这一空间中，将“故乡”与“罪/救赎”相关联。这使得乡愁认同变得幽深而复杂起来。

这一异质“世界”的引入得到研究者们的肯定。不止一个论者指出：“正是这‘原罪’成为他们一生的自我救赎的动力和源泉，而也是因其与历史无涉，‘70后’一代的精神自救才不会堕入前辈作家们的宏大叙事或主流意识形态的‘圆圈’。”②《耶路撒冷》没有将杨杰、初平阳、易长安、秦福小的精神顽疾和难题处理成乡村与城市、传统与现代、新与旧之间的冲突和撕扯所形成的命题，他们的

① 杨丹丹：《“心灵史”的经验表述及其方法——由〈耶路撒冷〉兼及“70后”写作问题》，《文艺争鸣》2015年第7期。

② 徐勇：《全球化进程与一代人的精神自救——评徐则臣的长篇新作〈耶路撒冷〉》，《当代作家评论》2014年第4期。

精神困境与国家、社会、历史、时代等宏大话语没有内在的关联，更多是个人的记忆。[①] 但是与历史无关的"原罪/罪感"如何能够承担起精神自救的任务？如果说，"自我"是"70 后"一代的关键词，那么它缺失了与更大的共同体——"历史"、集体（民族国家）的关联又如何确立？个体的生活和记忆又如何成为（上升为）一代人的生活与记忆？小说将四个主人公的"罪意识"建立在少年景天赐的偶然性死亡的基础上，但是，"一个单薄的同龄人早亡事件"没有办法充分释放出"罪"的内涵，没有办法承担起"罪"的重负。在小说中它只是一个创伤性事件，可以反映主人公们的"内疚"之情，却难以上升到"罪"的高度，小说叙述也就难以成为忏悔和赎罪之举（这在《白狗秋千架》中亦是如此。由于让暖荡秋千导致其眼瞎是"我"无意为之，"我"更多是"内疚"，而不是"罪"的意识）。

"罪"是基督教的核心概念。虽然作者徐则臣试图将其安置在"信仰"而非"宗教"的范畴中[②]，但无论是初平阳，还是另外三个主要人物（杨杰、易长安、秦福小），都没有上升到"信仰"的高度。与此相对应的是奶奶秦环。奶奶与其说对基督有信仰，不如说是出自中国老百姓朴素的做人信念（"知恩图报"）。她信教的直接原因是感恩于沙教士的救命。她请木匠做了十字架，木匠却给基督的脚上穿上了解放鞋（她最后在一个雨夜背着这个十字架死在石槽里）。这本是小说的神来之笔（"解放鞋"同时具有"草根"与"解放"

---

① 杨丹丹：《"心灵史"的经验表述及其方法——由〈耶路撒冷〉兼及"70 后"写作问题》，《文艺争鸣》2015 年第 7 期。

② 徐则臣认为信仰和宗教是完全不同的概念：信仰更个人化、更自由也更纯粹；而宗教是建立在所有成员共享的经典传统的基础上，常常被践行于公开的风俗习惯中，集体主义的"等级"权利、秩序渗入其中，已经意识形态化了。小说中的人物焦虑的也是信仰问题，而非宗教。徐则臣、张艳梅：《我们对自身的疑虑如此凶猛》，《创作与评论》2014 年第 6 期。

的双重含义，它与耶稣的奇特合体可视为中西文化在精神/灵魂层面的某种“遇合”），可是在小说的四位主人公身上却难以找到类似奶奶的将“罪”与“故乡”关联起来的结合点。在小说的另一条线索，初平阳的导师顾念章与他的朋友，来自耶路撒冷的塞缪尔教授的故事中，“上海”作为“二战”时犹太人的“救赎之地”倒是与“耶路撒冷”有着内在呼应，却与初平阳的“故乡”没有实质性的关联。这就使得作为“罪/信仰/救赎”之象征的“耶路撒冷”显得外在于叙述，没有与主人公的“故乡”产生更深层和有机的关联。这与小说的野心“一代人的心灵史”——这也是某种“宏大话语”——并不匹配。

本来，小说主人公、北京大学的社会学博士初平阳是一个极好的思考“罪”与“故乡”的切入点。[①] 小说没能深入挖掘这一点，是这一人物本身的思索局限的问题（初平阳某种程度上满足于庸常），还是作者自己没有能够将人物进一步相对化所致？而这两者归根结底又与作者没有能够与“故乡”拉开足够的距离，获得足够的张力有关。这与鲁迅的《故乡》中“我”的困惑/震惊形成对照。《故乡》中“我”的失落、困惑与内心崩塌是缘于对某种“根源”——童年/家园之丧失的领悟。而这一领悟又源自西方现代性的时间带来的“故乡”与“世界”两个空间的对立，以及由之而来的焦虑，使得“故乡”不再仅是个体意义上的，也是共同体（“中国”）意义上的。唯其如此，“我”的“故乡失落”与“故乡追寻”、个体与共同体之间的张力才显得十足。较之《故乡》中的“我”，初平阳更像一个故乡的

① 初平阳的个人“专栏”本是很好的一个形式，但小说似乎没有将这一形式充分发挥其应有的作用，即一种引发困惑、反思和批判，拉开与“时代”“故乡”之距离的作用。

旁观者(小说中难见对其成长过程与故乡的"现实"发生深层关联的描述)。换言之,小说对于故乡的"现实"的描写仍然是"理想主义"的。当时中国正在热议的"故乡的陷落""回不去的故乡"等话题在小说中并没有得到充分的关注①,"理想"与"现实"没有产生足够的紧张。小说最后,主人公都各自与故乡达成了某种"和解",而这一"和解"因为没有凸显真正的"罪"及救赎的过程而显得有些轻易。小说结尾,初平阳、杨杰、易长安和秦福小决定以景天赐的名义重新修缮维护即倒未倒的斜教堂,但作为赎罪的方式,它更多停留在仪式的层面,也使得作为信仰的"耶路撒冷"更多停留在象征层面,没有能够成为"故乡"内在的救赎资源。正如邵燕君在《出走与回望:一代人的成长史》中对此的质疑:"是不是我们中国人当下的精神资源中再也找不到一种内在的救赎力量,必须要通过一个外置的教堂来呈现呢?"她认为这不仅是徐则臣小说的问题,也是时代的精神困惑。②

由此也可以看出"70后"乡愁认同的犹疑与不彻底(没有真正直面个体与共同体的精神困境)。对于徐则臣,如何营造"故乡"与"世界""理想主义"与"现实主义"之间的张力仍然是一个问题。否则"故乡"可能会停留在一厢情愿的图景,或者变成某种温暖的抚慰品,乡愁就只能沦为怀旧。真正的理想主义是在发现个体与故乡的"罪"之后,仍然与它同在,仍然追寻"希望",而"希望",如鲁迅

① 也有论者认为这是"70后"作家对故乡和社会的善意与和解所致。但"70后"的作家王十月的小说《还乡团》写的就是乡村的溃败,它使得城里人的乡愁完全失去了对象。

② 见2014年6月30日《文汇报》。《耶路撒冷》因此可以被视为对当今国人关于"信仰缺失"之焦虑的一个回应。这种"内在的救赎力量"或者说"希望",可以在鲁迅的"故乡"中发现。在莫言的《蛙》中,也有着通过外来者(日本友人杉谷义人)将"罪"植入故乡书写,从而探讨"罪/救赎"问题的尝试。

的《故乡》所示，就内在于"故乡"，或者说，在"故乡"，"罪"与"希望/救赎"往往相伴而生，成为一体之两面。

小说的最后是再一次的"离开"。初平阳要离开花街和石码头，"到世界去"（它既是作者徐则臣的一部散文集的名字，也是主人公初平阳专栏中的一篇文章的题目），到耶路撒冷去。正如鲁迅的《故乡》，主人公的"还乡"是为了再一次的"离开/出走"。对于初平阳或者说作者徐则臣，这是又一次的乡愁认同的开端吗？耶路撒冷，一个遥远的异乡城市，一个信仰的城市，也是（西方人）心灵的归宿之地（圣地），它就是新的"世界"本身吗？可以断定的是，经由"罪"，中国人的"故乡"与西方人的精神圣地（"世界"）将会发生某种关联（但反讽的是，要到耶路撒冷留学，初平阳首先得卖掉故乡的祖屋大和堂来筹集学资，正如《故乡》中的卖掉老屋，再次确认了"故乡丧失"这一前提）。从耶路撒冷归来的初平阳会带着"救赎/希望"归来吗？他明知耶路撒冷不仅是一个信仰之地，也是一个教义纷争、战火常燃的城市，却仍然要把它当作"一个抽象的，有着高度象征意味的精神寓所……有的只是信仰、精神的出路和人之初的心安"①。是否已经预示了其信仰追寻之路的不确定性，以及再一次的还乡之旅？

无论如何，在《耶路撒冷》中，"故乡"与"世界"的关系已经发生变化，两者不再是对立或者隔绝的关系，而是你中有我、我中有你的关系：将"故乡"纳入"世界"中，也就是将"世界"纳入"故乡"中。随着这一"世界"外延与内涵的扩大，"故乡"也随之扩大（花街/石码头—淮海—中国—耶路撒冷），乡愁认同的对象与内涵亦随之而变，因应着中国现代性和全球化的进程。因此可以说，徐则臣一方

① 徐则臣：《耶路撒冷》，北京十月文艺出版社2014年版，第502—503页。

面仍然是在鲁迅、莫言乡愁认同之路的延长线上，另一方面他又将在“全球”与“本土”的视野中探索乡愁认同的新难题。

第三节　甫跃辉：从“乡愁”到“城愁”

来自云南保山的“80后”作家甫跃辉也是一个执着于书写故乡的作家。不过，虽然他的整个创作可以被视为“城（上海）/乡（云南保山）”二元框架的产物，从而与鲁迅、沈从文、莫言、徐则臣相通，但是他不像鲁迅，以启蒙者的身份意识来体验、表达乡愁，也不像沈从文能够立足故乡，并以之为根据地（道德与情感高地）展开对城市的批判。因为在当下中国，乡村作为“高地”已经丧失了现实基础，这是现代性/全球化的中国进程的结果，是甫跃辉们必须面临的“现实”。因此做一个“现实主义者”就意味着做一个城市（“世界”）与“故乡”的双重失落者。他的一系列以“顾零洲”为主人公的小说（包括《动物园》《丢失者》《饲鼠》《坼裂》《普通话》等）[①]塑造了一种新城市人形象。陈思和说顾零洲是某种新上海人艺术形象的典型，其特点是精神层面的孤独与异化。[②] 不过这“精神层面的孤独与异化”仍然有些知识精英的味道，其实顾零洲们正如作者自谓，“这些名字不同的人，本质上却是一个：从乡村来到城市的、

---

① 也包括作者在结集时将主人公的名字改为“顾零洲”的《亲爱的》《三条命》和《弯曲的影子》诸篇。《解决》中的李麦，《巨象》中的李生，《朝着雪山去》中的“我”以及“秋天的系列”小说（包括《秋天的暗哑》《秋天的声音》《秋天的告别》）中的李蝇都可视为顾零洲的变体。

② 陈思和：《序言》，甫跃辉，《安娜的火车》，北京十月文艺出版社2015年版，第4页。

正走向中年的、虚弱虚伪虚无而又有所固守的男人”①，充满了无力感和失败感。从这一角度看，顾零洲作为一个“城市的异乡人”和“认同的缺失者”，在今天中国数以亿计的背井离乡者中无疑具有普遍性（并不局限于所谓“京漂”和“海漂”）。

讲述顾零洲还乡的短篇小说《普通话》，无论其主题、结构还是形式，都是对鲁迅《故乡》这一“开端”的有意回应。小说的主人公，在上海工作（大学教师?），七八年没有回云南乡下的顾零洲接到姐姐病危的消息回乡。发现故乡陌生，姐姐、姐夫陌生，连姐姐的病与死都像是假的，不真实。不过，回乡者也经历了一个唤醒记忆的过程：与姐姐共坐父亲的单车，黑夜数星星，争论没有星星的暗处有什么……一向陌生的姐夫与小侄子也逐渐变得有些亲近。姐姐死的当天晚上，两个侄子——阿令与阿竟带着泪痕做作业。阿竟的语文作业有一道关于鲁迅《故乡》“中心思想”的理解题，顾零洲让不明白的阿竟读出声：“我躺着，听船底潺潺的水声，知道我在走我的路……”

> 夜静极了，所有人都静默着，听着。姐姐也在听，支起薄薄的耳朵，微微侧过瘦削的脸，脸上紧张的表情渐渐缓和……想不到会在如此情境里听到如此熟稔的《故乡》。有什么新的、过去未能窥见的东西缓缓展现。他眼里含着泪水，怕忍不住，不得不一再扭过头，仰起脸。

这真是一个奇特的场景。所有人——还乡者、故乡人、死者

① 甫跃辉：《后记：有一盏灯》，《每一间房舍都是一座烛台》，作家出版社2015年版，第199页。

（姐姐），都在聆听一个中学生用普通话朗读的关于知识者“还乡—失落—寻找”的故事。而听懂这个故事的人，可能只有还乡者顾零洲吧。因为其他的故乡人都没有“故乡意识”（“故乡”是离开的产物），也不会有乡愁。不过，与《故乡》中的“我”不同的是，还乡者顾零洲已经没有了启蒙的抱负，只是一个身在故乡的异乡人，那么，那让顾零洲流泪的，“新的、过去未能窥见的东西”又是什么呢？

无论如何，在这一瞬间，经由鲁迅的《故乡》，顾零洲与故乡取得了某种和解。不过小说并没有就此结束。姐姐葬礼后顾零洲赶赴县城参加早就安排好的高中同学聚会，遇到曾暗恋他的高中同学黄茉莉。她从北京回故乡几年仍然执意说普通话（而顾零洲很快适应了方言），并希望找个说普通话的男朋友，受到县城同学的嘲笑。喝了酒的顾零洲与黄茉莉一夜欢好，高潮时刻，顾零洲喊出的却是方言，让刚刚转说方言的黄茉莉惊觉他们之间的错位。

与《故乡》一样，小说是在都市/乡村的差异中展开的，但在《普通话》中，它被置换为普通话/方言的差异。这是《普通话》较《故乡》更具现实性与真实感的地方。普通话/方言不仅代表着地理空间的差异，更表征着权力和价值上的差异：“普通话”代表“国家/城市/现代/文明”，“方言”代表“地方/乡村/传统/落后”。这种无法弥平的差异像鸿沟一样横亘在“我”与黄茉莉、姐姐姐夫、侄子、故乡人之间，一如横亘在《故乡》中的“我”与中年闰土、杨二嫂之间。语言的差异（“国语”/普通话与方言）所表征的不平等关系在鲁迅的时代已然存在，却没有作为一个普遍性问题反映在当时及后来的现代汉语创作中（包括鲁迅的《故乡》，虽然我们几乎可以肯定闰土说的是方言）。《普通话》不仅揭示了语言的这种不平等的差异，而且揭示了当代中国“乡村/故乡”的困境。因为两者是紧密关联的。如作者甫跃辉所说：“故乡，在一定程度上说，就是那只能用方言表达的所在。”①而顾零洲的困境恰恰在于，当他试图用方言去接近/融入故乡时，却反而发现自己与故乡间的遥远距离（成了故乡的异乡人）。这样，他回乡后刻意的方言表达就只是一个姿态，一个哀婉的、反讽的姿态，在在提醒他能指（方言）与所指（故乡的内涵）已经发生了分裂，故乡已无法成为他的“家园”。

小说结尾以奇怪的“附录一”和“附录二”的方式分别叙述顾零洲的“过去”与“现在”：“过去”的开头叙述顾零洲与黄茉莉在县城分手后回家：“他在醉眼蒙眬中，眼前展开一片山下碧绿的麦地来，上面深蓝的天空中挂着一弯薄冰似的残月。他想，家是本无所谓有，无所谓无的。这正如地上的路——纵使地上有路，走着走着，也会没了路……”这无疑是对《故乡》中神异的海边图画以及那段关于“路”的励志名言的戏拟；而“现在”则以三年之后姐夫与侄子到上海家中探亲的场景，再次戏拟了“我”与中年闰土见面时的情形。闰土一声“老爷”带给还乡的启蒙者“我”以沉重的打击，让我的“美丽故乡”瞬间坍塌，而姐夫像闰土一样的反应（“姐夫脸上现出尴尬的神情，动着嘴唇，却没作声。终于，姐夫的态度恭敬起来了，分明用普通话问：‘卫生间在哪儿？’”）既是对《故乡》的刻意的反讽，也再次确认了顾零洲的“失乡”处境，并抹去了他从故乡获得“希望/救赎”的可能性。这与《故乡》中的“我”带着对故乡的“希望”离开形成对比，却与《白狗秋千架》的颠覆性结尾构成奇妙的呼应。

不过，正如我们将莫言的《白狗秋千架》放在他的整个创作中，得出其开启了莫言反思性的乡愁认同之路的认识，将甫跃辉的《普通话》放在他的顾零洲人物系列中，也会发现，它通过对乡愁与乡

① 甫跃辉：《语言让我舌尖无法安稳》，《人民文学》2015年第6期。

愁认同的戏拟与否定，呈现了一个21世纪离乡者的处境——身在城市/乡村（故乡）之间，两头不着地，又失去了启蒙知识分子的情感/精神高位，所以在情感和精神上都“无家可归”——从而再次凸显了当下中国“故乡丧失”的普遍性事实。这也正是顾零洲们“虚弱虚伪虚无”的根源。甫跃辉的写作因此可以被视为一种反向的乡愁认同书写，即通过书写“故乡”的“丧失”与“缺席的在场”，从反面凸显“故乡”作为个体情感和精神归属的意义和价值。

所以，相对于《故乡》，甫跃辉的写作无疑是一种“后撤”：主人公从启蒙的知识分子“后撤”为普通的个体/新城市人，叙述动机从变革故乡“后撤”为在城市立足，叙事动力从在故乡获得“希望”以便在外面的世界“走自己的路”“后撤”到对新城市人“虚弱虚伪虚无”生存的展示。看似被动的“后撤”背后是作者立足点的转变：从乡村/故乡转变为城市，从“乡愁”转变为“城愁”，乡愁认同转变为城市生存困境表达。置诸中国现代性和城市化的进程中，这一转变无疑有着日益广泛的现实基础。

不过在甫跃辉那里，“城愁”并非是对“乡愁”的否定与断裂。甫跃辉的晚近创作集中书写的是“城愁”，但“乡愁”——“故乡/根源”丧失——的阴影一直如影随形，像幽灵一样，成为书写的暗面。同时代的批评家多注意到甫跃辉创作的“内在性”：“无论是个人和外部世界之间发生了什么形式的冲突、摩擦和冲撞，他（甫跃辉）最终都回到人物的内部来化解这一切。”①但这个“内部”并非与“外部”隔绝，而是已经将外部（故乡）楔入内心，成为“内部”的核心部分（这应该就是作者自谓的“有所固守”的东西）。人物的内心世界

① 杨庆祥：《故事尽头，洗洗睡吧》，凤凰网读书频道“文学青年”第11期：甫跃辉专号。

与外部世界的紧张并没有被"化解",反而总是作为"创伤和症候"被呈现。换言之,新城市人顾零洲们的内心是一个时时保持着紧张的"世界",而"故乡"是这一"世界"的暗面。所以,顾零洲们看起来并不关注民族/国家,但是这种在普通话与方言不平等关系之间的辗转,在"故乡丧失"与"故乡追寻"之间的迷惘与彷徨却在 21 世纪流动的中国具有普遍性,顾零洲个人的"创伤和症候"因此也是"时代的创伤与症候"。如果说"故乡丧失"与"故乡寻找/重建"是一体之两面,那么这是否意味着作者在今后的写作中会更多唤醒"故乡"的力量,重新建构乡愁认同,以对抗或者化解"虚弱虚伪虚无"? 可以肯定的是,这一力量不会仅仅源自个体对其故乡的情感,也会与更广大的民族/国家,甚至信仰相关,在家国同构和多宗教的中国,乡愁认同本来就与民族/国家认同、宗教认同(信仰)交叉、重叠。[①] 作为"70 后"中最具陀思妥耶夫斯基气质的作者,甫跃辉的乡愁书写与认同建构之路因此尤为值得期待。

从《故乡》开始,经《白狗秋千架》《耶路撒冷》到《普通话》,我们看到,虽然立足点与路径不同,但莫言、徐则臣、甫跃辉依然处在由鲁迅开端的乡愁书写的延长线上,是鲁迅开创的乡愁认同的接续者。同时,无论是书写者还是作品中的人物,都似乎越来越被动地"后撤"了:从"世界""中国"到"故乡",再到城市中的"个体"。这

---

① 在甫跃辉的小说《朝着雪山去》中,主人公上海名牌大学的大学生关良,觉得什么都"没意思"而沉迷于游戏。而"没意思"的根源之一在于关良上学前与故乡情感的断裂(与《普通话》中的顾零洲相似)。毕业后去拉萨朝圣就成为关良(和同宿舍同学)获得救赎的契机。朝圣途中遇到年轻喇嘛其加,这是关良离故乡(父母)和神性最近,也就是最接近自我救赎的时刻。小说以众人的幻灭结束,可以说既在意料之外,又在意料之中。

一嬗变揭示的是当代中国的“个体”在丧失了与“共同体”的内在关联后，节节败退的处境。这一方面是对随中国的现代性与全球化转型而来的国人失根状态的真实反映，所以“后撤”反而意味着“落地/接地气”；另一方面，“丧失感”或者说对“失根”的自觉是乡愁的前提，是重建乡愁认同的契机，在这个意义上可以说，“后撤”是为了向“未来”重新出发。这正是乡愁认同的实质——通过回到“过去”而面向“未来”。

从鲁迅到甫跃辉的乡愁认同嬗变表明，谈论“超越故乡/乡愁”尚为时过早。“故乡”作为汉语世界情感、精神与价值的空间/地方，其边界与内涵也一直随着“世界”的变化，随着作者与人物位置的变化而变化。也就是在这样一种永无止息的变化、书写与认同的过程中，我们在不断地接近那作为情感与精神归属的“故乡/家园”。

余论　流动的乡愁与认同

在今天，乡愁愈来愈成为华人世界的热门词语和话题。这与21世纪是一个流动、迁徙的世纪有关，也与中国政府提出“望得见山、看得见水、记得住乡愁”有关。后者更多指的是地理、空间和情感意义上的乡愁，而文学/文化中的乡愁书写则要复杂得多，也丰富得多。费孝通指出，中华民族是“多元一体”，中国/中华文化亦可如是观。通常所谓黄河文化/中原文化和长江文化并不足以代表其全部，而以往被视为边缘的珠江文化，在当今时代却越来越显示其独特性和重要性。立足华语文学和珠江文化的视野，会发现在珠江流域，或者说粤港澳大湾区，氤氲着的是一种流动的乡愁，与长江和黄河流域的乡愁表达不同，可暂且称之为“珠江乡愁”。在今天这个变动的“全球/地方性”时代，作为源远流长的汉语/华语乡愁传统的一部分，这种流动的乡愁正被越来越多的中国人（华人）所体验和表达，成为其认同建构的重要途径。

一、珠江乡愁的“流动性”

珠江乡愁也同样立足个体与集体、地理与文化等多个维度之上。因为乡愁的地理对象是泛珠江流域地区，它覆盖的地域为珠江流域和珠江口外沿海诸岛，包括广东、广西、海南及香港和澳门地区，其文化指向是基本已经达成共识的珠江文化。珠江乡愁的作者要么故乡属于珠江流域，要么在珠江流域间经常往返，要么其写作常涉及珠江地理——一种文化地理。

从地理特征看，珠江是一条大河，也是一个水系，涵盖三个方言区（客家、白话、潮汕），三种文化（广府文化、客家文化、潮汕文化）；从类型看，珠江文化是一种热带亚热带类型文化，属于海洋文化类型，从内部来看它又是一种复合型文化；从文化与价值层面看，珠江文化的特征是多元性、兼容性、开放性与变通性。[①]

从中心与边缘的角度看，相对于北方的黄河文化与中原文化，珠江文化无疑是边缘性的，但由于其南向面对的是开放、流动的海洋，又具备了前沿性、包容性、开放性的特征，可谓“兼容并包、多元一体”。从区域中心城市的角度看，珠江文化也经历了从单中心（广州）到多中心（广州-香港-澳门，现在要加上深圳）的变化过程。由于珠江流域作为“地方”，有着明显的流动性和弥散性，其地理空间的界限不那么明确和固定，珠江乡愁书写也就不执着于某一点某一地，而更多聚焦于风俗、人情，以及语言、文化与价值的层面，形成独特的乡愁认同。所以无论从地理空间还是语言文化的维度，它都突破了某种单一性、单纯性，而具有包容性、混杂性，有别于一般的、固定于某一地某一区域文化的本质性乡愁，可谓之“流动的乡愁”。其“流动性”主要体现在：

---

① 黄伟宗：《多学科交叉的立体文化工程》，黄伟宗、李俏梅编著，《珠江文典》，广东旅游出版社2017年版，第2—3页。

（一）乡愁叙述者位置的流动

乡愁本来就是时空位移的产物，珠江乡愁的作者常常在中国大陆和港、澳、台地区以及异国之间迁徙、移动、漫游。其早期移动的方式也与流动的方式——船有关。比如从内地偷渡到澳门再到香港的作家寒山碧，其记忆中最难忘的就是坐船回家，以及后来在大海中九死一生的偷渡经历。这些成为他的自传性的“大河小说”《狂飙年代三部曲》的重要章节。虽然他的出生地是海南某地（当时属于广东），却浓墨重彩书写广州，因为正是在省城广州，他度过他的学习时代，遭遇他的初恋。可见“故乡”已经不限于个体的出生地，是否有深刻记忆，是否对个体有成长/成熟的意义更为重要。还有如黄碧云，其故乡在广东，出生在香港，在香港大学毕业后到欧洲、拉美游历，后返港，写成长篇小说《微喜重行》。同样土生土长的香港作家陈冠中，现在则长期在北京居住。

（二）乡愁情感的流动性/丰富性

位置的流动突破了单一的地理空间和地域文化，带来其情感的包容性而非固定性、偏执性，使情感更具丰富性和弹性。传统乡愁一般执着于本源性、本真性，呈现出连续性、固定性的特征，珠江乡愁书写者却在传统的“衣锦还乡”“叶落归根”外发展出“落地生根”“生根开花”的模式和路径，他们往往将自己居住的地方视为“第二故乡”，避免了乡愁的本质化和固定化。不像现代作家鲁迅、沈从文、萧红、师陀等，执着于书写各自的故乡小城，迁居香港的作者如刘以鬯、西西等都不执着于书写自己出生地的地理空间，随着时间流逝，愈来愈着眼于香港本地的书写，将“香港”这一“他乡”视作“第二故乡”，念之爱之。也有一些南下的作者，一开始自我认定为香港/澳门的“过客”，但经历了一个逐渐融入本地的过程（如香港作家夏马的《荒山居琐记》、司马长风的《击壤山庄》和澳门作家何贞的《土生玛利亚》都以此为题材)。一些出生于广东的作者因为语言与文化的相似性,对移居地并没有排斥心理,反得以将出生地与香港、澳门互看、比较,出现了澳门人怀念香港,香港人怀念澳门,港澳人怀念广东的现象,移居海外者则往往以海外视角回看粤港澳(这是香港作家梁凤仪小说的一个重要主题)。澳门作家李烈声的"珠三角系列"(包括《珠三角年俗一、二、三》《代写书信忆趣事》《霉香咸鱼的诱惑》等篇目)着眼的就是粤港澳的各种生活、习俗和饮食文化的互动。在他眼里,珠江文化具有更多的共通性,从来没有割裂。流动的珠江也屡屡成为港澳作者书写的对象。这些作者笔下的乡愁情感已不限于一地一事,不执着于某一种情感,抒情也不见得很浓烈,却氤氲缭绕,驱之不去,更显其多元、绵长和丰富。

(三) 乡愁的世俗性/神圣性

珠江乡愁的世俗性主要体现在其内容多指向日常生活、习俗与饮食文化等的回忆与书写,避开启蒙视角,回避"阶级""革命"话题。三地的茶楼、茶点被屡屡提及,从饮食又旁涉习俗、文化,是一种充满人间烟火气的乡愁。这种"烟火气"又是通过"回忆"来呈现的,作者站在"现在"来回忆"过去",使得叙述中不乏想象和美化的成分。也有作者写到现实中的还乡(如陶里的《回乡》)。在这些篇目中,现实中的回乡所见与回忆中的故乡往往形成反差与对照,凸显出游子所在地与故乡的差异,发达的港澳与刚刚开放的内地的差异。但这也有一个变化的过程。如果说,在 1980 年代改革开放初期,甫一回乡的港澳游子更多感受到的是一种失望、失落与不适应,体现在故乡的交通不便、卫生不好、经济落后等物质层面,那么随着内地政治、经济文化的发展，这一距离正在不知不觉中缩短。这些变化也必将在今后的乡愁书写中得到反映。

所谓“神圣性”其实是“世俗性”的另一面。“神圣性”源自珠江文化对血缘、祖先、家族的重视，它体现在一系列的礼仪，尤其是祖先祭祀中。这一方面使得乡愁成为珠江居民的基本情感，另一方面又指向了更高的精神和价值层面，即让故乡生成为“家园”的可能性。这种凝聚/认同的作用与西方人的宗教信仰有相通之处，虽然是“人情/人性”的，却具有了某种神圣性的维度。如黄碧云在后期的长篇小说《微喜重行》中所展示的，故乡让还乡者的情感距离从“陌生”“疏离”过渡到“认同”，将自己纳入到故乡的族谱中，思考“故乡”对于自己更深层和切己的意义。

(四) 边缘性/非中心性

因为地理和历史的原因，珠江乡愁的港澳表达者多与民族/国家保持一定的距离，表现出与长江/黄河乡愁不同的聚焦。所以珠江乡愁的表达者，其民族国家情感似乎不是那么沉重，较少将自己的乡愁与民族国家的历史与前途直接挂钩，而更注目自己的“家”。如香港作家金依在《望夫石怀想》中，将长江三峡的神女峰与香港沙田的望夫石进行比较。巫山神女的神话未让作者感动，望夫石的故事却让作者共鸣。这种多元的文化认同观与作者所处的地理和文化位置有着直接关系，也与港澳的迈代历史有关。虽然如此，中国人(华人)的“家国一体”观念最终仍然会反映在他们的乡愁书写中，最终会指向一个“想象的共同体”——“中国”。所以虽然《望夫石怀想》的作者情感上偏重经常路过的望夫石，却并不认为它与神女峰是对立的，因为两者都寄托了中国人的情思，都是“中国”的一部分。而小思的《多市第一夜》，写在多伦多的街上两个陌生的中国人相拥而泣，只因为她们是中国人，流着只有中国人流的泪。这里的“中国”已不局限于“（政治）中国”，而更多指向中国的语言、历史、神话传说以及承载它们的文学，即“文化中国”。这应该是世界各地华人乡愁内涵的“最大公约数”。不过，“文化中国”毕竟离不开“政治中国”，所以“中国”在目前仍然是一个问题，是有待于重新认同的对象。而从珠江乡愁的表达中我们已发现“边缘/中心”并非对立，反而是互相依存、相互定义，提醒我们“中国”认同有着多个角度、多个维度和多种路径。

（五）粤语既是乡愁的载体，亦是乡愁的对象

粤语在珠江乡愁的表述中有着特殊的意义。虽然珠江乡愁的作品绝大多数以“国语”/普通话来表达，但是粤语词汇和语调也经常出现，粤语是乡愁的载体，也是乡愁的对象。除了以粤语为母语的作家有着这种自觉意识，非粤语的作家也对粤语有一个从不接受到逐步接受的过程，在行文中不时蹦出几个粤语词汇。具有香港、澳门特色的所谓“三及第文”（即文言、白话和粤语的混合）是其代表。以粤语为母语的作家，则有意在小说中以粤语进行表达。如黄碧云的《烈佬传》《微喜重行》，陈冠中的《金都茶餐厅》等小说。在他们看来，用普通话来表达那些不会说普通话的底层人物是不真实的。因为作为方言的粤语，在曾经与祖国内地分隔的香港、澳门地区，本身就表征着与祖国内地割不断的关联，与中国文化的血脉相连，所以理所当然地成了乡愁的对象。虽然华人居住的区域方言众多，但像粤语这样同时成为乡愁的载体与对象的却不多见，这与珠江流域语言与文化的紧密关联有直接关系。当然这对于乡愁书写者有一个逐渐自觉的过程。

二、走向“情感/精神共同体”

关于“文化乡愁”，白先勇说过一段话：“台北我是最熟的，真正熟悉的，你知道，我在这里上学长大的——可是，我不认为台北是我的家，桂林也不是——都不是。也许你不明白，在美国我想家想得厉害。但那不是一个具体的家，一个房子，一个地方，或任何地方——而是这些地方，所有关于中国的记忆的总和。”白先勇的文化乡愁是寄托在一个有着历史与文化创伤的“中国”基础上的，它不受地理空间限制，其对象是“文化中国”，一种从地理历史中国升华出来的文化、精神、价值和情感。语言（普通话/方言）在他那里并没有成为一个问题。白先勇的“文化乡愁”有一种悲凉感，是因为在身在中国台湾地区的他那里，“文化中国”与当时的中国大陆是隔绝和割裂的，所以有前路茫茫之感。而珠江乡愁的港、澳作者并没有白先勇的那种沉重的忧患意识，除了时代、家庭及人生经历的差异等原因，更与珠江流域的语言文化相似，其文化传统没有中断，语言（粤语）这一土壤没有多少改变有很大关系。这里没有“断裂”。这使得作者“身心安稳”，不那么焦虑。这正是语言（方言）与文化认同力的生动体现。

虽然粤港澳大湾区文化的一体感并未改变，却因为历史、政治与现实发展的原因出现了诸多差异，导致了认同危机的出现。在这样一个认同问题出现的时刻，乡愁书写这一文学认同路径，反而可能是华人共同感之受之的认同渠道。它在加深对“故乡/中国”的更具包容性的认识和理解的同时，也有可能认同、建构一个海内外华人共享的文化、情感与价值空间。

这里最有代表性的例子是香港作家黄碧云。黄碧云的整个创作围绕香港与故乡/内地/中国、香港与世界（西方/拉美）展开，而

"认同"是其核心线索。其创作可分为三个阶段：从最初的不理解内地/中国、疏远故乡到逐步认识了解故乡（通过父亲与兄弟的经历），再到通过还乡与故乡和解、认同。长篇小说《微喜重行》中的主人公微喜正是如此。因此"重行"就是重新发现故乡，重新赋予故乡以价值与意义，建构一种基于"国"与"家"的共同基础之上，由血缘出发，历经患难而形成的情感性认同。

黄碧云还致力于一种更具香港市井风味的"港式粤语"的创造（集中体现在她第三阶段的创作《烈佬传》和《微喜重行》中），这不仅体现在词汇的运用上，而且体现在语法的使用上。她试图创造一种"港式粤语"的"语感"，除了继承地道粤语的俚语、口头禅、多义字以外，还有着独特的"港味"。这一创造一方面彰显了"香港意识"，突出了香港市井生活和语言文化的混杂性（亦是其独特性）；另一方面，也凸显了香港与珠江文化/岭南文化的深层关联和难以割裂。

黄碧云及其创作的变化很好地诠释了珠江乡愁的凝聚力，以及文学的乡愁书写之于认同建构的作用。我们看到，在黄碧云那里，情感与价值的认同往往不是由种种"大说"，而是经由"小说"来建构与完成的。而且特别值得关注的是，认同往往不是由知识分子来体验与表达，而是通过普通人的生活与受难来体现。这是研究者所称道的"市井国族经验"。它最终指向的，或者建构的是一个"情感/精神共同体"——"中国"，但就黄碧云迄今为止的创作来说，对故乡和内地/中国的认同还主要处在情感认同的层面，精神或者价值层面的认同能走多远还有待于观察。

无论如何，随着香港、澳门回归日久，交往日多，一个正在崛起的、多元化和包容性的"中国"正越来越成为海外华人乡愁与认同的对象。"中国"作为一个文化、政治、精神共同体，已经不仅是历史的，也是现实的。它能否成为海内外华人的"家园"，取决于它是否是一个包容性而非排他性、无限性而非封闭性的"情感空间"和"价值、精神空间"，如社会学家齐格蒙特·鲍曼所说的"共同体"："它不是一种我们可以获得和享受的世界，而是一种我们将热切希望栖息、希望重新拥有的世界。"①所以珠江乡愁的书写并非是"回到故乡"，而是"建构故乡"，并非是"回归家园"，而是创造"家园/中国"。珠江乡愁的书写者，也是"中国"这一"情感、价值、精神共同体"的创造者。

在全球化的现时代，有人提出要想象一种新的乡愁观：它强调人的体验感，暂行暂息，四海为家，不再"愁"回不去的故乡，它推崇一种泛时空、泛空间的情感，走到哪里，哪里就是故乡——"吾心安处是故乡"。它认为乡愁的对象并不一定是具体而微的家乡，而应该突破地理空间界限，蔓延至更广远的地方、更广远的时代：童年、梦幻、田园的诗意或更为缓慢的生活节奏。这是一种宽泛意义上的、反本质的后现代乡愁观，被越来越多的迁徙/离散者和世界主义者接受。还有人提出，在一个去空间、去地域的网络化时代，乡愁已经失去依托，变得不合时宜，甚至成了某种负担。但在"故乡"与乡愁被赋予不同寻常意义的华人世界，我们必须思考：如果脱离了真实的地理时空，那么自我/主体如何能够找到"在家感"和安身立命感？为了拒绝乡愁的"本质性"而抛弃"本真性"，乡愁是否会变得泛化，变成某一种可以流通的商品，或者只是起着抚慰作用的"怀旧"？其认同作用会否打折扣甚至丧失？书写乡愁的粤港澳作家大部分还是处在"现代"（执着于地理真实的故乡）与"后现

① 齐格蒙特·鲍曼著，欧阳景根译：《共同体》，江苏人民出版社 2003 年版，第 4 页。

代”（只在乎“心安”）之间，使得乡愁得以在“本质性”与“本真性”之间保持着某种张力。他们仍然执着于追寻/建构一个集地理、情感与价值、精神为一体的“故乡”。流动的乡愁也越来越成为中国人/华人认同建构的重要途径。

附录一　视觉因素、起源叙事与鲁迅的“自觉”

一

作为鲁迅小说创作中的一个基本模式，“看/被看”这个带有原型意味的场景先后出现在《狂人日记》(1918年)、《孔乙己》(1919年)、《药》(1919年)、《阿Q正传》(1921年)、《祝福》(1924年)、《示众》(1925年)、《铸剑》(1926年)等小说中，此外，大家熟知的《野草》中的《复仇》一篇的基本结构也是“看/被看”。读者普遍认为，这一场景的频频出现意味着作者站在启蒙者的立场，对麻木的看客展开批判。这一点有作者的论述为证。

在写于1922年的《呐喊·自序》一文中，作者在描述了日俄战争中，围观日本人砍头的中国的看客后写道：“凡是愚弱的国民，即使体格如何健全，如何茁壮，也只能做毫无意义的示众的材料和看客，病死多少是不必以为不幸的。所以我们的第一要著，是在改变他们的精神，而善于改变精神的是，我那时以为当然要推文艺，于是想提倡文艺运动了。”①同样的场景叙述，还出现在1926年的

① 《鲁迅全集》第1卷，人民文学出版社2005年版，第439页。

《藤野先生》一文中，里面虽没有这样激愤的言论，但对那“酒醉似的喝彩”的看客的批判之情也溢于言表。无疑，在同一场景的两次叙述中，鲁迅都是以区别于庸众的“独异的个人”出现，站在觉醒的中国人位置，抨击和批判看客，立志通过文艺改变他们的精神，其“改造国民性”的主题也于焉确立，并带出了鲁迅创作中的一系列二元对立现象：“知识分子/群众”“觉醒/昏庸”“启蒙/被启蒙”，这些对立的结构已成为我们阐释鲁迅创作的基本模式。但是这些立足启蒙框架内的对立模式是否道出了鲁迅和鲁迅创作的复杂性？

要回答这个问题还是得先回到现场，追溯源头——“幻灯片事件”。

所谓“追溯”，就是返回到最初的场景和叙述，返回到历来对事件的重述和解读中去。正如柄谷行人通过“现象学还原”的方式追溯日本现代文学的起源，反思其与民族主义及现代民族国家在制度上的共谋关系①，让我们先回到“原点”，即著名的幻灯片事件，来作一个追溯。由于鲁迅被尊为中国现代文学之父、现代启蒙文学的开拓者和集大成者，对鲁迅文学创作原点的追溯也就是对中国现代文学起源的追溯。

早在1944年，日本著名的鲁迅研究者竹内好在当年出版的《鲁迅》一书中就重点讨论了“幻灯片事件”与鲁迅“文学的自觉”之间的关系。对这个关系到鲁迅文学解释中最根本的问题，他的结论与通常认为的不同：“幻灯片事件与立志从文并没有直接关系。”他认为不是幻灯片事件本身，而是他（指鲁迅）由此得到的屈辱感

① 柄谷行人著，赵京华译：《日本现代文学的起源》，生活·读书·新知三联书店2006年版，第269页。

作为形成他回心之轴的各种要素之一加入了进来。① 海外学者李欧梵1970年代的《一个作家的诞生——关于鲁迅求学经历的笔记》一文中将幻灯片事件视为鲁迅生平的第二次心理“危机”。“鲁迅对这件事绘声绘色的描写似乎在有意刻画一场冲突，冲突的一方是他本人，一个‘旁观者’，坐在异国的课堂里；另一方是‘身临其境’的自我，一个更大的象征性的形象。在观察这个形象的反射物（新闻幻灯）时，他与他的同胞这个集体概念融为一体了。”因此，这一事件是催化剂，“使他（鲁迅）最终正视了真正的自我”②。李欧梵敏锐地注意到场景中二元对立式的冲突中自叙者的“旁观者”位置与“自我”“民族”“国家”的牵连。这可以说是较早地从视觉经验的角度来讨论幻灯片事件的文章。近来从视觉的角度（即围绕“看/被看”的关系）来讨论这一事件的研究者不少，突出的有周蕾、张历君、罗岗等。

周蕾在《视觉性、现代性与原始的激情》一文中指出，批评家们在顺着作者本人的意思将幻灯片事件解释为作为启蒙者的鲁迅的“自觉”时，遗漏了极为关键的问题，“即这个事件首先而且根本上是一次视觉性的遭遇”。幻灯片事件带来的震惊和困惑“是通过电影媒介的夸张和扩大的过程才达成了其可能性”，而“单从文学角度进行考虑，便忽略了这样一个事实：鲁迅的解释已经是对描述和叙述一个沉默的视觉事件的追溯性尝试”，因此，“从鲁迅自己作为一个电影的观看者的视点出发，我们能说，他所‘见的’和‘发现

① 竹内好著，李冬木等译：《近代的超克》，生活·读书·新知三联书店2005年版，第57页。

② 乐黛云编，《国外鲁迅研究论集（1960—1981）》，北京大学出版社1981年版，第119页。

的’不仅是这个行刑活动的粗暴，或仅仅是旁观者的粗暴，而是电影媒介本身的直接粗暴和残酷的力量”，“简单地说就是，鲁迅是通过观看电影才认识到在现代世界中‘作为一个中国人’究竟意味着什么”①。

部分是呼应周蕾的观点，香港研究者张历君在《时间的政治——论鲁迅杂文中的“技术化观视”及其“教导姿态”》一文中讨论了“幻灯片事件”中的“技术化观视”问题。他认为周蕾认定鲁迅没有明确拒斥视觉影像，却在“幻灯片事件”以后回到传统的文字中心文化是一种逃避影像毫无遮掩的再现暴力的表现的观点将鲁迅简单化了。周蕾的这种解读使她忽视了“弃医从文”故事中的“医学”元素，“而鲁迅正是通过解剖学视角获得对摄影机镜头产生的视觉或影像经验”，从而把一种批判/医治的功能置入文学的领域中，“因此，鲁迅的写作在解剖学的视角中获得了一种否定和变革的性格，它否定任何僵固的国民气质，并通过这种否定推动‘国民性’的变革。这样，充满‘本质论’和‘大一统’倾向的‘国民性理论’在鲁迅的写作中成了一个不断流变和充溢着多元扩散轨迹的领域”②。

国内从“看/被看”角度来解读幻灯片事件的研究者是罗岗。他在《“主奴结构”与“底层”发声——从保罗·弗莱雷到鲁迅》一文中专门讨论了幻灯片事件，又在题为《视觉文化·历史记忆·中国经验》的与李欧梵的对谈中，回应了周蕾与张历君的观点。他认为，鲁迅通过幻灯片事件建构了一个多重的“看”与“被看”的关系：

① 罗岗、顾铮主编，《视觉文化读本》，广西师范大学出版社 2003 年版，第 260—264 页。

② 罗岗、顾铮主编，《视觉文化读本》，广西师范大学出版社 2003 年版，第 288—297 页。

1. 幻灯片中中国人“看”中国人被杀头；

2. 鲁迅“看”中国人的围观；

3. 鲁迅的日本同学“看”中国人的被杀与被围观；

4. 鲁迅“看”他的同学如何看幻灯片；

5. 日本学生“看”中国同学鲁迅（周树人）看幻灯片时的反应。

在这些错综复杂的视线中，鲁迅不仅是一个“观看者”，同时也是一个“被看者”，这样，那种只站在“观看者”的角度把鲁迅视为一个先知先觉的启蒙者的解释就暴露出局限，它忽略了这样的问题：“那就是在‘被看’的意义上，鲁迅与那个杀头的中国人构成了怎样一种关系，在中国人和日本人共同的眼光的压迫下，他（鲁迅）或他（被杀头的中国人）有什么样特殊的感受呢？这种感受用‘启蒙主义’可以完全概括吗？”①

二

以上的研究表明，视觉与中国现代文学的关系问题正日益受到研究者的关注。对于视觉，阿恩海姆认为，“看”是一种格式塔的完形过程，一种悟解能力，人们通过这种组织的方式创造出能够有效地解释经验的图式。② 换言之，“看”制造意义。李欧梵指出，中国传统小说是没有什么镜头感的，必须有了电影以后才能在文本中催生出视觉性的效果来③，因此鲁迅关于起源阐述中的视觉因素就

① 罗岗：《“主奴结构”与“底层”发声——从保罗·弗莱雷到鲁迅》，《当代作家评论》2004年第5期。

② 鲁道夫·阿恩海姆著，滕守尧、朱疆源译：《艺术与视知觉》，中国社会科学出版社1984年版，第56页。

③ 罗岗、顾铮主编，《视觉文化读本·代序》，广西师范大学出版社2003年版，第13—14页。

特别值得重视。本文顺着上述研究者的思路，接过罗岗的问题：如果“启蒙主义”不能完全解释以“看/被看”为基本结构模式的幻灯片叙事，那么它对于鲁迅及鲁迅的创作意味着什么更复杂的因素？

让我们先回到鲁迅的两个相关的文本，看他是如何在不同的时间和场景里呈现这一事件的。在《呐喊·自序》中，焦点在“看客”身上，突出的无疑是叙述人“我”对麻木的看客们的抨击和激愤之情。这个“我”虽须常常随喜日本同学们的拍手和喝彩，但这一次有没有呢？文中没有提到。总之，幻灯片事件成了“我”弃医从文的转折点。而在《藤野先生》（它写于四年后）的叙述中，对麻木看客的愤怒已经淡化，代之以一种无奈和失望（“呜呼，无法可想！”），焦点已转移到“我”的日本同学的表现，尤其是“漏题事件”。这件事发生在“幻灯片事件”之前，在《呐喊·自序》中则根本没有提及。至于“我”，出现在被“补充”式的加上的一句话的末尾：“在讲堂里的还有一个我。”

从两个文本的对比中可以发现，在《呐喊·自序》中鲁迅在“看/被看”的二元框架中建构了一个愤激的启蒙者形象，幻灯片事件成为他文学自觉的唯一契机。而在《藤野先生》中问题被进一步复杂化了：幻灯片事件仅是造成“我”的转变的一个原因，在前面做铺垫的还有“漏题事件”（在其中日本同学的表现与藤野先生形成鲜明对比），而且这一事件看起来似乎起着更基础的作用。竹内好将两件事联系起来，认为它们共同造成了“我”的“屈辱”。“屈辱不是别的，正是他自身的屈辱，与其说是怜悯同胞，倒不如说是怜悯不能不去怜悯同胞的他自己。”①竹内好特别强调了“屈辱”的形

① 竹内好著，李冬木等译：《近代的超克》，生活·读书·新知三联书店2005年版，第57页。

成与"我"和同胞之间既爱又恨的复杂关系的关联。我这里要补充的是，鲁迅体验到的，除了竹内好所说的"屈辱感"恐怕还有"羞耻感"①。"屈辱"是面对他人的欺压无法反抗时所体验到的滋味，而羞耻则是自己可以做（或不做）某事而没有做（或做了），可以阻止而没有阻止而带给当事人的不光彩感。我以为这两种感觉在鲁迅心中是缠绕在一起的，或可用"耻辱"一词来概括。因此，被放在"后缀"位置的那一句"在讲堂里的还有一个我"就不是看起来那么轻描淡写。联系到前一句中的"但偏有……也是"，这个"我"的出现，与其说是"补充"，不如说是突出，在写作时的鲁迅的目光"审视"下，这个被看者"我"与前面所说的给俄国人当侦探的中国人及看砍头的中国人构成一种呼应和尖锐对照，从中可以读出某种自我谴责的味道。再结合《呐喊·自序》中"我在这一个讲堂中，更须常常随喜我那同学们的拍手喝彩"一句，我们可以猜测，这个"我"这一次也许没有拍手喝彩，没有欢呼"万岁"，但"我"置身其中，成了"旁观者"甚至拍手喝彩者的"同谋"，却是明明白白、确确实实的。"我"除了与"牺牲者"（被杀的中国人）感同身受之外，恐怕更多的是意识到自己充当"看客"的"同谋"角色而造成的"耻辱感"：对自己与麻木的看客同胞一道观看同胞被杀感到耻辱；对自己竟与日本同学（他们在此是代表加害者的一方）一同观看（甚至曾经

---

① 安东尼·吉登斯著，赵旭东等译：《现代性与自我认同》，生活·读书·新知三联书店 1998 年版，第 71 页。按吉登斯的理解，"羞耻感直接与自我认同有关，这是因为它基本上是对叙事充分性的焦虑，只有借助于这种叙事，个体才能保持连贯的个人经历"。作为行动者动机系统的消极面，它与自豪感或自尊感相对。弗洛伊德则认为"羞耻感发源于在旁观者注视下的裸体状态"。鲁迅的"羞耻感"无疑与他的身体被（日本同学和写作时的自己）"看"有直接关系，与他以自尊的中国人自许（与麻木的看客形成反差）更密不可分。

一同欢呼)感到耻辱;对自己身为弱国子民之一员没有能力,也没有勇气去阻止(或反抗)这一炫耀性的观看感到耻辱(在这里他甚至比那些麻木好奇的看客更恶劣);而最令人耻辱的恐怕是,“我”对当时自己身处“耻辱”的处境竟不自知(“我”只是本能地感到欢呼声“刺耳”)![1]

这里尤其要注意的是,幻灯片事件虽然是周蕾所特别强调的一个视觉事件,但它是通过文字,在追溯中形成的。也即是说,鲁迅的“耻辱感”是在追溯性的叙述中呈现出来的。当时的鲁迅未必有这种复杂的体认。幻灯片中日俄战争发生的时间是1905年,看幻灯片是1906年,而《呐喊·自序》的写作是1922年,《藤野先生》的写作是1926年。通过对幻灯片场景和事件的重新描述,鲁迅为自己弃医从文的“自觉”找到了源头。用王德威的话说:“鲁迅看砍头幻灯的自述,原就是他回顾创作之路,为自己,也为读者‘追加’的一个起点,‘后设’的一个开头。”[2]换句话说,中国现代文学的“起源”是在追溯中被建构出来的。最早的建构者就是事件的经历者鲁迅,后来就是读者、研究者,不同的叙述、再叙述造成意义的“叠加”。这一切又是围绕鲁迅“文学的自觉”这一中心来进行的。

正如李欧梵和周蕾所强调的,鲁迅追溯源头、建构意义的独特

---

① 罗岗:《“主奴结构”与“底层”发声——从保罗·弗莱雷到鲁迅》,《当代作家评论》2004年第5期。他从《藤野先生》“在课堂里的还有一个我”一句中发现,“我”的存在以一种“补充”的方式出现在句末,除了明显的“疏离感”之外,鲁迅还力图从这种“后缀”的位置摆脱“共谋”的困境,在和“牺牲者”(即画面上被杀的“中国人”)感同身受的同时,寻找突破“看”与“被看”关系(“主奴结构”的另一种形式)的反抗位置。

② 王德威:《从“头”谈起——鲁迅、沈从文与砍头》,《想像中国的方法——历史·小说·叙事》,生活·读书·新知三联书店1998年版,第136页。

之处在于他把整个事件处理成一个电影式的特写，把他的经验变成一个具有震撼力的画面[①]，也就是说，鲁迅是在“看/被看”的结构模式中来凸显意义的。这种结构模式的效果是突出一种突然的“震惊”和瞬间的“觉醒”。[②] 这看起来是一个方法（技巧）或形式的问题，但按照巴赫金的理解，形式从外部包容内容，外化内容，体现内容，写作者就是在形式中发现自己，创造自己的。[③] 鲁迅采取这样一种“视”角，与他欲通过这个结构表达一种启蒙者由于“惊醒”而建立主体的意图（内容）是分不开的。换句话说，这一结构既是“形式”的，又是“内容”的。但周蕾的文章过于突出了技术性的形式因素而置幻灯片的内容于不顾。试想，如果幻灯片的内容不是日俄战争中（它在中国的土地上进行），中国人当侦探（且不论它是真是假）被日本人抓住要砍头，它会给鲁迅造成那么大的视觉冲击力吗？正是形式（技术性因素）和内容的结合造就了影像的震撼力。张历君对周蕾的批评中（他强调了一个“解剖学视角”）没有展开讨论这个问题。但他提到的医生的“解剖式”目光确实使鲁迅能在影像的追溯中既犀利地解剖别人，也无情地剖析自己。

所以，问题的关键不在于幻灯片事件，而在于鲁迅通过对幻灯片场景的呈现与叙述要说明什么？而在突出某方面的同时，有没有有意无意淡化或遮蔽什么？

罗岗在“看/被看”结构中归纳出至少五重看与被看的关系，但

---

① 罗岗、顾铮主编，《视觉文化读本》，广西师范大学出版社 2003 年版，第 284—285 页。

② 这样的时刻类似于伊恩・里德所谓的“危机时刻”（moment of crisis），伊恩・里德著，肖遥、陈依译：《短篇小说》，昆仑出版社 1993 年版，第 84—87 页。

③ M. 巴赫金著，佟景韩译：《语言艺术创作中的内容、材料和形式问题》，《巴赫金文论选》，中国社会科学出版社 1996 年版，第 279、302 页。

如果从追溯的角度看,我们还可以发现一重"看与被看"的关系,即追忆时的鲁迅(1922年、1926年)是在回"顾"往事,他"看"幻灯片,"看"当时的自己看幻灯片,"看"日本同学看幻灯片,"看"自己被日本同学看……这里至少存在着六重"看/被看"的关系。在纵横交错的视线中,最后的叙述人发现自己同时成了"看客"和"被看者",不仅不能做一个"振臂一呼应者云集的英雄",反而身处屈辱和被怜悯的境地。正如安敏成(Marston Anderson)所指出的:"在这一场景中,一位看客的疏离感和同谋感浓缩于一处:作为中国人,他也接受酷刑的传达的警示,而作为幸存者,他又必须分享施刑者们的快乐。"①这种"疏离感"和"同谋感"应同样被理解为鲁迅的"事后自觉"。

竹内好说:"我想象,在鲁迅的根底当中,是否有一种要对什么人赎罪的心情呢?要对什么人去赎罪,恐怕鲁迅自己也不会清晰地意识到,他只是在夜深人静时分,对坐在这个什么人的影子的面前(散文诗《野草》及其他),这个什么人肯定不是靡菲斯特,中文里所说的'鬼'或许与其很相近。"②那么,我们也可以想象,深夜写作《呐喊·自序》和《藤野先生》时的鲁迅(鲁迅有深夜写作的习惯),眼前一定浮现出那幻灯片中被杀的中国人、围观的同胞、日本同学、藤野先生(他的照片就挂在房内),还有当年的"我"的影像吧,在重重叠叠的影像(影子)包围下,鲁迅内心除了对自己的耻辱感之外,一定还有对那作为同胞的被杀者,甚至那麻木的看客同胞的内疚感和负罪感吧。从这个角度看,竹内好把鲁迅的文学称作"赎

① 安敏成著,姜涛译:《现实主义的限制——革命时代的中国小说》,江苏人民出版社2011年版,第82页。

② 竹内好著,李冬木等译:《近代的超克》,生活·读书·新知三联书店2005年版,第8页。

罪的文学”不是很合适吗？继竹内好之后，伊藤虎丸在《狂人日记》中解读出鲁迅的“个的自觉”和“罪的自觉”。所谓“自觉”，伊藤虎丸引用熊野义孝的话：“人会在有责任或有债务的意义上，正当地把握自己的，这便是真实的自觉。”①在鲁迅，“罪的自觉”和“个的自觉”两者互为因果，合二为一。通过这种自觉，鲁迅发现自己不再置身事外，旁观者清，而是与那些被杀者、围观者紧密相连，极言之，鲁迅发现自己就是他要批判的看客中的一员（犹如“狂人”发现自己是吃人家族和吃人者中的一员）。与看客们不同的是，追忆者鲁迅能够认识自己的处境，寻求救赎的渠道（如写作）。这样鲁迅通过把自身置入对象（怜悯批判和写作的对象）而使自己感同身受，对看客的批判变成了自我批判，启蒙变成了自我启蒙，从而质疑了看（主动）/被看（被动）、启蒙（觉悟）/被启蒙（愚昧）等二元对立模式。

这样看来，伊藤虎丸所谓鲁迅的“第二次自觉”（一次是指幻灯片事件，一次是指《狂人日记》的写作）其实也就是一次“自觉”，即《狂人日记》写作时的“自觉”。没有这样的“自觉”，就写不出《狂人日记》，也可以说，《狂人日记》的写作，完成了鲁迅的“自觉”。而《呐喊·自序》和《藤野先生》（它们分别写于《狂人日记》四年和八年后）无非是鲁迅对这一“自觉”过程的确认，换言之，鲁迅通过“自叙”的形式赋予这一过程以意义。在对这一事件的追溯中，鲁迅突出了自己弃医从文的自觉，启蒙的自觉（这也是后来的阐释者所一再重申和强调的），而“罪的自觉”则隐而不显，被作者有意无意地淡化和遮蔽了。由此，我们可以解释，在鲁迅“弃医从文”的“自觉”

① 伊藤虎丸：《再论“鲁迅与终末论”——“竹内鲁迅”与日本1930年代思想的现实意义》，《鲁迅研究月刊》2003年第2期。

之后，鲁迅的写作（主要包括《文化偏至论》《摩罗诗力说》等论文）总体上仍立足鲜明的启蒙立场，以“精神界战士”自许，充满慷慨激昂之气，其中“个人的自大”与“超人”气息隐约可闻，与《呐喊·自序》中愤激的主人公在精神上一脉相承，直到《狂人日记》的出现。当狂人意识到（当然也是鲁迅意识到）自己亦是“吃人者家族”中的一员，也未尝没吃过人，当狂人发觉自己从“被害者”转变为“被害者＋加害者”时，他始进入“自觉”状态。狂人的“自觉”亦可视作鲁迅的“自觉”。这一“自觉”是经由对“失败”“屈辱”“羞耻”的体验而形成的。“这里并不是所谓思想或主义上的前进或后退，而是一个灵魂上的转变。”从以前的“被思想所把握”的阶段，升华到“自己把握思想”，建立自己“个的自觉”的阶段。①

三

经历了“个的自觉”的鲁迅的创作，“看/被看”成为小说中常见的结构模式：从“狂人”的被围观到孔乙己的被轮番取笑，从眼里闪出攫取的光、像鸭子似的伸长颈项看砍头的看客，到阿Q的在去杀头的途中被比闪着鬼火的狼眼睛更可怕的眼睛所吞噬——“群众，尤其是中国的，永远是戏剧的看客。牺牲上场，如果显得慷慨，他们就看了悲剧；如果显得觳觫，他们就看了滑稽剧。”“对于这样的群众没有法，只好使他们无戏可看倒是疗救……”②写于一年后《野草》中的《复仇》一篇则仿佛为这段话做注。总体上，鲁迅将“看/被看”中的“看客”进行批判的旨意十分明显，而且贯穿始终。

---

① 伊藤虎丸：《鲁迅：中日共享的“真的人”——致中国读者》，陈飞、张宇主编，《新文学》第3辑，大象出版社2005年版，第36页。

② 《鲁迅全集》第1卷，人民文学出版社1981年版，第163—164页。

在这个二元对立结构中，“看”与“被看”的双方很少产生交流或交锋，也很少产生关系的逆转。以《示众》为例，围绕面黄肌瘦的巡警和被牵着的白背心的男人，胖孩子、秃头、老妈子、小学生、红鼻子胖大汉、工人似的粗人、挟洋伞的长子、死鲈鱼似的瘦子先后出场。这些无名无姓的人看，也被看，仅有的几次短暂的目光相遇是：胖孩子—白背心，工人似的粗人—秃头，胖大汉—白背心。除了工人似的粗人合乎常情地问“他，犯了什么事啦？……”而被秃头的眼光逼回来，“仿佛自己就犯了罪似的局促起来”（这是仅有的一次目光交流）。其他的“看”与“被看”都是无目的的，空洞无物的，看者与被看者的无聊和荒诞一览无遗。这与幻灯片事件中的看杀人又有不同，似乎更倒退了一步。

相同的是，在这些看与被看的后面，还有一双眼睛，它像摄影机一样移动，或俯视，或平视，或闪回。这“上帝般的眼睛”就是叙述人的眼睛。[①] 它俯瞰众生，展示场景中看客的麻木、冷漠、呆滞、无聊、可笑与残忍，对于被看者，则表示同情（《孔乙己》《药》《祝福》）和欣赏（《铸剑》）。从叙述距离来看，以上小说基本上是全知叙事（《狂人日记》和《祝福》并不是严格意义上的第一人称叙事），叙事人保持着不同的距离：与看客的距离最远，足够进行审视、旁观；与被看者的距离较近，如与孔乙己、革命者夏瑜；与被看者距离最近的是《狂人日记》《复仇》，也许《铸剑》也应算上，他们的视线基本重合。这个场景外的看客（叙述人）介于庸众（看客）与受害者（被看者）之间，他们是那种道德懦夫，“对受害者抱有一定的同情，

① 乐黛云编，《国外鲁迅研究论集（1960—1981）》，北京大学出版社 1981 年版，第 326 页。

但作为社会中相对优越的分子，他又与庸众有同谋之嫌”①。

例外的是《阿Q正传》。在小说的大部分篇幅，叙述人与阿Q保持足够的距离，“看”阿Q如何求食、恋爱、挨打、革命，从中兴走向末路。小说结尾，阿Q的角色由“看客”逆转为示众的“被看者”。在被押赴刑场的路上，他发现那狼似的眼睛要吞噬他的灵魂：“救命！”“然而，阿Q没有说。”是谁在呼救？将呼救视为阿Q临死前的觉醒的解释似乎有点牵强，如果把它视为叙述人为阿Q的死挺身而出，大声呼救，那么叙述人就经历了一个变化：从站在远距离“看”阿Q，嘲讽阿Q到逐渐同情阿Q，直到结局时与阿Q同一。鲁迅为何采取这样一种有违小说常规的做法（叙述人没有保持首尾一致）？用“不忍之心”似乎不足以解释向以冷静著称的现实主义者鲁迅的做法。更合理的解释也许是：正如“狂人”发现自己与吃人者的脱不了干系，鲁迅在对幻灯片事件的追溯中发现自己成了不光彩的“看客”和屈辱而不自知的“被看者”，鲁迅在阿Q的身上也发现了自己的影子，发现了自己与阿Q的同一性（既是“看客”又是被示众者）。与阿Q不同的是，鲁迅自己能够拿起笔，将屈辱的经验变成写作的素材，喊出自己的声音，从而确立自己启蒙者的位置，而不识字且对文字感到惶恐的阿Q，就只能像那些压在大石底下的草，默默地生长、萎黄、枯死。所以，通过阿Q发出的求救其实是作家内心深处自救的呼喊。这“自救”不是救命，而是“救心”，把自己从（对阿Q这样沉默的大多数的）负罪感中拯救或解脱出来。换言之，鲁迅只能通过在小说中公开表明自己与主人公阿Q的同一性而纾解自己作为“看客”（和写作者）的

① 安敏成著，姜涛译：《现实主义的限制——革命时代的中国小说》，江苏人民出版社2011年版，第92页注②。

内在焦虑。如果是这样，那么在被视为启蒙文学的代表作的《阿Q正传》中，恰恰显示了启蒙者的内在分裂。这是否是作者鲁迅对这一文本的矛盾心态的一种解释？①

从这里，我们发现“看/被看”小说模式结构的内在悖论：在这样的写作和阅读中，作者、小说的叙述人与读者一道参与了“观看”。就现实中写作的延迟性和现实主义文学的再现功能来说，小说只能再现场景，却无法同时介入其中。叙述人通过叙述和读者通过阅读（看）小说可以获得某种净化作用②，而叙事对象则依旧麻木、冷漠，处于无言的困苦之中。作家也许可以自我安慰地说：其他的人（包括那些旁观者）“看”了作品后会有所觉悟，“开出反省的路”，但像鲁迅那样富于自我反省的现实主义者却很难以此来自慰。从这里凸显出鲁迅及其他启蒙文学家的困境：正如“看”，写作也是一种权力，正如被看者对看者没法交流和对抗（因为他们处在不平等的地位），写作对象也没法参与到写作中来，对作者产生互动。由此，对于作家和他的写作对象来说，“看与被看”的二元结构最终无法打破。启蒙写作本是为了拯救他人和社会，结果反标示出写作者与他人的不同，使写作成为一种自我纾解和自我救赎。快意的解脱与启蒙者的责任感形成内在的紧张和焦虑③，富于自省意识的写作者因此永远处在孤寂当中。因此，就写作的功能来

---

① 张均：《鲁迅为什么不看重〈阿Q正传〉——兼论国民性批判写作与启蒙主义之关系》，《中山大学学报》2004年第5期。

② 安敏成著，姜涛译：《现实主义的限制——革命时代的中国小说》，江苏人民出版社2011年版，第21—23页。

③《祝福》《在酒楼上》《孤独者》等小说都是以第一人称叙事人的自我解脱作结，而作者对第一人称叙事人有距离的审视表明鲁迅已意识到其中的矛盾。参见吴晓东：《鲁迅第一人称小说的复调问题》，《文学评论》2004年第4期。

说，注重自我抒张的浪漫主义比现实主义更“真实”，它毕竟公开宣称文学是“自我”的表现，而现实主义虽声称文学为社会和人生，致力启蒙大众，结果反落脚在自我和个人的解脱。这种悖论的存在是否也是启蒙者鲁迅后来放弃虚构性的小说创作而转而操起更直接的匕首、投枪式的杂文的深层原因？①

（原载《求索》2006 年第 7 期）

① 鲁迅的杂文和小说在对现实介入和行动的意义上有明显区别，但“摄影式的记录形象的方法”和“解剖学式的凝视”以及片断式的场景呈现方式却内在贯通，体现出“幻灯片”的“影子般存在”和鲁迅将影像经验置入文字书写的努力。参见张历君：《时间的政治——论鲁迅杂文中的“技术化观视”及其“教导姿态”》，罗岗、顾铮主编，《视觉文化读本》，广西师范大学出版社 2003 年版，第 309 页。

附录二　涓生的"可靠性问题"

鲁迅的小说一向以复杂多义著称，而《伤逝》又是其中的代表，自问世以来就引发诸多解读，以至要梳理《伤逝》的阅读史并非易事。虽然众说纷纭，但近年来的解读还是大致可以分辨出两种倾向：一是小说的主人公与叙述人涓生从被视为作者本人的代言人变成了负面性的"卑怯者""自私者""始乱终弃者"，用叙事学的术语就是：涓生从"可靠的叙述人"变成了"不可靠的叙述人"了；二是解读者越来越趋向于从女性主义和反思启蒙的角度立论，在此视野下，涓生的"男性中心主义"及其启蒙的合法性遭到质疑。但不论是站在维护还是批评涓生的立场，都不能绕开一个前提性的问题：作为叙述人的涓生是可靠的吗？本文尝试沟通形式和内容两个层面，立足文本的叙述和接受维度，以涓生的"可靠性/不可靠性问题"这个《伤逝》阅读中的难题为切入点，探讨作者、隐含作者和叙述人（及人物）之间的距离和关系，呈现小说文本叙述与读者接受的复杂性，并进一步思考"作者"及其表述问题。

一、涓生的"不可靠性"及其来源

"可靠/不可靠的叙述者"是韦恩·布斯在《小说修辞学》中提

出来的概念:“我把按照作品规范(即隐含作者的规范)说话和行动的叙述者称为可靠的叙述者,反之称为不可靠的叙述者。”[①]布斯区分可靠与不可靠叙述者的基础是叙述者与隐含作者之间的“距离类型和相距程度”。随着叙事理论的发展,随着“不可靠叙述”成为当代叙事理论的一个中心问题,人们对“隐含作者”这个衡量不可靠叙述的标尺提出了疑问:它本身就是一个模糊不清、难以把握的概念。因此,当代以提倡修辞性阅读著名的美国叙事理论家费伦等人把目光转向作者、叙述者和读者三者的关系,从作者动因、文本现象和读者反应之间循环互动的角度来讨论不可靠叙述问题。他提出叙述者执行三种功能:

1. 对人物、事实和事件进行报道;

2. 对所报道的人物、事实和事件做出评价和认识;

3. 对所报道的人物、事实和事件进行解释或解读(即所谓“报道者”“评价者”和“阐释者”)。

他从以上三条轴(事实/事件轴、认识/感知轴、价值/判断轴)区分出六种不可靠类型:误报、误读、误评、不充分报道、不充分读解、不充分评价。其中误报/不充分报道主要涉及事实/事件轴,误读/不充分读解主要涉及认识/感知轴,而误评/不充分评价主要涉及价值/判断轴。费伦指出,一个特定叙述者的不可靠性可以表现为各种方式,可以表现在其叙述过程中的不同时刻;不可靠性往往同时在几条轴上表现出来;不可靠性诸类型之间的界限,尤其是同一序列的两种类型(如误报和不充分报道)之间的界限,并非凝固

---

① 韦恩·布斯著,华明译:《小说修辞学》,北京大学出版社 1987 年版,第 80 页。

不变，而是松动模糊的。[①] 借助于这些研究，我们可以对涓生的可靠性问题作一个更加细致而深入的讨论。

先看涓生在事实/事件轴上的表现。作为事后的追记，小说的叙述人涓生的记忆虽然是片断式的，却不难连缀起来：从最初与子君的相识、交往，听子君说出"我是我自己的，他们谁也没有干涉我的权力！"，到"我"用电影上见过的方法求爱、同居；到同居后子君的陷于家务琐事，引发"我"的不满；到"我"的被革职导致矛盾的激化，终于说出"我已经不爱你了！"；到最后子君离去、死去，"我"则一面继续寻求"新生的路"，一面写下忏悔，"为子君，为自己"。叙述人涓生讲述了一个相识、相爱—分手—死去—忏悔的故事，脉络清晰，事实清楚，有始有终（虽然最后看起来是从终点回到了起点）。他对自己叙述动机的报道也是坦诚的。总的来说，在事实/事件层面，涓生似乎是一个可靠的叙述者，作为读者的我们在为子君的死哀痛的同时也被涓生的忏悔所打动。但随着阅读的反复和深入，随着我们的角色从"叙事读者"到"作者的读者"的转变[②]，我

① 詹姆斯·费伦、玛丽·帕特里夏·马汀：《威茅斯经验：同故事叙述、不可靠性、伦理与〈人约黄昏时〉》，戴卫·赫尔曼主编，马海良译，《新叙事学》，北京大学出版社 2002 年版，第 42—44 页。又参见安斯加·F. 纽宁：《重构"不可靠叙述"概念：认知方法与修辞方法的综合》，詹姆斯·费伦、彼得·J. 拉比诺维茨主编，申丹等译，《当代叙事理论指南》，北京大学出版社 2007 年版，第 87 页。

② 美国叙事理论家拉比诺维茨提出有四种读者：有血有肉的读者；作者的读者——假设的理想读者，作者就是为这种读者构思作品的；叙事读者——"叙述者为之写作的想象的读者"；理想的叙事读者——他们认为叙述者的每一句话都是真实可靠的。读者一般先以叙事读者的身份进入文本，然后走出文本参照作者的思想、价值观和其他作品重新进入此文本，此时的读者就转变为"作者的读者"。见詹姆斯·费伦著，陈永国译：《作为修辞的叙事》，北京大学出版社 2002 年版，第 66、111 页。

们渐渐发现了涓生叙述中不可靠的阴影，它们表现在一些基本“事实”中，如：子君为什么同居前后变化这么大？涓生对子君的爱情为什么维持这么短？涓生的忏悔为什么既显得真诚又透露出言不由衷甚至自相矛盾？带着疑问，读者开始寻找叙述的缝隙和破绽。读者可能发现，在涓生的内心独白中，子君的声音基本是缺席的（只出现四次，其中一次流露出怯弱，一次显得冷漠）。有论者特别提到，在关键时刻，子君不仅失语，而且沉入“叙事的空白”，她追问：在涓生最终说出“不爱”的真相，逃往通俗图书馆到子君离去前的时间，子君在干什么、想什么？①

显然这些疑惑不可能在事实/事件层面得到解答。“叙事的空白”看起来是事实层面的信息不足，或者说不充分报道，但它关联的却是第二个层面即认识/感知层面。从事实层面看，涓生并没有充分报道他与子君之间发生的一切，但他也没有故意隐瞒什么。他之所以在“说出真相”之后没有充分报道子君，很可能是在他看来，有比这更重要的事情，这就是他自己的出路，即“今后怎么办”的问题要关注，所以子君不在他的视野内不是理所当然吗？换言之，涓生的叙述是建立在其对子君的感知和理解的基础上的，他的不充分报道建立在他对子君不充分感知的基础上，他叙述什么、不叙述什么是选择性的、主观性的，取决于叙述者的当下处境。因此我们似乎不能视涓生为故意的欺瞒者，也不能简单判定他“不真诚”。从认识/感知层面看，涓生基本上是可靠而真诚的。

那么“不可靠”的感觉来自哪里？如前所述，在第一人称叙述人兼主人公的叙事中，“我”往往被中心化，“我”的声音和意识常常

① 王桂妹：《想象子君的痛苦，追问涓生忏悔的限度——〈伤逝〉的叙事空白》，《名作欣赏》2006年第12期。

得到突出，而叙述对象的声音往往被裹挟、被包含于“我”的声音中。但这并非是导致叙述对象沉默和失语的决定性因素，因为我们也在不少第一人称忏悔类文本中发现忏悔对象被突出甚至美化的现象，而在《伤逝》这部被视为忏悔录式的小说中，子君是被贬斥和遮蔽。我们发现，作为人物的涓生总是抱怨、指责子君，而作为忏悔的叙述人的涓生的声音又力显真诚，这两者的不一致让我们怀疑涓生忏悔的“可信度”和“动机”。①

涓生的不可靠性还来自文本外“作者的读者”的重新介入和再阐释。一旦读者意识到“叙述的空白”和涓生的“不一致”，就会与叙述者保持一定的距离，重新建构子君和涓生的形象。有论者发现，子君的形象前后并没有本质的变化：她遵从“爱”的情感和逻辑行事，无论是先前的脱离家庭与涓生同居，还是后来的离开涓生回到父亲的家，都是出于对涓生的爱（以及爱的幻灭）。变化的是涓生②，但涓生的“变”是否应被仅仅视为“变心”或“始乱终弃”（这是从女性视角出发可能得出的结论）？③ 这就要追问：导致涓生“变”的原因和内在依据是什么？这就涉及涓生在第三条轴即价值/判断轴上的表现。

涓生最终决定对子君说出“我不爱你了”是基于这样一个理由：“不爱的真实。”在涓生看来，他们本来就是由于爱而走到一起

---

① 刘禾即从叙述者“叙事的自我”与“体验的自我”的分裂指出忏悔的可疑，参见刘禾著，宋伟杰等译：《跨语际实践——文学，民族文化与被译介的现代性》，生活·读书·新知三联书店 2002 年版，第 239—244 页。汪卫东也指出两种自我在价值上分庭抗礼，使读者难以判断，参见汪卫东：《错综迷离的忏悔世界——〈伤逝〉重读》，《鲁迅研究月刊》1998 年第 10 期。

② 刘俊：《对“启蒙者”的反思和除魅——鲁迅〈伤逝〉新论》，《文艺争鸣》2007 年第 3 期。

③ 林丹娅：《“私奔”套中的鲁迅：〈伤逝〉之辨疑》，《厦门大学学报》2007 年第 2 期。

的，现在没有了爱，那么分手也就理所当然。尽管涓生已经预料到说出真相的严重后果，以至时刻面临"说"与"不说"的两难选择，但"真实"高于一切，在涓生的眼中，一个苟安于虚伪，没有说出"真实"的勇气的人，是不能开辟新的生路的人，甚至"连这人也未尝有"。所以，对于涓生，说出"不爱"的"真实"就只是一个时间和时机的问题，而非"说还是不说"的问题。当涓生得知子君的死讯，当即明白子君的死与自己的"说出真实"有直接的关系，也意识到子君死于"严威"和"冷眼"的"无爱的人间"，但并不自觉自己所执着的"真实"与"无爱的人间"有何关联，更不曾深思自己在其中扮演的角色。他视自己亦为"无爱"的受害者："爱"的问题在涓生这里被置换成了"真实"的问题。但"爱"与"真实"（及"生活"）是什么关系？"真实"对于涓生始终是至高的律令，至多只能延迟，而无法逆转和消除，而"爱"在某种程度上则成了"真实"的对立面。当涓生说"我不应该将真实说给子君，我们相爱过，我应该永久奉献她我的说谎"时，他已经否定了"应该（说谎）"。在涓生的预想中，自己最多只能做到与子君一起承担由"说谎（不真实）"所带来的"沉重的空虚"，而从不曾去寻找过这如影随形、挥之不去的"空虚"的根源，更遑论去克服"空虚"本身。这是涓生反思的极限了。

正如论者注意到，"爱情""独立""自由""真实"与"新生"这样一些词语来自启蒙理念。有论者特别把它落实到1920年代中国的启蒙思想语境中来讨论。[①] 一方面我们看到，涓生以启蒙者自居，期望自己的启蒙言辞能够发生效果；另一方面，涓生又是个现实中的小公务员，一个谨小慎微的普通男人，在紧要关头倒要依赖

① 徐仲佳：《直面启蒙的伦理陷阱——从涓生的两难看1920年代中国启蒙思想的现实困境》，《鲁迅研究月刊》2007年第11期。

启蒙对象——子君的“大无畏”精神。正是因为以启蒙者自居他才把子君“我是我自己的，他们谁也没有干涉我的权力”的话作启蒙化理解了；也正是对启蒙理念的坚执，视“真实”为至高无上的真理，使他决定离开子君，还自我安慰说是给子君以生路，希望她毫无怨恨地离去。启蒙价值理念先后成为涓生选择/离弃子君的正当的理由。所以视涓生为“缺乏理性、冲动行事”的启蒙者的看法仍没有看到涓生式启蒙的内在困境：作为一种价值理念，它本身就是理性的，而涓生正因为秉承了这种理念，才能在预料到最坏后果的情况下仍决定“说出真实”，开辟自己“新生的路”。这让我们感受到这一理念中冰冷甚至残忍的一面。但对于涓生，他是秉承着内在一致性的，在对子君看法和感情的“变”之后是他不变的启蒙理念。可以说涓生是忠实于自己的，他也是坦诚的(包括在手记的结尾他表示要用遗忘和说谎做前导，迈向新生的路)，我们不能仅仅用“喜新厌旧”或“自私”“卑怯”之类的词来打发他。关键性的问题不在涓生的个人品性上，也不在于涓生的态度是否“真诚”(这些问题主要集中在认识、感知层面)，而在于，支配涓生这一连贯性叙述的价值判断从何而来？作为读者，我们是否认同它？

在价值/判断轴上，不止一个论者指出涓生对“启蒙”这一源自西方的话语的利用。同一个易卜生，同一部《玩偶之家》(《诺拉》)，在彼时被用来说服子君脱离家庭，(与涓生)自由恋爱，此时被用来诱导子君离开自己，重获涓生一己的自由。① 有论者干脆视启蒙

① 罗小茗：《涓生的思路——〈伤逝〉重读》，《中国现代文学研究丛刊》2002年第3期。刘禾著，宋伟杰等译：《跨语际实践——文学，民族文化与被译介的现代性》，生活·读书·新知三联书店2002年版，第237—238页。王桂妹：《想象子君的痛苦，追问涓生忏悔的限度——〈伤逝〉的叙事空白》，《名作欣赏》2006年第12期。

为纯粹西方的“外来物”，而涓生这个“西化的才子”“利用西方理论来把他自私的行为加以合理化”①。西方启蒙话语在涓生的思路中扮演了确乎重要的角色，但要问的是，涓生对西方话语的“利用”是作为行私的借口（那就是个人品性问题）还是以之为其信念的构成基础？涓生对这些理念的“执着”和“真诚”似乎表明他倾向于后者。视涓生纯粹为其“自私”寻找堂而皇之借口的解读不仅倾向于根本否定启蒙，也可能忽略了涓生与启蒙之间亦真亦幻的复杂关联。

可见，对涓生“可靠/不可靠”的争议很大程度上来自读者对涓生式启蒙的理解差异（正如之前的争议更多来自读者对涓生之“爱情”的理解差异）。也有论者结合女性解放和启蒙反思来解读文本。如贾振勇指出，涓生的表现体现的是现代性价值理念的男性中心主义，他们将女性置于“被解放”的位置。② 但他将其归之于“普遍主义的价值观遮蔽了特殊群体的独异性”，似乎又将启蒙问题简单化了，而且这个结论是建立在视涓生为中国现代启蒙的普遍代表的前提上的。但如前所述，涓生与现代中国的启蒙的关系复杂。作为被翻译过来的西方现代性的核心理念，“启蒙”已经经过涓生的二度诠释，成为一种“现实”，虽然在启蒙的中国化这一历史进程中，涓生的“这一种启蒙”只是现实之一种。从涓生与子君的故事中我们看到，无论涓生是否自觉，对于他，启蒙不仅是一种信念和依托，也是一种权力。在涓生/子君——启蒙者/被启蒙者

---

① 庄爱玲：《狂人的呻吟，娜拉的手势：新文学的双重悲剧》，张宏生、钱南秀编，《中国文学：传统与现代的对话》，上海古籍出版社 2007 年版，第 546 页。

② 贾振勇：《娜拉出走：现代性的女性神话——鲁迅小说〈伤逝〉再诠释》，《鲁迅研究月刊》2001 年第 3 期。

的关系中既可发现启蒙不平等的内在预设,也暴露出涓生作为男性启蒙者的虚弱与盲区。因此尽管涓生对易卜生的拥抱是真诚的,但这并不能否认这样一个事实,即易卜生也在客观上充当了涓生离弃子君的口实,使得子君在涓生巨大的启蒙目的中无处容身。有论者认为,涓生的启蒙因此“以抽象的、整体的终极目的消解了个人的真实存在。启蒙的目的本是为了独立的个人,但其展开过程却以抹杀个人的方式进行着对于这一目的的维护”,这无疑是启蒙的悖论。① 但我们还应该继续追问:这一悖论是仅仅存在于涓生的“这一种启蒙”中,还是一直内在于“五四”以来中国化的启蒙进程当中?这一悖论也是启蒙者鲁迅的吗?

二、隐含作者及其“不确定性”

认识/感知和价值/判断两条轴上不可靠性的关联证明了费伦的看法,即不可靠性往往同时在几条轴上体现出来。费伦特别提醒读者注意以往常被忽视的认识/感知轴上不可靠性的表现。但在我们对《伤逝》解读的梳理中,却发现以往的解读大多集中在事实/事件轴和认识/感知轴上,而对价值/判断轴的关注则是近几年的事。而正是在这条轴上,读者的价值观与叙述人涓生的价值观有同有异,对其认同或拒绝的程度也不一,最难达成“共识”。所以今天对《伤逝》理解的歧义透露的是解读者思想价值观念的差异,折射出我们时代思想价值观念的变化。

不过以上的论述还主要是立足读者与叙述人“我”及人物(涓生、子君等)之间的价值观差异和距离,这只是讨论可靠性问题的一

① 罗小茗:《涓生的思路——〈伤逝〉重读》,《中国现代文学研究丛刊》2002年第3期。

个方面。事实上,对价值/判断轴之“可靠性”的判断必须建立在读者对“叙述者语境”与“作者语境”同时参与的基础上,所谓“不可靠性”就是将(读者所理解的)叙述人与(读者所理解的)的作者进行比较的结果。前面我们在讨论作为叙述人的涓生“我”的可靠性时,其实已经预设了对作者的理解。正如叙事理论家纽宁所说:“一个不可靠叙述者绝不是随意投射出来的,而是预设存在着一个具有创造力的动因。”[①]因此,“作者”这一“动因”,或者说,对“作者”的理解就成为我们探讨叙述人可靠性的另一个不可或缺的维度。

这里所说的“作者”更精确地说应该是布斯所说的“隐含作者”。从语言表述的角度我们很难通过某一个文本来直接谈论有血有肉的真实作者,而应该借助于某种中介,隐含作者正是这样一个有用的中介。对于像鲁迅这样一个思想与创作都特别复杂的作家来说,借助于像“隐含作者”这样的中介来讨论更有必要。这样,小说《伤逝》创作与接受的流程就大致如下:真实作者(鲁迅)—隐含作者(鲁迅 1)—叙述人(“我”)—人物(涓生、子君等)—隐含读者—真实读者。[②]

---

① 安斯加·F.纽宁:《重构“不可靠叙述”概念:认知方法与修辞方法的综合》,詹姆斯·费伦、彼得·J.拉比诺维茨主编,申丹等译,《当代叙事理论指南》,北京大学出版社 2007 年版,第 99 页。

② 以往着眼于鲁迅与涓生之相同和相通(即倾向于认为涓生是“可靠的”)的研究者有李长之、戴锦华、孟悦、汪晖和刘小枫等,他们都没有提及隐含作者。分别参见李长之:《鲁迅批判》,北京出版社 2003 年版,第 83 页。戴锦华、孟悦:《浮出历史地表——现代妇女文学研究》,中国人民大学出版社 2004 年版,第 11 页。汪晖:《反抗绝望——鲁迅及其文学世界》,河北教育出版社 2002 年版,第 204—205 页。刘小枫:《拯救与逍遥》(修订本),上海三联书店 2001 年版,第 330 页。较早论及二者的不一致及隐含作者的有郜元宝、汪卫东。参见郜元宝:《关于〈伤逝〉》,《鲁迅六讲》(增订本),北京大学出版社 2007 年版,第 273 页。汪卫东:《错综迷离的忏悔世(转下页)

虽然韦恩·布斯将隐含作者视为“作家的第二自我”的模糊界定引发了诸多批评，但目前还难以找到更精确的概念来取代它。有鉴于此，费伦在继承布斯“真实作者和隐含作者相连但不同一”思想的基础上，把隐含作者重新界定为真实作者的建构及其部分再现。他视隐含作者为“真实作者精简了的变体（a streamlined version），是真实作者的一小套实际或传说的能力、特点、态度、信念、价值和其他特征，这些特征在特定文本的建构中起积极作用”①。费伦的界定仍然宽泛。申丹认为费伦的贡献是“恢复了隐含作者在文本建构中的主体性，并将隐含作者的位置从文本之内挪到了‘文本之外’”。但她不同意费伦所说的隐含作者是真实作者创造出来的建构物的说法，而认为隐含作者与真实作者不存在谁创造谁的问题，他们的差异只是同一个人“创作时”和“日常状态时”的差异，都是文本的生产者（这也是布斯的本意）。她进一步从（作者）编码和（读者）解码两方面指出：“在编码过程中，作为文本生产者的‘隐含作者’处于作品之外，但在解码过程中，作为文本隐

（接上页）界——〈伤逝〉重读》，《鲁迅研究月刊》1998年第10期。近来仅见的几篇视涓生为可靠的叙述人的文章也没有讨论两者的关系。如林丹娅的文章以一个假设“如果鲁迅意不在构成对涓生的反讽”轻轻绕过了这个关键性的问题。徐仲佳的文章也由“鲁迅在涓生身上投射了大量主体性体验”就推测出鲁迅对涓生的大体认同。彭小燕将涓生与《过客》中的“过客”联系起来，认为涓生抒情性的声音使人能够感到“鲁迅在《伤逝》之中的虚无体认已经伴随着一种跃跃欲出的反击虚无的创造意志”，参见彭小燕：《存在主义视野下的〈野草〉：鲁迅超越生存虚无，回归“战士真我”的“正面决战”（上）》（《中国现代文学研究丛刊》2006年第5期）与《遭遇虚无与沉潜虚无——存在主义视野下的“沉默鲁迅”（1909—1917）》（《西南民族大学学报》2008年第1期）。

① 此处是申丹译文。参见申丹：《再谈隐含作者》，《江西社会科学》2009年第2期。

含的作者形象的‘隐含作者’则处于作品之内。”①

申丹要强调的是隐含作者的功能性，但是处于文本内的隐含作者不也是某种“创造物”吗（在布斯那里，隐含作者是某种价值的体现）？立足阅读角度提出的“可靠性问题”就是要对这一创造物进行理解。如果将阅读视为是在作者与文本、“作者语境”与“叙述者语境”之间进行的某种跨界互动行为，那么，将隐含作者的位置安置在文本的“内”与“外”之间可能更符合创作和接受的实际。

在以往的阅读中，读者无视“隐含作者”这一中介，或者将涓生等同于鲁迅，视涓生为鲁迅的代言人，或者采取“对号入座”法，将小说中的其他人物与现实中的人（周作人、许广平、朱安等）一一对应。如今持“涓生＝鲁迅”看法的人已不多见，而视涓生为“不可靠”者（虽然他们的理由各异）则又似乎不约而同走到了另外一个极端，那就是尽量撇清隐含作者（鲁迅1）与叙述人“我”和人物涓生的关系，尽力拉开两者的距离，把涓生（“我”）视为鲁迅用以反思批判女性地位和启蒙理念的虚构人物、作者的对立面，因此被审视下的叙述人及人物的弱点、缺陷则反衬了作者鲁迅的“超前”和“深刻”。但这样的解读可能又走向了另一个极端。因为解读者在这里把鲁迅置于（不可靠）叙述人的对立一极了，没有去探究叙述人与隐含作者之间的“中间地带”或者说“距离”，正是这一在“可靠性”与“不可靠性”之间的“中间地带”，才是叙述人的栖身之地，在其中，隐含作者—叙述人—人物之间的距离是多重的。② 如果

---

① 此处是申丹译文。参见申丹：《再谈隐含作者》，《江西社会科学》2009年第2期。

② 李今是极少数从隐含作者与叙述人距离的角度来讨论《伤逝》的。（转下页）

说，鲁迅不仅创造了一个有自我剖析能力的叙述者，而且也同时创造了一个对叙述者进行剖析的隐含作者形象，那么我们如何通过对“距离”的把握来勾画这个隐含作者？

如果说前面的分析更多是在文本内（叙述者语境）进行的话，那么，现在我们回到读者在文本外对作者语境的建构。作为“作者的读者”，我们很可能已经对真实作者鲁迅的思想、价值观和表述方式有所了解，我们还可能会进一步去寻找诸如《呐喊·自序》和《娜拉走后怎样》之类的文本去做互文性阅读，从中推衍出鲁迅的思想、价值观，再比照我们从文本中理解的涓生，从而得出隐含作者与涓生同或不同的结论。①

“同”的看法首先来自鲁迅非虚构类文本中的表述。比如，涓生听了子君那句名言后发出的感慨“知道中国女性，并不如厌世家所说那样的无法可施，在不远的将来，便要看见辉煌的曙色的”，就回荡在鲁迅写于其后不久的纪实性散文《记念刘和珍君》中：“当三个女子从容地辗转于文明人所发明的枪弹的攒射中的时候，这是

（接上页）他在《析〈伤逝〉的反讽性质》（《文学评论》2010 年第 2 期）一文中认为《伤逝》中的反讽是结构性的，源自作者的反讽世界观。他将小说理解为隐含作者“让涓生自我暴露”，好像一切都在隐含作者的理性掌控当中，相对忽略了叙述人和人物之间的差异以及叙述人的自我反思性。

① 一个有意味的对照是《狂人日记》。在事实/事件轴和认识/感知轴上狂人都难以说是“可靠”的，但一个对鲁迅思想及其作品有所了解的读者却会倾向于认为狂人是“可靠”的叙述人。而且狂人的这种“可靠性”一直未受到怀疑，尽管以前的读者往往将狂人等同于鲁迅，而现在的读者越来越多地意识到了鲁迅与狂人之间的距离。而《孔乙己》则相反，小说中的店小二作为叙述人在第一、第二层面自始至终都可以说是“可靠”的，但并不总是“可信”或让人认同。也有人认为店小二的认知和判断也有一个变化过程，结尾时读者已趋向认同他。可见有必要进一步辨析“可靠”（事实与感受）与“可信”（价值认同）这两个不同层面的问题。

怎样一个惊心动魄的伟大啊！”[1]还有：“四周是广大的空虚，还有死的寂静。死于无爱的人们的眼前的黑暗，我仿佛一一看见，还听得一切苦闷和绝望的挣扎。”这也是明显的鲁迅式表述。在《伤逝》中，不管是在子君死前还是死后，涓生抒情性的声音总让人想起真实作者鲁迅，让读者倾向于认同它。[2]

让读者把涓生与现实中的鲁迅联系起来的还有鲁迅的传记性背景：“五四”退潮、兄弟失和、女师大事件（包括与许广平恋爱关系的发展）以及小说的当时未公开发表（这又让人想到它与同时写作、亦未当时刊出的小说《孤独者》的关联）。可以说《伤逝》是鲁迅“彷徨”和幽暗心境下的产物。[3]

---

① 有意思的是，涓生的这一感慨同时也被论者理解为源自启蒙者的“自大”和“误会”。那么，这一“自大”和“误会”也是隐含作者的吗？参见罗小茗：《涓生的思路——〈伤逝〉重读》，《中国现代文学研究丛刊》2002年第3期。

② 按照苏珊·S.兰瑟对阅读中依附现象的观察，读者往往会不顾阅读的常识（如不能将叙述人等同于作者）将抒情的“我”依附于作者，将叙事的“我”解释为虚构。这种将“我”双重化的阅读习惯也使得叙述人与隐含作者的距离成了一个变量。参见苏珊·S.兰瑟：《观察者眼中的“我”：模棱两可的依附现象与结构主义叙事学的局限》，詹姆斯·费伦、彼得·J.拉比诺维茨主编，申丹等译，《当代叙事理论指南》，北京大学出版社2007年版，第222—240页。

③ 联系作者的背景仍是最近《伤逝》解读的重点。毕新伟在《爱与善的两难——论〈伤逝〉》（《中国现代文学研究丛刊》2010年第2期）一文中将鲁迅与朱安的婚姻和涓生、子君的恋爱、婚姻关联起来讨论，最后回到“爱”与“善”的两难与选择问题（现实中的鲁迅与小说中涓生的选择相反）。不过，涓生与子君是同居关系，而非婚姻关系，这点被不少研究者忽略。王永兵的《“我是谁”的现代之思——重读〈伤逝〉》（《鲁迅研究月刊》2011年第2期）一文认为鲁迅写作《伤逝》的过程就是关于“我是谁”的思考过程，最终作者认同了涓生的“新生的路”。而王文胜的《难以驱散的“鬼气”——以〈伤逝〉意蕴为中心》（《鲁迅研究月刊》2010年第8期）则不拘泥于传记背景，从鲁迅对寂寞、空虚的体验以及“爱的困境”的角度讨论鲁迅与涓生的相通性。以上论文也都没有提及隐含作者。

其次，我们也在鲁迅的《狂人日记》《在酒楼上》《孤独者》等虚构性文本中，在涓生和吕纬甫、魏连殳等第一人称小说中的叙述人和人物身上，发现鲁迅大量的相似性体验，他们均可视为作者的第二（及第N）个自我。在鲁迅的第一人称叙述系列小说中，涓生与隐含作者的距离大概在“狂人”、《故乡》中的“我”、吕纬甫、魏连殳与《祝福》中的“我”之间。[①]

如前所述，在对叙述者语境的建构中，我们大致经历了一个从视涓生为“可靠”到“不可靠”的轨迹。但无论我们是从女性主义还是启蒙视野出发，无论我们认为涓生“可靠”还是“不可靠”，似乎都不能推导出一个确定的隐含作者形象。例如从女性主义视角出发，如果认为涓生“不可靠”，那么隐含作者就是一个妇女解放的鼓吹者和推动者，是对彼时女性解放之可能性和限度有批判性思考的人物。[②] 如果认为涓生“可靠”，那么隐含作者就和涓生一样是一个存在男性“盲区”的有缺陷的人物（其价值观不能被我们认同）。[③] 从启蒙视野出发，如果把涓生理解为“可靠”的，那么隐含作者就可能是一个百分之百的启蒙维护者，通过他我们得知启蒙任重而道远。如果视涓生“不可靠”，那么隐含作者就可能是一位以启蒙为己任同时又对启蒙投以怀疑和反思的人物，如胡志德所谓“鲁迅是少有的在全力借鉴西方价值观和表述方式的同时又对其适用性，其与不平等的权力关系展开反思的作家”，他预想了启

---

① 参见钱理群：《“最富鲁迅气氛”的小说》，《鲁迅作品十五讲》，北京大学出版社2003年版，第60—81页；吴晓东：《鲁迅第一人称小说的复调问题》，《文学评论》2004年第4期。

② 杨联芬：《叙述的修辞性与鲁迅的女性观——以〈伤逝〉为例》，《鲁迅研究月刊》2005年第3期。

③ 林丹娅：《“私奔”套中的鲁迅：〈伤逝〉之辨疑》，《厦门大学学报》2007年第2期。

蒙者涓生的困境和启蒙的悖论，自己却找不到突围之路。①

我们无法得出一个“确定的”隐含作者的形象，除了因为涓生与隐含作者既不同一，也不在对立的两极，“不可靠”的涓生不能直接推导出“可靠”的隐含作者（或者反之）外，还在于从解码的角度看，读者的“读入”和“读出”（从“内”到“外”，从“外”到“内”）也不是一次就完成的，而是多次往返。编码和解码之间的差异和循环互动使得隐含作者和叙述人成为各据一端的两个变量，使他们之间那片幽暗的“中间地带”总在变化之中。在其中，隐含作者与叙述人既进行对话，又展开辩难，叙述人与隐含作者的距离时而近，时而远，叙述人时而可靠，时而不可靠。这种在“可靠”与“不可靠”之间的游移和变化使得隐含作者的面目时而清晰，时而模糊。如果说“鲁迅是中国文学史上有意识地发展小说叙述者复杂艺术的第一人”②，那么这一“艺术”不应理解为鲁迅对两者间距离精准的把握，而应理解为“距离”的“游移”和“变化”本身。让我们难以断定的是：这种“游移”是作家表达形式上的自觉选择，还是源自隐含作者（及真实作者）的内在困惑和分裂？抑或这本来就是一个问题的两个方面？可以肯定的是，这种游移与变化使得涓生与隐含作者之间的距离难以准确丈量和把握，同时赋予读者一个开放的阐释空间，造成了《伤逝》的多义性与歧义性。

三、余论：“真实”的鲁迅？

由此看来，涓生的“可靠”与“不可靠”不仅涉及某种价值判断，

---

① 胡志德：《鲁迅及其文字表述的危机》，陈子善、罗岗主编，《丽娃河畔论文学》，华东师范大学出版社 2006 年版，第 161—181 页。

② 李欧梵著，尹慧珉译：《铁屋中的呐喊》，岳麓书社 1999 年版，第 69 页。

也是一种修辞行为、修辞分类和效果。它既是文本解读的前提性问题,又是解读的结果,使得作者和读者在"隐含作者"这一中介中"相遇"。不过,《伤逝》中的隐含作者与韦恩·布斯理解的隐含作者有所不同。布斯眼中的隐含作者代表了真实作者身上更可爱、更有魅力的一面,所以在布斯看来,阅读的过程可以看作是读者与隐含作者逐渐认同直至融为一体的过程。[1] 而《伤逝》的隐含作者却更让读者产生认同的困惑。但不论认同与否,读者都已经卷入并体验着隐含作者的困惑,并且这些困惑也不仅仅是观念和道德层面上的。

韦恩·布斯要复活"隐含作者"这一概念,是对新批评及罗兰·巴特、福柯以来各种"暗杀作者"企图的反抗,意图重申小说的道德和伦理作用。但巴特和福柯都并未否定"作者"的存在,他们反对的是作者的权威地位和对作者的本质化理解。巴特宣布"作者的死亡"是为了打开一个介于写作(作者)和阅读(读者)之间的差异性的阐释空间。福柯也仍然视"作者"为主体性的存在。他从话语实践的角度谈论作者,视作者为一种话语存在的方式和话语运作的结果,一种功能体。他特别提醒"距离"的存在:"根据与实际作者的关系寻求作者,同根据虚构的叙述者寻求作者一样是错误的。""'作者—作用'产生于它们的分裂——在两者的分开和隔离中产生。"[2]福柯此处的"作者"大致相当于布斯的隐含作者。这样,讨论"距离"及"可靠性问题"就成为接近"作者"的一条

---

① 韦恩·C. 布思(斯):《隐含作者的复活:为何要操心?》,詹姆斯·费伦、彼得·J. 拉比诺维茨主编,申丹等译,《当代叙事理论指南》,北京大学出版社 2007 年版,第 66—80 页。

② 福柯:《作者是什么?》,王逢振等编,《最新西方文论选》,漓江出版社 1991 年版,第 192 页。

途径。

对于我们这些与鲁迅不同时代、与他没有直接接触过的读者来说，我们所谈论的“作者鲁迅”并非是日常生活中的鲁迅，而总是一个被多次自我表述和无数次被别人表述的鲁迅。换言之，如果每一个文本都有一个隐含作者，那么我们每次只能谈论作为众多隐含作者之一的鲁迅。这里的困难在于，一方面，对鲁迅的某个文本、某个隐含作者的讨论总是会涉及、关联鲁迅其他的文本、其他的隐含作者。正如福柯所指出的，许多文本隶属于一个独特的名字（作者），总是意味着在这些文本中间确立了某些关系：同质关系、渊源关系、互相解释的关系、证实关系或者共同利用的关系；另一方面，一个总体性的作者并非这些隐含作者的简单相加。如果一个隐含作者被视为作者众多“自我”之一，那么在鲁迅那里，单数的隐含作者（如《伤逝》）本身已内在分裂，复数的隐含作者之间亦不乏冲突，我们如何能够将他们“有机统一”起来呢？

这样看来，要发现一个“真实”、完整、统一的“作者”鲁迅就可能是一件可望而不可即的事情。我们能够谈论的可能只是“真实”之一种，或者这诸多“真实”之间的关系和关联。对涓生“可靠性问题”的讨论亦只是通向作者之“真实”的途径之一，它只是在作者—文本—读者三者循环互动中的某一个环节提出和思考问题。当本文设问“涓生是不可靠/可靠的吗?”时，其实已暴露了自己的理论预设：有一个可靠的叙述者（及隐含作者）存在。而正如纽宁所指出的，“正宗的不可靠叙述者概念是现实主义认识论与文学模仿论的奇特糅合”，“更具体点说，关于不可靠性的传统观念假设一种客观的世界观、他人观和自我观是可以得到的。不可靠叙述概念还暗示，人类有能力对事件做出确切的说明，它依据的假设是‘事件的权威版本'原则上是能够建立或恢复的"①。但以上对《伤逝》的解读又已表明，叙述人的"不可靠性"难于穷尽，其"可靠性"难于确定。叙述人从"可靠"到"不可靠"，使得隐含作者的面目不仅不再"权威"，反而越来越不确定了。

但在众多的不确定性中，我们仍然能够感觉到某种内在的确定性，而这种"确定性"又恰恰表现为诸多"不确定性"——自我与主体的不确定，价值的不确定，以及表述的不确定——的"家族相似"。它们都指向那个以"鲁迅"命名的"作者"。在《伤逝》中，无论距离远近，涓生的矛盾性、复杂性和困境最终源自"作者"(隐含作者和真实作者)。这就不难理解为何迄今以来对鲁迅文本的解读都无法摆脱"作者"这一"影子般"(竹内好语)和幽灵般的存在。②正如胡志德所发现的，在鲁迅的小说里，每一个角色的死和对之的道德质疑，最终都会归结到叙述者和叙述者背后的"作者本人"身上。这个"作者"面临的道德与伦理困境是：一方面是他"永远做不了彻底的局外人"，另一方面是"他所感受到的时间，不但不能提供救赎，反而是焦虑的源头"。这带来作者"表述的危机"，即一种对"写作"(文字表述)本身合法性和正当性的怀疑。危机的根源在于作者身处中西文化的分裂中，"自己的文化困境拥有着外来的源头"③。这个"作者"显然是个主体性的存在，他对自身及所处

① 安斯加·F.纽宁：《重构"不可靠叙述"概念：认知方法与修辞方法的综合》，詹姆斯·费伦、彼得·J.拉比诺维茨主编，申丹等译，《当代叙事理论指南》，北京大学出版社2007年版，第89—90页。

② 鲁迅文学的"幽灵性"和超越性问题近来为研究者所日益关注。参见汪晖：《鲁迅与向下超越——〈反抗绝望〉跋》，《中国文化》2008年第1期。亦参见赵京华、吕新雨等人的相关论述。

③ 胡志德：《鲁迅及其文字表述的危机》，陈子善、罗岗主编，《丽娃河畔论文学》，华东师范大学出版社2006年版，第161—181页。

文化的危机感必然会投射到文本中的隐含作者身上。但是否如胡志德所说，鲁迅视外来文化的源头——“信仰和慈悲”为“虚幻的想法”？如果说《伤逝》中涓生“没有‘信仰和慈悲’的告白只能是告白者贫乏冗长而又暧昧隐讳的自剖”，那么涓生及他的创造者——作者的救赎之路在哪里？当我们通过讨论可靠性问题，认识到《伤逝》中的涓生是隐含作者的创造物，隐含作者是真实作者鲁迅的创造物，那么这多重“距离”的存在本身是否就应该看作一种反抗及可能性的提醒：通过将涓生的自我危机表述出来，通过将隐含作者的文化困境对象化，作者鲁迅得以反思危机，并寻求走出困境的可能。①

（原载《现代中文学刊》2012 年第 6 期）

① 鲁迅（杂文中）的这种“对象化”被竹内好描述为“他把那痛苦从自己身上取出，放在对手身上，从而再对这被对象化了的痛苦施加打击”。在小说中，这些难以驱遣的“痛苦”被放在“狂人”、《故乡》和《祝福》中的“我”、吕纬甫、魏连殳和涓生这些叙述人和人物身上。这样看来，“对象化”与“内在化”在鲁迅的写作中就像一体之两面，指向了一种“否定”和“抗争”。参见竹内好著，李冬木等译：《近代的超克》，生活·读书·新知三联书店 2005 年版，第 108 页。亦见张丽华：《竹内好的启示——〈鲁迅〉阅读札记及其学术史考察》，薛毅、孙晓忠编，《鲁迅与竹内好》，上海书店出版社 2008 年版，第 239 页。

附录三　鲁迅与耶稣的“相遇”

——兼论鲁迅文学的“宗教性”

鲁迅与基督教的关联在学术界不是一个新话题。迄今以来国内对这一问题的研究主要集中在梳理鲁迅对作为西方文化组成部分之一的基督教的认识和理解方面。在为数不多的对鲁迅文学、思想与基督信仰和价值内在关联的探讨中，主要有两种意见：一是以王本朝、汪卫东等人为代表的，认为鲁迅最终消解和拒绝了基督教的终极价值，转向“绝望的反抗”；另一种是以刘小枫、刘青汉等为代表的，惋惜并批评鲁迅对上帝和宗教信仰的质疑和拒绝，视之为“以恶抗恶”。这两种意见看似不同，却共享一个前提：鲁迅的文学、思想与基督信仰和终极价值是异质乃至对立的。然而如果我们赞同20世纪的神学家保罗·蒂利希对宗教的理解：宗教最终关心的是人的存在、人的自我和人的世界，关心其意义、疏离和局限性，“宗教，就这个词的最广泛和最根本的意义而言，是指一种终极的眷注”①，那么我们就有理由认为，鲁迅与西方文化的根基——基督教在精神上的“相遇”是一个值得探讨的问题，它让我

---

① 保罗·蒂利希著，陈新权、王平译：《文化神学》，工人出版社1988年版，第7页。

们重新思考鲁迅文学(及中国现代文学)的“宗教性”和精神动力问题。

一、“复仇”与“爱”：以《复仇(其二)》为中心

耶稣被钉十字架事件是《圣经》中最激动人心的事件，也是基督教的中心事件。它作为基督教的“奥秘”，一直以来引发诸多不同的阐释。使徒保罗说，在基督的“信、望、爱”中，最重要的是“爱”，而耶稣作为罪人受难使得这“爱”得以“显明”。神学家卡尔·巴特说，“在这一受难中，被人所破坏但由上帝所保存的上帝与人之间的契约被合法地重建了。在那一个人受苦的那一天，所有创造的历史发生了广泛的转变——与这一受难所涉及的一切一起发生转变”①；当代理论家齐泽克认为，“基督教的真正成就，或许就是将一个在爱中(不完美的)存在，提升到上帝的位置。换言之，提升到终极完美的位置”②。总之，耶稣受难事件是基督教将“人之爱”转变为“神之爱”，将特殊性的爱转变为普遍性的爱，是基督教由一个地方性宗教转变成普世性的“爱的宗教”的关键性契机。从此，“爱”——“爱上帝”“爱人如己”甚至“爱你的仇敌”成为基督教的最高律令和终极价值。因此对这一事件的阐释本身亦成为理解阐释者的关键线索。

鲁迅《野草》中的《复仇(其二)》(1924 年，以下也简称“其二”)就是对《圣经》中耶稣被钉十字架事件的“改写”，这使得它在鲁迅对基督教为数不多的谈论中显得意义特殊，受到研究者的重视。

---

① 卡尔·巴特著，何亚将、朱雁冰译：《教会教义学》(精选本)，生活·读书·新知三联书店 1998 年版，第 113 页。

② 转引自吴冠军：《爱与死的幽灵学——意识形态批判六论》，吉林出版集团有限责任公司 2008 年版，第 191 页。

有意思的是，国内的研究者似乎都不约而同地指出《复仇（其二）》对基督教终极价值的拒绝和消解。如王本朝认为其“由救赎到复仇，从而消解（抛弃）了宗教的终极价值关怀——无限、永恒、至善、至美……”，“但却维护了个体生命的价值”①。汪卫东认为它借用经典事件，极写了先知者对群众的绝望的心理感受。他指出耶稣复仇中的自残与自虐意向，认为耶稣是“彻底失败”，所以“双重绝望”，同时也注意到耶稣肉体疼痛与主观“柔和”“舒服”并存的悖论。②刘小枫在其影响很大的《拯救与逍遥》一书中则认为，“鲁迅所置身于其中的精神传统，从来就没有为他提供过对爱心、祈告寄予无限信赖的信念，……问题在于，鲁迅并不相信认信基督的信念，而是相信恶的事实力量。鲁迅相信的是另一种信念，爱心、祈告的力量没有恶的事实有力量”。在他看来，这导致了鲁迅的“绝望”“阴冷”“阴毒”和“黑暗”。③

这两种意见看起来对立，一为肯定，一为批评，却共享一个前提：鲁迅的文学、思想与基督信仰和价值是异质乃至对立的。④ 如果基督教的“终极价值”（之一）就是“爱”，那么我们要问，鲁迅拒绝、消解了“爱”这一终极价值吗？

让我们回到文本，看看鲁迅的改写中增加了什么，减少了什么，又保留了什么。显然，与历史、传说和基督教教义中的耶稣一向主张“宽恕”不同，鲁迅将耶稣塑造为一个“复仇者”，将耶稣受难

---

① 王本朝：《救赎与复仇——〈复仇（其二）〉与鲁迅对宗教终极价值的消解》，《鲁迅研究月刊》1994年第10期。

② 汪卫东：《〈野草〉心解（一）》，《鲁迅研究月刊》2007年第10期。

③ 刘小枫：《拯救与逍遥》（修订本），上海三联书店2001年版，第329页。

④ 也有个别研究者如王乾坤认为，鲁迅的“中间物”思想消解的是“终极实体”，而非“终极价值”，但他没有指明这终极价值是什么。参见王乾坤：《鲁迅的生命哲学》，人民文学出版社1999年版，第34—39页。

的故事改写为“复仇”的故事。这是鲁迅的“增加”或者“强调”，使得读者理所当然地以“复仇”为线索去理解，并且把“其二”与《野草》中的另一篇《复仇》作为姊妹文本一同纳入“复仇”的主题下进行讨论。讨论中经常被提到的是鲁迅《〈野草〉英文译本序》中的话“因为憎恶社会上旁观者之多，作《复仇》第一篇”①，以及鲁迅在致郑振铎的信中所言“我在《野草》中，曾记一男一女，持刀对立旷野中，无聊人竞随而往，以为必有事件，慰其无聊，而二人从此毫无动作，以致无聊人仍然无聊，至于老死，题曰《复仇》”②，进而将两个文本都纳入先知者（启蒙者）/旁观者（看客）对立的图式中来理解。

两篇《复仇》确乎讲的是“复仇”的故事。但这“复仇”与传统中国文化中的复仇不同：

1. 这复仇是通过“不作为”来实现的（无论是《复仇》中那对男女的“也不拥抱，也不杀戮”，还是“其二”中耶稣的不反抗、不逃走）。

2. 复仇不是通过消灭仇人的肉体，而是通过“无血的大戮”——鉴赏看客之“无聊”和（耶稣）对已身痛楚的“玩味”“仇恨”和“悲悯”来实现的。

3. 衡量复仇成败的传统标准成了问题：两个文本中的复仇者最后都沉浸、沉酣于生命的“大欢喜”中，这“大欢喜”是一种同归于尽式的“欢喜”，显然有别于一般的复仇成功后的“喜悦”。

无疑，两个文本中的“复仇”在异质于传统的“复仇”主题方面是相通的。但亦有本质上的不同（实际上，鲁迅在几次提到先觉者/旁观者的构图时，均说的是《复仇》，并没有连带进“其二”）：

---

① 《鲁迅全集》第 4 卷，人民文学出版社 2005 年版，第 365 页。

② 《鲁迅全集》第 13 卷，人民文学出版社 2005 年版，第 105 页。

《复仇》篇极写复仇的快意，即使复仇者和仇敌玉石俱焚，一同干枯；而“其二”中耶稣不肯喝用没药调和的酒，在四面的敌意中，在穿透身体的铁钉的“丁丁地响”中“痛得柔和”“痛得舒服”，这是因为它改写自基督教的《圣经》，有“超越者”在场，使得复仇的根源和意义都发生了变化。如果仅仅将“其二”纳入先知者（启蒙者）对旁观者（看客）的复仇构图中就不能解释这种“同归于尽”式的“大欢喜”，以及这“大欢喜”连带着的“大悲悯”：

> 他在手足的痛楚中，玩味着可悯的人们的钉杀神之子的悲哀和可咒诅的人们要钉杀神之子，而神之子就要被钉杀了的欢喜。突然间，碎骨的大痛楚透到心髓了，他即沉酣于大欢喜和大悲悯中。

“其二”中的耶稣以临死之痛，获得“大欢喜”和“大悲悯”。显然这里有超越（一般的复仇胜利的）“喜悦”之上的东西；而且，在“其二”中，凡是提到“仇恨”“诅咒”“敌意”的地方也总是连带着“悲悯”。“仇恨”指向“现在”，“悲悯”指向“前途（未来）”，如果不从宗教性的维度，这种既撕裂又融合的悖论性情感，和对敌意者未来的关注就难以理解。“悲悯”源于“爱”。是否可以说，正是由于“悲悯”，复仇胜利的“喜悦”发生了改变，“恨”的实践——复仇的内涵发生了某种逆转：复仇不再是源于“恨”，而是源于比“恨”更深广、更本源的层面？

循此我们可以进一步说，虽然鲁迅将上帝独子受难的故事改写成一个复仇的故事，但并不能推断出鲁迅拒绝和抛弃了基督教的终极价值（之一）——悲悯性的“爱”。因为，耶稣的复仇既不同于中国传统文化中“以恶抗恶”式的复仇，也不同于鲁迅翻译的阿尔志跋绥夫小说《工人绥惠略夫》中的报复性复仇(即使是绥惠略夫,鲁迅仍然指出他是"为爱做了牺牲"),而是一种内在悖论性的复仇:在其中,"仇"与"爱","痛""死亡"与"欢喜","否定"和"肯定"成为相辅相成的两面。换言之,通过一种悖论性的方式,"其二"中的复仇指向了某种更高价值的在场。

耶稣被钉十字架事件在四大福音书中均有记载,鲁迅的改写主要源自《马可福音》,只是鲁迅尤其突出了耶稣的被上帝遗弃。[①]而鲁迅对福音书最大的改动(或"减少")在于,他止于耶稣受难,而不写其复活——要知道,"复活"是《圣经》讲述耶稣受难的目的:由于耶稣的"复活","人之子"耶稣在十字架上的被钉死,成为主动的救赎之死,亦坐实了耶稣的"神之子"身份——这意味着鲁迅将耶稣留在了"人间"。鲁迅着眼的是耶稣的"人之子"身份(最后的一句论断是"钉杀了'人之子'的人们的身上,比钉杀了'神之子'的尤其血污,血腥"),没有将耶稣神话化和神圣化[②](而这正是后来基督教所做的事情),耶稣背后那个更高的"父"——"上帝"被悬置了。

然而鲁迅也没有将这个"人之子"完全世俗化,没有将耶稣改写成一个世俗性的复仇者。"其二"中耶稣复仇的"不作为""没有具体指向性"和隐含其下的"大悲悯"在在显示出耶稣这个"人之

---

① 《马太福音》和《马可福音》中耶稣说的最后一句话是:"我的神,我的神,为什么离弃我?"鲁迅在"?"后加了一个"!"。在《路加福音》中,耶稣最后说的话是:"父啊,我将我的灵交在你手里!"在《约翰福音》里,则是简单的一句:"成了!"但提到"没药"的则只有《马可福音》。见《圣约》(和合本修订版),中国基督教两会2014年10月印刷本。

② 鲁迅对耶稣的"去神圣化"也表现在散文诗的"形式"中——它改变了《圣经》叙述的"见证"方式,直接进入耶稣的内心,甚至对耶稣的受难做出论断:这个叙述人显然与耶稣处于平等的位置。

子”也是大写的“人”之子。由于这大写的“人”之子的主动受难源自某种超越性的价值,他的复仇就隐含了救赎和超越的意义。在基督教中,这一意义和价值经由耶稣的受难和复活得以成全,后来被确立为基督教的教义和律令:作为上帝的独子,耶稣的受难就是上帝“道成肉身”的体现,耶稣以一己之受难而使“亲子之爱”被突破,进入更高层次的宗教之爱,或“圣爱”,“爱”因此被普遍化了。鲁迅没有接受基督教的教义,没有将“爱”视为最高的“诫命”和“律令”,也没有将“爱”神圣化,但在他的改写中,同样也没有否定和拒绝、消解“爱”,而是为这一超越性的价值保留了地盘。①

鲁迅笔下耶稣“复仇”的激情和秘密可能只能在这一超越性的价值中去寻找,它替代了上帝的位置。在《圣经》中,耶稣虽然有过脆弱的时刻,但他没有从根本上动摇过对其父——上帝的信心,而在“其二”中,耶稣透露出对上帝的怀疑,叙述人并指明“上帝离弃了他,他终于还是一个‘人之子’”。不过虽然上帝被悬置,“爱”(悲悯)这一超越性价值却经由“复仇”的方式反而被凸显。可以说,正是由于这一超越性价值的在场,世俗性的“复仇”才被颠覆和改写,“复仇”不再止于“报复”“平不平”和“以恶抗恶”。如此就可以理解,为什么鲁迅笔下的“仇”与“爱”总处在一种“眷念与决绝,爱抚

① 论者认为鲁迅拒绝宗教性之爱的主要依据之一来自鲁迅对陀思妥耶夫斯基之“忍从”的评价。其实,鲁迅在《陀思妥夫斯基的事》一文中真正要指明的是中国缺乏陀氏意义上的“忍从”(宗教性之“爱”)存在的土壤(中国没有俄国的基督,君临的是“礼”,不是神)。在文章的结尾鲁迅指出,陀氏的“真正的”“当不住的”“太伟大的”“忍从”,“终于也并不只成了说教或抗议就完结”,而“中庸”的中国人,“固然并无坠入地狱的危险,但也恐怕进不了天国的罢”。这里透露的是对中国之“礼”,以及中国式“忍从”之虚伪的批判,而非对(俄国的)基督及陀氏之“忍从”的拒绝和否定。参见《鲁迅全集》第6卷,人民文学出版社2005年版,第426页。

与复仇，养育与歼除，祝福与咒诅……”(《颓败线的颤动》)的张力中，其中一方总是指向另一方的存在或缺席。这种结晶着爱的强烈的恨凸显的是鲁迅“爱”与“恨”的辩证法。鲁迅“复仇”主题的代表性文本《孤独者》亦表明：复仇如果不与一种超越性的价值相关联，就往往会走向绝望和虚无，走向复仇的对立面(而四面敌意、遍地黑暗中的耶稣既不绝望，也不虚无，因为他内心有光——悲悯性的“爱”)。

二、鲁迅与耶稣：一种精神和实践的认同

显然，鲁迅文学中的“复仇”主题既超越了传统中国的“以恶抗恶”式的复仇，亦超出了现代的“以正义之名”的复仇范畴。这与他对耶稣式“复仇”与“爱”的理解有着内在关联。对于这个十字架上的耶稣，鲁迅是将他与上帝及后来发展为基督教“三位一体”之第二位格“圣子”的基督相区分的。在《文化偏至论》中，鲁迅说：“一梭格拉第也，而众希腊人鸩之，一耶稣基督也，而众犹太人磔之，后世论者，孰不云缪，顾其时则从众志耳。”①在《渡河与引路》一文中鲁迅写道：“耶稣说，见车要翻了，扶他一下。Nietzsche 说，见车要翻了，推他一下。我自然是赞成耶稣的话。”②1933 年，鲁迅在《〈一个人的受难〉序》中说：“耶稣说过，富翁想进天国，比骆驼走进针孔还要难。但说这话的人，自己当时却受难(Passion)了。现在是欧美的一切富翁，几乎都是耶稣的信奉者，而受难的就轮到了穷人。”③这透露出对后世基督教的某种批评。至于上帝，鲁迅谈到

① 《鲁迅全集》第 1 卷，人民文学出版社 2005 年版，第 53 页。
② 《鲁迅全集》第 7 卷，人民文学出版社 2005 年版，第 38 页。
③ 《鲁迅全集》第 4 卷，人民文学出版社 2005 年版，第 574 页。

时多半带着调侃。在《我观北大》一文中说:“我不是公论家,有上帝一般决算功过的能力。”①在《并非闲话(二)》中说:“不是上帝,那里能够超然世外,真下公平的批评。”②鲁迅与这个“上帝”没有产生精神上的关联。

《复仇(其二)》因此应被视为鲁迅与耶稣(而非“上帝”)“相遇”,即发生深刻关联的文本,鲁迅的“改写”也应被视为中西深层价值相遭遇的“事件”。也许是受启蒙、革命视野和“基督教=上帝”的观念的限制,国内的研究者普遍将鲁迅与“神性”“终极价值”撇清,而日本的鲁迅研究者竹内好、木山英雄、丸尾常喜、伊藤虎丸等则更关注鲁迅与耶稣(及基督教)、“复仇”与“爱”的内在关联。木山英雄说,《复仇(其二)》将耶稣受难的故事改写成一个非基督徒的复仇故事,“这当然是中国这个非基督教世界的激越的自我主张,但同时也在于,喷向这个世界的‘憎恶’和‘愤激’在终极上可以与耶稣那样的‘爱’相匹敌吧?”③。他还认为,“只要鲁迅的反抗哲学中有这些西方‘反基督’们的谱系存在于其中,那么,他的复仇主题就也会与基督教有关系”④。木山英雄提到的西方“反基督”的谱系中包括拜伦、尼采、安特莱夫、阿尔志跋绥夫等人;丸尾常喜认为《复仇》中两个男女的复仇是以自虐式的“不作为”来体现精神上的“杀戮”,并且表现出激烈的“憎”所浸染的“爱”的悲痛,而《复仇(其二)》中的耶稣作为一个“人之子”和“预言者”,“决不愿舍弃

① 《鲁迅全集》第3卷,人民文学出版社2005年版,第168页。

② 《鲁迅全集》第3卷,人民文学出版社2005年版,第133页。

③ 木山英雄著,赵京华编译:《文学复古与文学革命——木山英雄中国现代文学思想论集》,北京大学出版社2004年版,第326页。

④ 木山英雄著,赵京华编译:《文学复古与文学革命——木山英雄中国现代文学思想论集》,北京大学出版社2004年版,第326页。

对于民众的悲悯。舍弃了悲悯，就意味着舍弃了耶稣之所以为耶稣的本质。若只是选择‘诅咒’，那将是耶稣的败北”①。丸尾没有指明的“本质”，应该就是悲悯性的“爱”这一超越性价值。上述几位研究者都特别注意到其中“恨”与“爱”的相互依存和转化关系。

而伊藤虎丸则更关注鲁迅笔下耶稣形象的反抗性。他认为“鲁迅描写的耶稣形象，基本上是‘如果孔丘，释迦，耶稣基督还活着，那些教徒难免要恐慌’（《无花的蔷薇》，1926 年 2 月）所说意义上的耶稣形象”②。这些被迫害的先知和预言者也是“具有主体性的人”或者“作为精神＝个性的人”。如果将耶稣置于鲁迅所处身的礼教和“圣人之教”中，那么耶稣就是一个“轨道破坏者”，是撒旦式的人物。在伊藤虎丸看来，将耶稣改写成复仇者表明鲁迅更认同作为主体性和反抗者的耶稣，努力凸显“人”之子受难对于“人”的意义：反抗与否定（批判）。伊藤没有指出的是，虽然鲁迅拒绝接受《圣经》通过耶稣受难来为人类赎罪，进而拯救人类的教义，他的改写却也同时显示，“反抗复仇之声”正是，或者说只能从“爱”的成全者与体现者耶稣的心中发出。也许正是在这个意义上，伊藤虎丸认为鲁迅“更为正确地把握了耶稣形象”，而非“力图从根柢上推翻《福音书》的耶稣形象”③。这与中国国内其他书写耶稣的作者往往将耶稣“本土化”“当地化”，塑造出一个圣贤、英

① 丸尾常喜著，秦弓等编译：《耻辱与恢复——〈呐喊〉与〈野草〉》，北京大学出版社 2009 年版，第 189 页。

② 伊藤虎丸著，李冬木译：《鲁迅与终末论——近代现实主义的成立》，生活·读书·新知三联书店 2008 年版，第 304—305 页。

③ 伊藤虎丸著，李冬木译：《鲁迅与终末论——近代现实主义的成立》，生活·读书·新知三联书店 2008 年版，第 302 页。

雄式的耶稣不同①，鲁迅笔下的耶稣与中国的传统是完全异质性的。

换言之，如果伊藤虎丸是在说，鲁迅将耶稣“革命化”了，他在耶稣身上看到的是一个革命者的形象，那么，在鲁迅那里，“革命”与“爱”的关系就不是对立的，甚至也不是平行的。鲁迅的书写将耶稣“处境化”（而非“本土化”）了，让国人接触到一种陌生的“仇”与“爱”。鲁迅的改写一方面使得“爱”这一超越性的价值在中文语境中被问题化、症候化了，表明即使是超越性和普世性的价值（如“爱”）也必须被“处境化”，落实到具体的语境、传统中，透过特定的文化框架才能被理解，否则只能停留在抽象的层面，或者被教条化；另一方面，鲁迅的改写表明他是在一种否定性和反抗性的“爱”的理解中去认同耶稣的。认同耶稣，也就是去实践“爱”，实践一种“立意在反抗、旨归在动作”的“爱”，而非将耶稣固定化、神圣化甚至偶像化，去信仰和膜拜耶稣（基督），也不是以“爱”去否定反抗和复仇（从这里亦可看出，这种“爱”与佛教的“慈悲”和“智慧”不同）。鲁迅拒绝后世基督徒将“爱”标示为最高价值或者律令，拒绝将“爱”固定化、本质化、终极化（在鲁迅看来，“极境”有变成“绝境”的危险，耶稣的“爱”作为反抗之实践，没有“终极”即最终“完成”的一天），也抵制了将“爱”变成某种抽象答案和空洞说教的危险。

显然这不是作为信仰对象的“爱”，而是对“爱”之信念。这里有必要将“信仰”和“信念”区分开来。鲁迅拒绝接受宗教的制度化（他对中国的名教——“圣人之教”也一向持批判态度），也拒绝信

---

① 祝宇红：《“本色化”耶稣——谈中国现代重写〈圣经〉故事及耶稣形象的重塑》，《鲁迅研究月刊》2007 年第 11 期。

仰（无论其对象是上帝，还是“天”“神”“道”），拒绝拯救（信仰的要务是拯救），但并不表明鲁迅拒绝信念。一般而言，信仰是以某种神圣存在或超越者为对象的信靠行为，信念则是对某种超越性价值的认知、承诺和践行。我们可以对“爱”有信念，但并不信仰基督和上帝。鲁迅拒绝了终极实体——作为人格神的上帝和基督，却在超越性价值（“爱”）的信念上与耶稣认同；在信仰上，鲁迅与基督徒分道扬镳，在信念上，鲁迅与基督徒并不对立。或者应该说，正因为鲁迅的无神论者和非信徒身份，才使得他能够对宗教信仰保持一种反思性和批判性的立场，进行一种“否定的肯定性”实践，呈现一种“不可能的可能性”。

因此，鲁迅的改写既是拒绝，也是保留，既是祛魅，也是招魂，而《复仇（其二）》作为鲁迅与耶稣“相遇”的事件就打开了一个理解鲁迅文学与宗教性之关联的空间。鲁迅的写作，亦可以从直面“无爱的深渊”、正视“爱”之虚无与缺失，因而其书写就是对“爱”的呼唤的角度来予以重新解读。在这一视野中，无论是孔乙己的潦倒而死，阿Q的绝望而死，祥林嫂的沦为孤魂野鬼，还是魏连殳的彻骨的孤独，以及涓生的无法摆脱的“虚空”，都与一个超越性的“爱”之阙如有直接关联。[①] 这才是鲁迅笔下“吃人”与“被吃”的世界的本相吧。而如前所述，在小说《药》中，与其说最像耶稣的是那个革命者夏瑜，不如说最具“神性”的是那两位母亲的“爱”。雨果说在绝对正确的革命之上有绝对正确的人道主义（《九三年》），《药》中的“神性”却不是“人道主义”可以概括的。上述作品无疑都与《复仇（其二）》构成了某种“互文性”，召唤我们对鲁迅的“文学”去作超

① 从超越性之爱的角度对《伤逝》的解读，参见卢建红：《重读〈伤逝〉：以“爱”为中心》，《延安大学学报》2011年第2期。

出“启蒙”“革命”和“人道主义”的阅读和理解。

三、“基督”与“鬼”：鲁迅文学的“宗教性”

对鲁迅与基督教之关联的讨论不应该仅仅停留在对作为西方文化的基督教的理解和影响层面，也不应停留在精神、价值和信仰的差异层面，而更应该从“文学”与“宗教”的共同关怀——终极眷注出发，去寻求两者“结构性的类似”。竹内好在写于1940年代的《鲁迅》一书的序章中，谈到“作为文学家的鲁迅”时说：“我是站在要把鲁迅的文学放在某种本源的自觉之上这一立场上的。我还找不到恰当的词汇来表达，如果勉强说的话，就是要把鲁迅的文学置于近似于宗教的原罪意识之上。我觉得，鲁迅身上确有这种难以遏制的东西。鲁迅在人们一般所说的作为中国人的意义上，不是宗教的，相反倒是相当非宗教的。‘宗教的’这个词很暧昧，我要说的意思是，鲁迅在他的性格气质上所把握到的东西，是非宗教的，甚至是反宗教的，但他把握的方式却是宗教的。”①

在这里，竹内好不仅仅是用“宗教”来“比附”鲁迅，他谈论的其实是一种“非宗教的宗教性”。如果将“宗教性”理解为一种“终极眷注”，或者一种“对超越者的回应方式”，那么，谈论一种非宗教的“宗教性”，恐怕只能从“文学”与“宗教”共通的“终极性”和“超越性”的维度去进行。伊藤虎丸注目的也正是这一维度。他视基督教为一种“思想”和“精神”，认为基督教作为“唯一神教”的思想特质是“自由”和“否定”。“正是由这样一个唯一的超越神而来的一切既成‘整体’的否定（从家庭到国家，从过去的教义、常识到面向

---

① 竹内好著，李冬木等译：《近代的超克》，生活·读书·新知三联书店2005年版，第8页。

未来的欲望和理想）以及相对化，才构成了贯穿从古代犹太教到基督教的‘一神教’思想的根本特质。”[1]而鲁迅向西方寻求的，不是基督教本身，而是造就西方之“科学”“主义”和“人”之根底的“精神”——“自由”，鲁迅拒绝了基督教的拯救教义和制度（教会），而接受了产生基督教的“自由”精神。对于竹内好所谓鲁迅“把握的方式却是宗教的”，伊藤的理解是，鲁迅与尼采一样，在思想的具体内容上是反宗教或非宗教的，但在其精神和思想构造方面却是宗教的。[2] 显然这已经超出了竹内好“把握方式”的范畴了。伊藤虎丸进而将鲁迅与基督教的“终末论”进行关联，把竹内好在鲁迅身上感觉到的“近似于宗教式的罪的意识的东西”名之为“罪的自觉”和“终末论式的个的自觉”[3]。

但伊藤虎丸对自己将鲁迅置于基督教“终末论”的关联中进行“比附”尝试的冒险性也深有自觉。作为基督徒，他并没有让自己以基督教的视点和理念来权衡、判断乃至要求鲁迅，如国内的某些研究者所做的[4]，而是经由鲁迅对西方文化异质性（它们最深刻地体现在宗教中）的“发现”，回到发现者出生、成长的土壤，经由异乡的“基督”回到故乡的“鬼”。伊藤认为，鲁迅的终末论视点并非来自与西欧式的至高无上的超越者——上帝的相遇，相反是来自与构成亚洲历史社会最底层之“深暗地层”的民众的死，或与他们四

---

① 伊藤虎丸著，李冬木译：《鲁迅与终末论——近代现实主义的成立》，生活·读书·新知三联书店 2008 年版，第 316 页。

② 伊藤虎丸著，李冬木译：《鲁迅与终末论——近代现实主义的成立》，生活·读书·新知三联书店 2008 年版，第 110 页。

③ 伊藤虎丸著，李冬木译：《鲁迅与终末论——近代现实主义的成立》，生活·读书·新知三联书店 2008 年版，第 324—325 页。

④ 如《拯救与逍遥》就存在这样的问题。对刘小枫的批评，见吕新雨：《鲁迅之“罪”、反启蒙与中国的现代性》，《天涯》2009 年第 3 期。

处彷徨的孤魂野鬼的“对坐”[1]。这是对竹内好提出的“在鲁迅的根柢当中,是否有一种要对什么人赎罪的心情呢?”(竹内好进而说“这个什么人肯定不是靡菲斯特,中文里所说的‘鬼’或许与其很相近”[2])问题的一个肯定性回答。鲁迅与其故乡“鬼”的关联亦是丸尾常喜鲁迅研究中的一个中心问题。通过对鲁迅笔下故乡民间宗教的分析,丸尾常喜发现鲁迅的作品中鬼影憧憧,阿Q就集“国民性之鬼”和“民俗之鬼”于一身。[3] 伊藤的观点受到丸尾的启发,但与丸尾更多关注“鬼”的“劣根性”和“落后性(黑暗性)”相比,伊藤更注重“鬼”的生产性和生成性,提出了“鬼”的超越性问题。在《早期鲁迅的宗教观——“迷信”与“科学”之关系》一文中,他通过分析鲁迅的早期论文《破恶声论》和《文化偏至论》指出,与当时维新人士视鬼神崇拜为封建迷信的做法相反,鲁迅认为宗教是“向上之民”“欲离是有限相对之现世,以趣无限绝对之至上者也。人心必有所凭依,非信无以立,宗教之作,不可已矣”(《破恶声论》)。鲁迅“肯定一切自发的、发自内心的信仰,反过来拒斥一切自上而下的、具有权威的(所谓‘正确的’)宗教教义”[4]。伊藤眼中鲁迅对故乡民间鬼神“宗教性”的肯定和发掘,与鲁迅对西方的耶稣和基督教的理解有内在一致性,它们都是人类的某种积极的精神作用和表现。

---

① 伊藤虎丸著,李冬木译:《鲁迅与终末论——近代现实主义的成立》,生活·读书·新知三联书店2008年版,第344页。

② 竹内好著,李冬木等译:《近代的超克》,生活·读书·新知三联书店2005年版,第8页。

③ 丸尾常喜著,秦弓译:《“人”与“鬼”的纠葛——鲁迅小说论析》,人民文学出版社2010年版,第121页。

④ 伊藤虎丸著,孙猛等译:《鲁迅、创造社与日本文学——中日近现代比较文学初探》,北京大学出版社1995年版,第113页。

至此，耶稣基督与绍兴的鬼，“一神”与“多神”，西方的“精神”和中国的“迷信”，作为“宗教性”的体现竟然内在相通，都是以有限向往无限，都是人心的“凭依”。或者应该说，正因为有了与西方超越者（耶稣）的相遇（“对坐”），鲁迅才能够以一种新的眼光反观来自故乡土壤中的深暗底层的“迷信”和“鬼”，从中发现某种根底，某种超越性和救赎的可能——这就是由女吊、无常及创造它们的古人之“神思”，以及底层乡人的“白心”中体现出来的生命力、想象力和超越的力量（鲁迅视之为中国“固有之血脉”）；反之也可以说，正因为童年对于故乡民间鬼神的喜爱和理解，鲁迅才对于异乡的神（“佛陀”也罢，“基督”也罢）没有轻易“拿来”和“认信”，却注目其“终极眷注”，从而在文学世界中给“无限”和超越性价值留下了空间。

日本的鲁迅研究者之所以都执着于鲁迅文学的“本源”“罪”与“自觉”等“原点”问题，源自他们的共同困惑：无神论者鲁迅能够持续一生抗争的动力是什么？他们的共同感受是：一种“纠缠如毒蛇，执着如怨鬼”式的“恨”及隐藏其后的“爱”，如果不从“宗教性”的角度就难以得到透彻理解。这也是我们要思考的问题：在“启蒙”“革命”和“人道主义”之外，鲁迅文学更深层的动力是什么？

相比之下，中国的鲁迅研究者虽然早就注意到鲁迅与故乡民间宗教的关联，但大多是从地域和民俗文化对创作的影响的角度去理解，而没有去阐发两者之间内在的精神关联，忽略了故乡的“鬼”对于鲁迅文学更深层的价值，遮蔽了鲁迅文学的宗教性、超越性维度。目前这一状况正在发生改变。国内鲁迅研究的代表人物之一汪晖尤为关注鲁迅笔下的“鬼”。他认为，鲁迅文学世界中的“鬼”是对人与物、内与外、生与死和过去与现在诸种界限的超越，通过赋予“鬼”以“幽灵性”，将“鬼”从传统中国的“迷信”中解放出来。鲁迅由此获得了一种“向下”的超越性视角（与基督教的“向上”超越相对），鲁迅的“文学”由此成为一种想象力的越界实践，鲁迅亦成为出入古今中外文化的“幽灵”和“游魂”。① 汪晖的研究受到日本研究者的启发，但他将“鬼”的能动性和超越性明确化了，为今后的研究开辟了新的空间。如果我们认同这样的理解，那么对鲁迅自谓的“鬼气”和“黑暗”就不应该仅仅视为负面因素，作否定性的看待，它们其实暗示了一个超越性世界的存在，一个以往被我们忽视或不愿正视的幽暗世界，它与鲁迅生活其中的“人间”共同构成鲁迅世界相辅相成的两面。②

四、结语

本来，“文学”与“宗教”都源自此岸世界，同时又创造了别一（彼岸）世界，两者难以截然二分。在鲁迅那里，它们都是对某种可能性和超越性世界的想象，都构成对现实的批判，其“文学性”和“宗教性”都指向某种“终极眷注”。虽然我们应该说鲁迅的立场仍然是“文学”的，但这是一种把握世界本源、直面存在深渊的“文学”。如果世界处于不幸当中，身为作家就是去做一个受难者。这

---

① 汪晖：《鲁迅与向下超越——〈反抗绝望〉跋》，《中国文化》2008 年第 1 期。

② 鲁迅之“黑暗”看起来与“光”的发出者耶稣相对立（在《圣经》中，耶稣说“我是世界的光”），但是以“彷徨于明暗之间”的“影”自我定位表明鲁迅对于两个世界之内在关联和互动的自觉，鲁迅的写作亦可视为穿越“黑暗”和“虚无”之“光”，以及对此世之超越性的寻求：“黑暗”与“光”因此相互定义，构成鲁迅世界一体之两面。在这两个世界的关联和张力中可能就隐含着鲁迅对“绝望”的持续反抗和最终没有被虚无俘获的秘密吧。参见夏可君：《虚无之光：鲁迅的色彩》，许纪霖主编，《知识分子论丛》2010 年第 9 辑，第 366—401 页。

也大概就是竹内好所说鲁迅是一个“文学者”，却有一种“殉教者”的气质的含义。这样看来，鲁迅不仅改写了“文学”的内涵，也改变了我们对“宗教”的理解。无论是“耶稣”还是“鬼”，“一神教”还是“多神教”，它们“充人心向上之需要则同然”；无论是信仰还是不信仰，在对某种超越性价值的信念上完全可以相通。这种宗教上的“缺乏立场”不仅是一个无神论者的表现，也同时开放了“文学性”和“宗教性”：“文学”已成为某种本源性的存在，凸显某种“没有超越者的超越性”，而“宗教”也不能够仅仅囿于自己的神、教义及仪式，更重要的是“宗教性”。事实上，“宗教性”或“灵性”正成为当今世界诸宗教对话的基础。[①] 鲁迅与耶稣、中国与西方文化与价值的“相遇”因此具有某种必然性。鲁迅的文学实践表明，“超越性”或者说“拯救”问题作为“存在的深渊”已经为中国现代文学的先驱者所关注和探索，我们要做的可能不是“补课”，而是如何将它们作为现代文学的珍贵遗产发掘和继承下来。[②]

（原载《国际鲁迅研究》辑二）

---

① 参见保罗·尼特著，王志成译：《宗教对话模式》，中国人民大学出版社2004年版，第286页。

② 王乾坤在《〈鲁迅的生命哲学〉修订版后记》（《鲁迅研究月刊》2010年第3期）中，特别提到刘小枫与鲁迅在超越性问题（如“爱”与“救赎”）上的相通；郜元宝在《人心必有所依凭——关于现代文学遗产》（《文艺争鸣》2010年第3期）一文中说，“鲁迅对俗世的拒斥如此强烈，以至于终生活在怀疑、孤独和愤懑之中，盖因其染乎希伯来一神教之淑世精神而又不肯接纳其主神崇拜，批判俗世而又缺乏俗世之外的精神接引之故，其强烈的对于俗世的拒斥和鄙视尽管不可谓不彻底，但他据以‘争天抗俗’的凭借，仍然是世俗的一部分，就是那似乎真的孤立无援的自我”。在他看来，中国现代文学整体上缺乏超验和信仰之维，需要后来者补上这一课。但如果将“信仰”和“信念”、“宗教”和“宗教性”区分开来，那么一种非宗教的“宗教性”就可以得到重新省思。

后　　记

著者对乡愁问题的思考，大致可追溯到硕士研究生阶段。硕士论文《论沈从文小说的抒情艺术》（王剑丛教授指导，2001 年答辩）是对沈从文“湘西世界”的内涵、情感基调及表达方式的探讨，并没有将“乡愁”作为关键词来讨论。由沈从文而至乡土小说、抒情小说，至鲁迅、废名、萧红、师陀，将他们以“故乡书写”为脉络结合起来进行思考，结果是博士论文《论中国现代作家的“故乡”想象与叙事》的写作（邓国伟教授指导，2006 年答辩），其中特别将“乡愁”与“认同”关联起来进行讨论。之后是在博士论文的基础上，将视野扩大到中国台、港、澳地区和海外华文文学（新的说法是“世界华文文学”“华语（语系）文学/中文文学”或“汉语新文学”），开始关注白先勇、陈映真、李永平、黄碧云以及严歌苓等作家，希望以乡愁书写为线索，梳理、探寻一条华人世界的独特的乡愁认同之路。2013 年以此申请教育部人文社会科学规划基金项目获得立项。

本书可以算是著者的第一部学术著作，时间跨度近二十年，可见成果之微薄。这当然要归因于著者的学力不逮，用功不勤。即便如此，这有限的所得也是在前人的研究基础上，在老师们的指导下取得的。这里首先要感谢的是著者的硕士论文导师王剑丛教授和博士论文导师邓国伟教授。邓老师 2013 年遽然离去，未能看到本书的出版。2008—2009 年间，著者在北京大学中文系访学时得到陈平原、夏晓虹、吴晓东等老师的指教，在此表示感谢。李青果、张均、张承良、杨胜刚、古大勇、梁立俊、李光摩、史洪权等同学好友一直以来给予我很多帮助。当然，如果没有家人，尤其是妻子罗艳梅和儿子卢维予长期的理解和支持，本书的出版也是不可能的。

本书能由国内人文社科方面最好的出版社——生活·读书·新知三联书店出版，著者实感荣幸，这里要特别感谢本书的责任编辑麻俊生先生。

附录中三篇有关鲁迅的文章，虽然不是直接讨论乡愁与认同，但因为鲁迅处在现代文学乡愁话语之“开端”的位置，其“起源（原点）”意义值得一再探讨，而这几篇论文或者围绕鲁迅文学的“起源叙事”（幻灯片事件），或者探讨写作作为文化困境突围之路的可能性，或者比较鲁迅与耶稣在基本价值（如“爱”）上的相通，均关乎鲁迅文学“原点”的理解，与“故乡/源头”问题有着内在关联，故附录于此。

本书的大部分内容，已经作为前期成果发表在《中山大学学报》《华南师范大学学报》《中南大学学报》《南京师范大学文学院学报》《西北师大学报》等刊物，特此致谢！

卢建红

2020 年 4 月 1 日